劫灰

Ashes to Ashes

九世纪前后的中国故事

翅厌

西市独柳 作品

劫灰 / Ashes to Ashes

Copyright © 2012-2023 by Xi Shi Du Liu (西市独柳)
All rights reserved.

No part of this publication may be reproduced, distributed, or transmitted in any form or by any means, including photocopying, recording, or other electronic or mechanical methods, without the prior written permission of the publisher, except as permitted by U.S. copyright law. For permission requests, contact author@xishiduliu.com.

版权所有。
未经出版者事先书面许可，不得以任何形式或任何方式复制、分发或传输本出版物的任何部分，包括影印、录音或其他电子或机械方法，除非符合美国版权法的许可。有关许可请求，请联系 author@xishiduliu.com。

ISBN 979-8-9889568-0-8 (Hardcover)
ISBN 979-8-9889568-1-5 (Paperback)

Original chapters individually published online since 2012.
First U.S. edition August 2023.

Published by Xi Shi Du Liu Studio.
9169 W State St #943, Garden City, ID 83714, U.S.A.
https://xishiduliu.com/

Cover Image: White Magnolia Scroll, by *Wen Zhengming* (1470-1559), work in public domain, with modification by the book author.
Title Calligraphy: *Tang Yin* (1470-1524), work in public domain.

封面图片：文徵明(1470-1559)《白玉兰图卷》，公有领域作品，本书作者有修改。
题字：唐寅(1470-1524)，公有领域作品。

The dialogues and interactions among historical figures in this book are original creations and artistic interpretations by the author, and are not based on historical records. They should not be used as a basis for historical research.
本书中的历史人物对话和互动，均系作者本人原创及艺术加工，并非依据史料记载，不可作为历史研究之依据。

The use of fonts is subject to the SIL Open Font License (OFL).
Printed in the United States of America.   本书于美国印刷。

目录

佳城

在进入洛阳之前我们路过一片田野。薄雪掩饰下的村落远远看去似乎与平时没有什么两样，只是出奇地寂静。连空气都是一种异样清洁的味道，闻不到一丝烟火气。

独孤君拿马鞭指给我看西北边一带低矮的土丘："那就是邙山啊，古今多少将相豪杰相中的风水吉穴。将来若能葬在那里，那可是三生之福。"

因为兴奋，他的声音稍微大了些。旁边一个蕃将扭头过来："什么吉穴凶穴，行军在外，少讲些晦气话。"

独孤君连忙欠身赔笑道："是是。下官失言了。我们这般穷酸措大，若不是随着安仆射起兵讨贼，何曾有机会这般风风光光来洛阳，难免大惊小怪。哪里像将军，早晚封侯拜相，莫说洛阳，只怕长安也有看腻的时候。"

蕃将嗤了一声，对他的恭维毫不领情，纵马跑到队伍前面去了。

而在他们对话的时候我一直朝北边望，看着田里刚刚返青的麦苗，朦胧的翠色仿佛是这天地间唯一的生气。

我不知道这些顽强的植物经历过什么，又将面对什么。我只知道在它们破土而出的时候，这片土地上尚还是一片盛唐繁华。

天宝十四载，安禄山带着我们从范阳出发，不到两个月就到了洛阳。这片土地已经太久没有见识过兵戈，许多府县官员想勉强抵抗一下，甲仗库里竟寻不出一件没有锈蚀的刀戟。所过之处州郡望风披靡，洛阳的攻城之战也如儿戏一般。起初我们这些属吏是被"夷三族"的威胁所裹挟，忐忑地踏上这条清君侧之路。然而行到此处，一切都太顺利了，以至于当初的种种不安疑虑都显得不值一提。这反造得太容易了，让人不得不生出天命所归的错觉。至于眼前这场和所有战争一样痛苦污秽的战争，自然很快就会结束。面对苦难，只消闭上眼睛忍一忍，再睁开眼时也就过去了。

入城后，我和独孤君照例跟着阿史德将军和一队蕃兵，到城北诸坊中挨家挨户索要"劳军钱粮"。

起初我并没觉得这座城有什么特别之处，配得上这沉甸甸的名字。若论那开阔的街巷，整齐的坊市，朱门高第里出奇华丽的廊檐和藻井，如今开天盛世，哪里消得洛阳，幽州随便一个府县里也不难寻。便是独孤君吹得天花乱坠的"秦陇鞍马福，燕赵衣裳福，洛阳花福"，如今十冬腊月里也只见一片萧瑟。若说真有什么特别之处，或许只有这里道路上的黄土格外厚，我们一小队人马过去，腾起的烟尘遮天蔽日，竟如塞外春旱间的沙暴一般。

只有到了傍晚时分我才见到她的另一面。冬日西斜的阳光无限稀薄，几乎不能穿透这一片散漫黄尘，只力不从心地一一抚过仿佛在寒风里颤抖的琉璃屋脊。曾经在这些屋脊下面言笑晏晏的那些人，多半已因逃难而流离失所，勉强留下来老弱妇孺则睁着如待宰羔羊般绝望的眼睛，不知该望向哪里。

而这时候我听到了钟声。倏尔一记铿然如怒，紧跟着丰盈而悠远的混响。如佛前侍者拈花的指尖，从容雍闲，又直指人心，一朝邂逅，终生不能忘记。不问廊庙明堂，幽岩绝壑，朱楼绮户，陋室茅檐，湖蓝色的余韵漾满天地间每一寸空隙，一声又一声，回环往复，亘古不息。独孤君说这是城外白马寺传过来的。我不太相信钟声真能传那样远，更不相信到了这种时候寺里的僧人还会留下来敲钟做晚课，然而我听得到那声音里不寻常的宁静。就连因多日奔驰而躁动的马匹都在那一刻停止了嘶鸣，鼻翼无声地翕动，耳朵转向东边凝神聆听。

天荒地变，神州陆沉。而这钟声如一片轻盈柔软的羽毛，终将载着这座城渡向一个又一个彼岸，直到时光的尽头。

安禄山曾笑话说，若论操守坚贞，堂堂东都比不上一个灰头土脸的平原郡。然而那一刻我荒谬地替她辩护起来：洛阳毕竟是不同的。她那样美。她是一座有尊严的城。

第三天快要收工的时候我们路过铜驼坊。那天风大，极冷。队伍里的兵士们个个不情不愿，却不知哪里传出一句"有女道士"，众人瞬间鼓足了精神，一哄而上踹开了开元观的山门。

然而让大家扫兴的是，来迎接的只有一个鬓发如雪的老道姑，带着几个干姜瘪枣的中年仆妇，战战兢兢地捧来几盘银锭和铜钱。领头的阿史德将军显然不满意，一根指头就把盘子掀在地上。

"你们的人呢？"

那老道姑却连眉也没皱一下，从容上前行礼道："城中大索三日，略有头脸的都躲出去了。老身一把枯骨，哪里管得住。将军们若看不上这些银钱，便拿老身回去充军粮也使得。"说罢也不等回答，又行个礼，颤巍巍地蹲在地上拾起银锭，拿袖子拂了，仍旧放在盘子里。

她答得这样直白，倒把阿史德将军噎得无话了。一时间满院只剩有一搭没一搭的金属敲击声。独孤君顿了顿嗓子，出来打圆场："炼师不要信那坊间流言。安王起兵讨贼清君侧，又不是流寇，哪里就到这样地步。我们不过是来清点一下人口，日后有事无事，好有个照应。"见那道姑脸色略有松动，又话锋一转，"我听说开元观是东都第一道场，今上当年在藩时常来行幸，年年赏赐不绝。如今竟只有这几粒银子？若是被那些私逃的卷走了，你只管报官，我们自为你撑腰。"

老道姑的脸色由晴转阴，又不敢发作，只低低地剜了独孤君一眼，冷冷道："这观里上下银钱进出都在我手里。想是我中饱私囊，做了蠹虫。你们倒不如把我绑回去砍了谢罪。"

说来我们一路上讨钱粮，无非是那一套"拿钱出来保你狗命"的威逼功夫，真遇上这等口口声声要命一条的角色，竟无处施展。眼见阿史德将军焦躁起来，我连忙凑过去低声相劝："今日出门前严大夫亲嘱，开元寺、开元观这两处是缁黄领袖，下手略轻些，莫伤了脸面，日后安王要做大事，多有用处。"

阿史德将军猛一跺脚："偏你们措大最多事！倒替这老猪狗讨起情来。今日这一场人财两空，你们回去和安王交差，休指望我替你们说一句好话。"说罢四下里望一圈，重又向老道姑手里夺了银钱，赌气就要走。忽然脚下一拌，踩到一丛枯枝上，脾气上来，抽刀照着那几根枯枝乱砍，眨眼工夫就只剩一地碎屑。

谁也没料到，连路都走不利索的老道姑，忽然如护崽的母兽一样扑了过来，就为了这几根枯枝败叶，竟蚍蜉撼树一般抱住阿史德将军的大腿扭打起来。她大概一辈子也不曾有过这样激烈的举动，一时间都不知该从何处下手，用指甲掐，用拳头砸，用牙齿咬，却连一层袍子都弄不破。

一众蕃兵都不怀好意地笑起来。阿史德将军阴沉着脸，只拿脚尖轻轻一点，像甩开什么脏东西一样，将老妪踢倒在地上。

这一摔就摔碎了她所有的从容端庄，她声嘶力竭地哭喊起来，周围的仆妇们也乱作一团。阿史德将军的脾气更是火上浇油。正在这时候，内院里响起一个南方女子柔糯的嗓音："诸位大将军，天都黑了，这样冷风，仔细冻坏了身子，误了你们的讨贼大业。"

话音落处，一个妙龄女冠娉娉袅袅地走了出来。我们一眼就发现了她的不同。观里的其他女子皆是缁衣素冠，唯独她云鬓高耸，长佩曳地，眉心一颗珠光迷离的花子，满脸上说不尽的月画烟描。那女子走到倒地的老道姑身旁，朝她看了看，也不去扶。只轻描淡写道："何苦来。为一棵木芍药，难道把命也搭上。"

老道姑停了哭声，披头散发地坐在地上揉着心口，一脸厌恨的神色："凌虚，你又出来现眼。"

那叫凌虚的女冠却不理会她，转朝我们道："大将军，你们要做那翻天覆地的大功业，却和几个老弱妇孺在这里厮缠，我都替你们羞得慌。"说话间只见一对睫毛上下翻飞，秋波乱溅，娇滴滴的杏子眼早将我们几人打量个遍。阿史德将军眉毛动了动，却如猫儿狗儿到了肉羹面前，怎么也攒不出一个愤怒的表情来。最后竟变出一张笑脸："我们何尝不想快些了事。还不是这个老婆娘在这里啰嗦。小娘子倒是晓事的——"他咳嗽一声，忽然敛了笑容，"该是听说了昨日中桥下面，如何碎剐了李噔和卢弈。"

女冠群里发出低低的一片惊呼。而凌虚却连眼皮儿也没有多动一下，依旧笑道："我们妇人家，哪去管那些尽忠死节的事。只盼将军拿好钱帛，和和气气走了最好。免得吓坏了孩儿们，不知再闹出什么来，伤的是大家的体面。"

一番话软中带硬，阿史德将军没说什么，独孤君听到尽忠死节四个字，和我对视一眼，满脸上都写着"这个女人厉害"的尴尬。

凌虚说罢，吩咐仆妇们去地窖将观里积年的香火钱尽数搬出来。那老道姑犹坐在地上起不得身，听见这话发了急，一手指着凌虚大骂起来："马凌虚，马娼妇，你生是大唐人，死是大唐鬼。国家有难，你这里却认贼作父，你畜生都不如！"

凌虚蛾眉一挑，朝剩下几个人喝道："你们师父失心疯了。不把她塞了口拖到后面绑着，还等什么？"

仆妇们怔了片刻，起初还不敢动手，后来大约是想尽早逃离这是非之地，一时间取钱的取钱，搬人的搬人，风卷残云般钻去了内院，只剩下凌虚一人与我们周旋。

待老妪去了，凌虚重又收拾起一脸妩媚的笑容。我在一旁看了她多时，只觉那一张鹅蛋脸虽然是浓妆艳抹，却是天然一派端严气象，如佛寺墙上画的伎乐天一般，似远似近，让人只想一把抓住她的衣裾，免得一阵香风过去就飞走了。

正看得出神，凌虚却忽然朝我走过来，纤纤玉指点在我心口上："我倒忘了，藏经阁上还有开元年间圣人留下的供奉。钟王的墨迹，顾长康的仕女，送去安王的宫里倒是好装点。那阁子窄小，容不下这许多军汉。不如叫这个措大随我去搬一趟。"

电光石火的一刹那，我忽然好像意识到了什么，也没来得及细想，趁其他人还没开口，连忙欣欣然跟着凌虚走了。

进了内院，凌虚悄无声息地闩了门。转身笑吟吟问我："敢问郎君如何称呼？"

我连忙停步作了个揖："姓李。叫我李大郎就好。"

"李大郎，得罪了。"

话音未落，我只觉后脑一记剧痛，眼前一黑就失去了知觉。被水泼醒时已被绑在藏经阁前一根廊柱上，嘴里塞了布，连脖子也转不得一下。几个长手长脚的仆妇各仗刀剑守在我身旁。凌虚背朝我站着，柳腰一捻，风情无限，仍旧用那种软糯带着几分慵懒的声调吩咐道："去找另一个戴幞头的，和他说，李大郎请他来看画。若有蕃兵要跟来，便说这里已预备下火把，人多手杂，不小心烧了，好生可惜。"

不一时独孤君跟着仆妇进来，见了我，大惊失色，下意识向腰间拔剑。然而站在他身侧的凌虚忽然出手，没等独孤君碰到剑柄，一把匕首已抵在他喉咙上，幞头坠角也被她紧紧揪在手里。独孤君稍一挣扎，脖子上便是一串血珠。

"大将军，我们的命都贱。你的命却金贵得很。你若叫一声，贵命换贱命，可就不值了。"凌虚也不知哪来那样大力气，扯得独孤君头向后拗着，项上青筋乱跳，两只手蜷在身前抖个不停。也不知是有意无意，两片朱唇正凑到他耳边，一字一句吹进耳朵里，独孤君整个身子都打起颤来。

"炼师，你行行好……"独孤君吓得上气不接下气，话音带出哭腔来，"炼师……你行行好，放了我们，你就是女菩萨，女天尊，女佛祖。我们不拿你一根草，这就走。这就走。"

凌虚粲然一笑，呵得独孤君又是一颤。"果然，我就看你们是君子。你这个朋友且在这里委屈一时，到晚间自然完璧归赵。大将军念在同袍情分上，不要食言才好。"

独孤君被放走后，也不知怎样交待了一番，很快就带着蕃兵蕃将们离开了。待杂乱的脚步声远到听不到的时候，一直临门伫立的凌虚终于转过身来，声音里忽然透出十二分的疲惫："快去把山门关了，二门也关了，给你们师父做点汤水。别的先扔着，来日再收拾罢。"路过我身边时她教人去了我嘴里的布，略松了几处绳索，手脚却依然绑着，身旁放了个取暖的火盆。"李大郎今日是我开元观的大恩人。改日自与你赔罪。"

那天我被他们留到了起更时分，两个老仆给我松了绑，换了衣服，恭恭敬敬地送出门去。——却没能再见到凌虚一面。

夜间我回营，一路上遇到相熟的士卒们，纷纷朝我露出不怀好意的讪笑。独孤君一见我，不打自招："我和他们说今日李大郎在观里被一窝狐狸精迷住。只怕回来时就只剩人干了。"

我没心情和他歪缠，只问："阿史德将军那里有什么话说？"

独孤君大手一挥，"我说你先留在观里看字画。他钱也拿够了，回来我叫两个唱的陪他喝点酒，这会儿多半已经把你忘在屁股后面了。——话说回来，你为那个开元观这么上心，怕不是看上那个凌虚小娘子了？"

"狗嘴里吐不出象牙的东西。我看是你自己心虚。"我的心脏忽然跳得厉害，连我自己也觉得激动得有点莫名其妙，"你今日那两声'女天尊，女佛祖'，甜得滴下蜜来，外人不知，我可替你记一辈子。"

当下我们打趣两句就撇过了话头。本以为这事就算过去了。谁知等熄了灯烛，冷冰冰的月光泼进窗棂里，睡在旁边床上的独孤君忽然翻了个身："我去打听了。她姓马，是休宁县尉的女儿。父母都死了。只好出家。听说是个暗门子，诗文候教，名声在外，怪不得那老婆子百般看她不顺眼。"

我装不得睡，只好含糊嗯了一声，避重就轻地纠正道："听他们仆妇讲，那年长的坤道是极有德行的凌微上师，圣人当年都敬她如师长。你放尊重些。"

独孤君也不理会我，自顾自嘀咕下去："大约是给观里使足了钱，不然怎容得下她。只可惜这样体面人家，竟出这样一个女儿。"

　　我忽然烦躁起来，拳头捶在床板上："谁爱听你半夜发春。给我闭嘴。"

　　在我们与洛阳周旋的同时，战局正按计划展开。洛阳以西数百里无险可守，我们的队伍不费吹灰之力就打到了潼关脚下。在那里唐朝皇帝一气之下杀了两员大将，临阵换上了哥舒翰。安禄山与哥舒翰，昔日里针锋相对处处为敌的一对国家柱石，如今一个半瞎着眼睛躺在洛阳宫里胖得走不动路，一个半身不遂歪在软榻上对着残兵败将急得涎水长流，倒也难兄难弟。到了这节骨眼上，安仆射倒是不紧不慢起来。潼关可以慢慢打，皇帝却要趁早做。到了开元十五年的正月初一，城中耆老缁黄的劝进表挤破了应天门，大燕皇帝也终于勉为其难地登了基。

　　我确曾在那些装点堂皇的表文中寻到过开元观的名字，但除了花团锦簇的四六文章和横平竖直的恭楷小字，任谁也看不透文字背后有怎样的面容与神情。新朝草创，庶务繁剧，我和独孤君加官进爵，日日忙得脚不点地，再次见到凌虚已是暮春时节了。

　　那天是我们的一个大日子。在潼关兵败被俘的哥舒翰被押解到了洛阳，正关在南市街口上供士民观看。

　　一个青衣小鬟将我从人群里硬拽出来，指着街角没头没脑地丢下一句："她要找你。"

　　我正纳闷她是不是认错了人，忽然见那小青衣脸上莫名厌恨的神色，竟和开元观老道姑如一个模子里刻出来的一般。我瞬间明白过来，向袖里摸出几个钱将她打发了去。

　　凌虚站在一间药铺门口，手里捧着几枝将开未开的芍药花，长长的幂篱和披帛在满城风沙里纠缠不清，药铺里煎药的水汽亦被冷风撕扯得颠沛流离，如满天里飞逝的流云。那场景让我一下子想起佛寺里看过的净土变，然而下一个瞬间飞扬的尘土和市井嘈杂就像巴掌一样扇在我脸上。

　　哪有什么净土。

凌虚远远朝我抛来一个似真似假的巧笑："我听说李大郎高升了御史中丞，料着今日必来这里，果然没算错。"

我朝哥舒翰的囚车那边瞥了一眼，忽然莫名心虚起来："我……我是奉命来维持秩序的。"

她却没有一丝介意的样子，就仿佛完全不懂，也不愿理会，"潼关失陷"四个字对她的大唐意味着什么。

"李大郎是我们的大恩人，却还不曾谢过。今日芍药花正好，大郎莫嫌礼轻。"

"岂敢。炼师竟还记得我，实在是受宠若惊了。开元观还好么？"

她轻轻垂下了睫毛："如今是圣武年，我们也改叫圣武观了。"

我刚接过花瓶，喜得眉花眼笑，听见这话猝不及防地僵了一下。也不知该怎么煞住笑容，只默默抿起干裂的嘴唇。

手里的芍药花让我忽然想起那个扯着蕃将厮打的老道姑，遂没话找话道："凌微上师还好？"

"她死了。"凌虚飞快地瞟了一眼我满脸的惊愕，依旧垂下眼帘，"正月里来了一队官兵，让把开元观的匾额换下来。她不肯。一头撞在山门柱子上。死了。"

"我……我该死！我竟一丝消息也不知，什么都不曾帮你们……"

"哪里话。承蒙独孤尚书一向照顾，倒没人为难我们。大郎不必挂心。"

听见独孤尚书四个字，我一肚子的惊怒和悲伤莫名化作满心酸涩，舌头都灌了铅似的动弹不得。竟生生冷了场。

凌虚抬起脸，看着我淡淡一笑，又不明含义地摇了摇头："大郎公务在身，我不打扰了。"

"炼师。"在我们几乎擦肩而过的时候我如梦方醒般叫住了她。又一阵风吹过去，尘土扑面，说话间沙粒在唇齿间摩擦出刺耳的噪音。

她转回身来，低垂着睫毛，不知道有没有在看我。

脏兮兮的风吹过来士兵的呵斥声，谑笑声，囚车里一个老人惊恐无助的咿唔呻吟声。

一刹那间我就忘记了酝酿多日的整篇腹稿。片刻尴尬的沉默后，我结结巴巴地说："这世界，大约再也不会好了。可是你那么好。你，……你要活下去。"

她显然怔了一下。然后，在我看清她的表情之前，她已戴上幂篱，放下面纱，依旧以那篆烟一般飘忽游移的身姿走远了。

我想，是我该讲讲这场战争的时候了。然而每当轮到这个话题我总是嗓子干哑，急着去寻茶汤，热水涌过喉头那一瞬间的灼痛和奇异的熨帖感终于让我感到踏实，与此同时关于这场战争的种种念头也都随着茶水流到了某个我完全无法感知的地方。

我只是无端地时常想起七岁时候攀爬父亲的书架，打翻了一件极昂贵的白玉观音像。那物件从书架掉落到地上的过程简直有八年那么长，然而那玉石居然十分坚固，只摔出一条裂缝。爬下书架的时候我一身的热汗已变作冷汗，视野里只有那羊脂玉上丑陋的裂纹。我要死了。我要被父亲活活打死了。我默念着这样的话，却完全不能理解其中的含义。那道裂缝里好像泄漏出某种咒语，在我盯着它的第一个瞬间魇住了我。我忽然抓起玉像狠狠砸在地上，拿镇纸砸它，拿砚台砸它，拿我能拿得动的一切坚硬沉重的东西砸它，直到它化为一地尖锐的渣滓。

总之，后来每当我想起战争，便会陷入砸毁玉像时那一刹那——又好像是长得捱不到头的——无端，无名，又毫无指望的那种绝望和恨意。战争，在它开始的那一刻你知道你的世界已经毁于一旦。然而你仍旧举起镇纸砚台和一切沉重粗暴的东西，在恐惧中耗尽力气来继续毁灭她。

那年春天安皇帝在凝碧池设宴，一个乐工忽然举起琵琶摔碎在地上，拒绝为我们这些逆贼奏乐取乐。卫兵们很快围上去将他砍成一地残肢。而在那个长得令人窒息的濒死瞬间里他的脸上没有剧痛的表情，只有对心爱的乐器忽然间涌起的那种致命的恨意和疯狂。起初他用双手抡起琵琶向地上砸，卫兵砍掉他手，他便用脚去踩；卫兵砍掉他的脚，他便用头去撞，用胸膛去压；直到他的头颅也被砍下来，也仍旧在用牙齿撕咬散落的木屑和螺钿。

啊，我那仁慈的父亲，在那时那地血腥的混乱里我忽然想，若能再活一次，七岁的时候求求你务必将我打死。

就这样，潼关陷落后唐朝皇帝很快被我们赶到了遥远的南方，他的儿子们在帝国的角角落落里各怀鬼胎地起兵讨逆，而那些曾经顽强抵抗的忠臣良将们一时间被抽去了主心骨，在一座座陷落的城池间没头没脑地撞来撞去。

看起来我们这边的形势一片大好，许多同僚已经在对着长安里坊图筹划将来去哪里置业。然而事情在这时候似乎起了微妙的变化。虽然每天都有快马穿过定鼎门送来庆功的露布，但心照不宣的事实是，在长安陷落后我们一连好几个月都没有尺寸进展，就连一个小小的睢阳城居然也久攻不下。作为一个文官我本不必忧心这一切，但那段时间我总疑心宫闱角落里的窃窃私语正如蠹虫啃噬梁柱一般，早晚会将这片繁华的殿宇啃成一片尘埃。

我们在洛阳度过的第二个冬天里，独孤君在深夜闯进我的卧室，紧闭门窗后用几乎低不可闻的声音告诉我说，安皇帝被太子杀了。

我从被窝里一骨碌坐起来，被寒气激得连打三个喷嚏，涕泗横流地表达了一下我的惊讶。

"你怎么打算？"独孤君的鹰眼在寒夜里闪着诡异的光。

"？又不是我杀的。"我的脑子还是一片将醒未醒的混沌。

独孤君翻了个白眼："我知道问也是白问。那么你听好，我派人去灵武了，联络李亨那个皇帝。若果然事成，你我好有条后路。"

这短短几句话里巨大的信息量让我整个人都混沌起来："……你，你刚才说……你要通敌？"

"这叫投诚！"独孤君再次翻起白眼，"我捎去了你的名字。不过你放心，事情若是败露，该杀该剐都是我一个人的事。"

这次轮到我翻起白眼来。说得好轻巧。

"所以……我现在是不是应该感谢你？"我下床披上狐皮大氅，终于不再瑟瑟发抖。

独孤君倒毫不见外地揭起被子睡进我的被窝里："随你怎么想。我忙了一晚上，困死了。苟富贵，无相忘。"

天亮之后我和独孤君都心照不宣地忘掉了这段尴尬的密谈。我们一如既往兢兢业业地审理刑案监察百官，为大燕帝国鞠躬尽瘁。两个月后朝廷才公布安上皇殡天的消息。十个月后睢阳终于攻破，刺史许远被押回洛阳，本应有一场不逊于哥舒翰的献俘仪式，然而这时候广平王带领回纥援军已经收复了长安，洛阳黑云压城人心惶惶，甚至没有人确切知道许远死于何时何地。

到了唐军入城的那日，倒比预想中平静许多。安庆绪和唐朝上皇一般，早带着亲信趁夜出逃。剩下我们这些无关痛痒的文武百官们在侍中达奚珣的带领下跪在城门外素服待罪。我生平第一次见到广平王、郭子仪、叶护太子这些如雷贯耳的人物，几分莫名的激动甚至压住了本该怀有的忐忑和恐惧。说实在的，我完全不确定独孤君的那些小把戏能不能奏效，不能的话，我们大概是要像牲口一样被牵到五凤楼底下献俘的。然而那天我的思维异常混乱，对此事的感想居然是"那我可真的能见到长安了。"

现在想来，当时我那一种不合时宜的雀跃之心，大约是出于潜意识里一个从来不曾浮出水面的念头：

战争结束了。

等仗打完，我就留在洛阳，陪她耐心地拾起一地残砖断瓦。我们失去了许多，但未来还有无限的可能。

那时的我这样想。

幸运的是，独孤君和我果然被唐军另眼相待。我们甚至受到了郭子仪的亲自接待，夸赞我们弃暗投明的大义之举。然而那些"委身事贼"的唐廷官僚却完全是另一种待遇，他们——而不是我们——像牲口一样被装在槛车里送去长安，那里等待他们的是腥臭的牢狱，无休止的审判和乞怜，和临刑时百姓朝他们抛去的砖瓦石头。

这事情怎么想都让人匪夷所思，我们是战争的罪魁祸首，而接受惩罚的却是这些可怜人。那段时间我夜夜难以入睡，生怕一梦醒来这个颠倒是非的世界已成幻影，我们将面临最严厉的审判，最刻骨的谴责，和最暴虐的酷刑。然而这样的煎熬并没有持续很久，很快就有一桩更荒诞更糟糕的任务落在我身上：作为唐廷新授的河南府户曹参军，我上任后第一件公务便是挨家挨户索取劳军钱粮。

冤孽呀，我竟然要第二次亲手剽掠我心爱的洛阳。

回想起前几天我们开城降唐时，独孤君偷偷笑话达奚珣"投降的叫贰臣，投两次降的是不是该叫三臣？"

和劫两次城相比，投两次降算得了什么。要是能让我的洛阳无灾无难，十臣八臣我都愿意当。

我当场向郭子仪抗议："这般行径和逆胡有什么两样？"

郭仆射仍旧满面祥和的笑容，好像完全没听见我在说什么。独孤君暗地里戳我一眼，抢先道："回纥蕃兵千里迢迢跑来打仗，图的不就是金帛子女么。托广平王圣德，收复长安时秋毫无犯，如今再不好好赏赐，待翻了脸时，直把洛阳踏成烂泥。"

郭仆射颔首："百姓不易。但当初借兵时讲定了条件，如今二京已复，怎可失信。"

我听得目瞪口呆。原来他们大唐把洛阳卖了。

竟还不如让安皇帝一直占着呢。我拼命咽了几下口水才勉强吞掉这句话。独孤君和我交换了几个复杂的眼神，最后在我肩上搡了一下："快去忙罢。"

后来我很努力试图回忆，但那几天"履行公务"的经历始终像水面以下的浮尸一样看不清面目——却已然足以让人恐惧痛苦到窒息。

在面对城中百姓的时候我很少去看他们的眼睛，但即便深深低着头，我也完全明了他们正在用怎样的目光看着我。我想他们中的一些人甚至认出了我，抖动的唇角浮起一丝绝望又讽刺的冷笑：大燕大唐能有什么分别，连上门打劫的都是原班人马。

最终我们用十天时间终于将洛阳搜刮干净，香花灯烛毕恭毕敬地送走了满载而归的回纥援军。我好像刚打过仗一样累得全身脱了力，蒙头睡了一天一夜，每次朦胧醒来都强迫自己再次睡过去，使出全身的力气抗拒着，不让自己回到这个真实的世界。

最终我是被独孤君叫醒的。我听到他的声音说，你发烧了。我"哦"了一声，翻身要接着睡。可是独孤君一把将我扯回来，直愣愣地和我对视着，欲言又止。

我烧得糊里糊涂的，却也看得出他的脸色比我还差，一个激灵坐起来："怎么了？"

他躲避着我的目光，胸口快速起伏了几次，最终盯着地板说："她死了。"

我根本没来得及思考前因后果，甚至没来得及问"她"是谁，一个拳头已经不受我控制地朝他砸过去。

他显然也愣了，一点都没有躲。可惜我浑身酸痛得要散架，打他的力气微乎其微。

他踉跄退了半步，仍旧木然盯着地板："三天前我娶了她。今天早上我醒来，她拿我的佩刀割了脖子。"

我剧烈地打起寒战，牙齿格格作响，说不出一句话，只使出全身的力气拿枕头去掷他。

他轻巧地接下枕头："回纥蕃兵四处抢女人，眼看就抢到开元观里，我娶她是为了保护她。"

"你闭嘴！"我连滚带爬下了床，像个女人一样撕衣服扯头发地和他打成一团，"你害死她。我早就知道你要害死她！"

独孤君原本就比我壮得多，这会儿大概只要一根手指头就能制服我。可他像个稻草扎的箭垛子一样不躲也不反抗，甚至顺势被我揪倒在地上，一边挨揍一边用喑哑的嗓音自言自语："我还能怎么办？我一个四品官，明媒正娶一个暗门子。我娶她做夫人，我锦衣玉食金奴银婢地供着她，我日日夜夜陪着小心哄着她，我都没曾逼她和我……"

我终于积攒了足够的力气，一拳打在他脸颊上。牙齿碎裂的声音让我感到一丝扭曲的快意。

独孤君终于抬起眼睛直视我，嘴角淌着血，也挂着一丝扭曲的笑意："李大郎，换作你娶她，她一样要寻死。"

他说的对。那时那地我的神智早被高烧烧糊了，可对于这个问题我比谁都清楚：她死是因为绝望。而她之所以绝望，是因为她一度也和我一样，轻率地以为，战争结束了。

我那时大约是眼前一黑就倒在地板上又昏睡过去了。我也不知道我睡了多久，在那之后很长一段时间我的记忆是一片茫然的空白。凌虚的棺木怎样出殡怎样下葬，独孤君怎样哀哭怎样痛悔，最后怎样匆匆接受一个军职离开了洛阳，其间的种种细节似乎从未真正写进我的记忆，似乎只是我从某页野史上偶然读到的一个故事，和我始终隔着一层味道苦涩的黄藤纸。

我多想伸手摸摸纸那边的她，哪怕一丝头发一缕披帛也好。

可是不能了。从来就没有过的可能性，永远不会再有了。

在认识她的时候我曾爱过这世界。在她走后，我的梦境只剩一片荒野。

我在洛阳做了一年多的官，大部分时间都在搜刮百姓，强征民夫，为即将到来的大会战筹措钱粮。那段时间里安庆绪游走河朔，史思明降而复叛，河南河北战事胶着，江淮亦不得安宁。有时候我对着河南府衙里的十道图出神，一怔就是大半天。这版图上已找不到一处未遭战火荼毒的土地。那时候我已预感到，或者说，在听到凌虚死讯的时候我已经替她预感到，洛阳的劫难还远远没有到头。可是我不能走。就算在这里我只能做最令我痛恨的事。

我还要替她留下来。等到多年后这里发生的一切在时光的重压下化作国史里一句干巴巴的"兵连祸结，生民涂炭"，我还要替她记得那些鲜活剧痛的伤口，记得那些撕心裂肺的诀别，记得那些漫漫长夜里悲切绝望的恸哭。

乾元二年三月，我的预感成为现实。围困相州的六十万唐军兵败如山倒，溃散的逃兵像炸群的牛马，所过之处一片狼藉。洛阳遭到的践踏甚至比我们从北方来时更加惨烈。士民躲进城外深山，我和许多官吏跟着河南尹逃去了襄阳，一个多月后听说九节度溃军各还本镇，才战战兢兢打道回府。

那是个阳光灿烂的午后。温热的南风扇起满城腐尸的气味。街市上随处可见倒卧在地不知死活的人，甚至连野狗都不愿近前一嗅。兵燹过后，千门万户静得出奇，连哭声都听不见。零星几家刚刚结束避难的百姓看到府县官员，慌忙阖门闭户，生怕我们再去抢人抢粮。

而春天仍旧如期造访，毫不关心这里是地狱还是人间。荒芜的田垅和残破的里坊间杂草已有齐膝深，各色各样的野花在和暖的南风里肆无忌惮地盛放，骄傲地做着这片土地的主人。

那年春天我回到开元观——确切说是曾经有过开元观的那片废墟，看到山门内大片赤芍药因着腐尸的滋养而容光焕发，艳异的殷红色团团簇簇挤在密不透风的绿叶间，如绿罗裙上溅满腥甜的血。

七月，唐廷临阵换帅，以李光弼代郭子仪，以期对抗大举南犯的史思明。李光弼夜入朔方军，雷厉风行地斩杀了所有迁延违令的将士。第二天一纸牒文传进河南府，令府县官员连夜弃城，带领全城百姓迁往黄河以北，洛阳只留一座空城给史思明。

河南尹李若幽放下公文，朝我们苦笑一声："你们有八百个不情愿，自己去和李侍中说罢。我这一条命死也只能死于沙场，再没有死在李光弼刀下的道理。"

浊浪滔天的黄河水，在夜里只见一片没有尽头的、静默的黑色。千百支火把沿着浮桥延伸成一条明明灭灭的光带，在近处可见那些光点随着波浪起伏、人流涌动而摇曳，到了远处就只是星星点点微茫的光，仿佛随时都会窒息在浓稠的黑暗里。

这些火光所照亮的，是扶老携幼流离失所的百姓。身上是褴褛的衣衫，背后是啼哭的婴儿，手里是无数次浩劫之后残存的几样不值一文的家什，眼里的神色都如夜幕下的河面般茫然。他们如羊群一般跟着队伍向对岸走去，甚至没有人抬头眺望前方的路径。走着走着，就到了火把所不能照亮的远方，就那样无声无息地消失在黑夜里。

我也随着他们木然向北走去。在快要踏上浮桥的时候忽然看到一队士兵集结在岸边稍高处的土丘上，每人手里都拿着火把，一时间那处土丘成了周围最亮的地方。被火光簇拥在中心的是一个披挂明光铠的将军，身材并不见得有多么魁梧，也看不清他脸上的表情，只是无端地感到他在火光里的剪影是那样一种冰冷的威严。旁边几个僚属躬身侍立，似乎在向那将军禀报，而他始终不为所动，甚至看也不看一眼桥头辗转号哭的流民，只如石像一般望着南边洛阳城的方向。

毫无理由地，我忽然认出了那个人。然后还没来得及分辨忽然窜进脑子里的念头，只觉得一股热血涌上来，撞得腔子生疼。就好像有鬼在背后推着我一般，扔下手里的包裹，拼命朝那土丘上跑去。

守卫土丘的士兵迅速拦在我面前，厉声问我是什么人，来做什么。我的喉咙里火烧火燎的，一个字也说不出来，只梗着脖子试图推开横亘在身前的刀戟。就在一条障刀朝我劈下来的时候忽然一个身影从人群里冲出来将我扑倒。耳边随即响起一个陌生又熟悉的声音："列位将军，且慢且慢，这个措大我认得的。"

我还躺在地上，被独孤君撞折了两颗牙，痛得眼冒金星。满嘴腥咸的味道终于让我稍稍清醒过来，爬起来一把拉住独孤君，也顾不得问他为什么会在这里，先道："我要见李光弼。带我去见他。"

"你找李侍中做什么？"

"你快！带我去见他！"

独孤君大约是被我满脸的血震住了，没有再问，拉着我穿过卫兵的重围带到主将身旁，躬身道："这是我的朋友李大郎，现在河南府里做个参军，冒昧想见侍中。"

我仍被几个牙兵拦着不得近前，只扯开嗓子朝那人喊道："李侍中！你是天下兵马副元帅，你不能就这样扔下洛阳啊！"

李光弼闻言朝我这边看过来。七月炎热的夏夜里，我莫名地被他这一眼看得遍体生寒。

他示意牙兵放开我："你是洛阳人？"

"不是，我是范阳人，我，我只是……心疼……"事到临头，我竟找不出一个得体的字眼来，"我心疼她呀。洛阳去年刚刚光复，春天又遭溃军劫掠，哪里还禁得起胡贼蹂躏……"

李光弼没有说话，旁边一个副将先喝住我："你自己长眼看看，史思明的先锋已经到了五里外，后面十万大军连夜就到。洛阳东边一马平川，只凭丈把高的城墙，你守给我看看！想来你和这姓独孤的都是逆胡旧部，这节骨眼上却跑来肉麻，你也配?！"

方才尴尬赔笑的独孤君神色一僵："仆固大夫，这却不是污人清白……"正分辩间，只见李光弼一挥手，独孤君和副将都噤了口。

"李大郎，你从范阳来，你说说，史思明的精骑比这里刚打了败仗的残兵如何？"

我动了动嘴，却不知该说什么。

"我们若硬着头皮守洛阳，一旦溃散只好退到陕州，再退就是潼关，就是重蹈封长清的覆辙。而如果移军河阳，北连泽潞，利则进取，不利则退守河东，表里相应，先保关中不失，然后再图光复。"李光弼又朝我看了一眼，目光里却没有了刚才的寒意，"李大郎，洛阳是你的家，就如同这大唐江山寸寸土地都是我的家。你明白么？"

我茫然地点头，找不出一条反驳的理由。没等我回过神来，李光弼已带着副将去一旁分派军务了。独孤君把我从人群里拉出来："你险些赔上小命来见侍中，就为了和他说这个？"

我拿袖子胡乱擦了擦脸上的血，看着北边浮桥上虫蚁般的行人，南边城堞下炼狱般的烽火，终于忍不住蹲在地上大哭起来。

独孤君叹了口气，也蹲下来轻轻抚着我的后背。"会好的。"他沉默了一下，"她会好的。"

一年后这次意外重逢，我和独孤君似乎都成熟了许多。我们都没有提起那个早已被埋葬的名字，事实上，我们始终没有过几句交谈，甚至连对方的近况也无心多问。横竖这样的时局，谁能比谁过得好些呢。

我在朔方军中谋了个小小的差使，在我的再三要求下，河阳第一战就上了前线。

我也算行伍出身，却从未经历过那般残酷的战斗。最后我后背中了三箭，腿上另有两条刀伤，可惜都不致命。被抬回营去，独孤君一见我就急红了眼："你怎么不跑！伤成这样你为什么不跑?!？"

我连翻白眼的力气也没有，只好无声腹诽：跑你娘。仆固怀恩冲锋慢了半拍，差点在前线上就被李光弼砍了。跑你奶奶。

这一战唐军惨胜，我则足足十天下不得床。独孤君把我安排在一处偏僻的营帐里，找了个老妇人来服侍我。那段日子河南河北兵荒马乱，我趴在几块木板拼成的床上，伤口痛得浑身哆嗦。那老妇人起初只如木雕泥塑般坐在帐外，不多说一句话。后来大约是见我可怜，趁服侍我吃饭的时候怯怯地开口："小郎君，看你疼得紧，要我做什么只管说。"

我虚弱地摆摆手。她便不再多问，收拾了碗碟，依旧到帐外枯坐去了。

半夜里我疼醒的时候，好像听到外面有女人低泣的声音。我焦躁地咳嗽了一下，那哭声立刻停了。帐门打开，一豆灯光照见那老妪憔悴的面容："我吵到你了。对不住。"

我横竖睡不着，索性和她攀谈起来。

"大娘，你贵姓？"

"姓何。"

"今年高寿？"

"四十八岁。"

"……呃，何大嫂，你哪里人？"

"陕州人。"

"家里几口？"

妇人的眼里一下子又盈满了泪水，背过身去，把脸埋在袖子里，听不到抽泣，只能看到微微颤抖的肩头。我立刻明白过来，连忙道："我不问了。我不问了。你也歇歇去，莫哭坏了身子。"

她胡乱揩去泪痕，朝我惨然一笑："我和老汉，三个儿子，年前都被抓去邺城打安庆绪。到四月里幺儿送信回来，说他两个哥哥都战死了。"

我说不出一句安慰的话来。而她也不在意，继续用哭哑的嗓子絮絮诉说道："年三十，一家子刚坐到一起，官差就来拉人。走的时候还没吃上一口热饭。大郎媳妇还在月子里，我赶紧进去和她说话，怕教她听见外面喊声。到底也没见上最后一面。瞒了媳妇好几天，最后瞒不过，媳妇哭死过去，立刻没了奶水，娃娃只好吃糠……"

"那你……你也是被官差抓来的？"

她无声地叹口气，没有回答。

"怎么连女人都不放过？"

"小郎君，你是个和气的人，你没见过那些官差，三分像人，七分像鬼，一个个凶神恶煞，打村里过一遍，满地都是哭声。实和你说，他们是来抓我老汉的，我教他从后墙逃去山里了。媳妇一个软脚蟹，带着个奶娃娃，家里没男人可怎么过。我就跟官差说，让我去罢。我年轻时种田能顶三个男人，你们军中不也要人烧锅造饭么。来这里也好，没挨打，没挨骂，饭也够吃，还有什么不知足的。"她朝帐外望了一下，又低声道，"我还想着，万一幺儿也在这里打仗呢。要是见上一面，死也甘心了。"

我不但见过那些凶神恶煞的官差，我就是那些凶神恶煞中的一员。我不但是凶神恶煞的官差，还是肇始这一切惨祸的叛军。暗昧的灯光里，她说的每一个字都是一把凌迟的刀，一刀一刀剐在伤口最痛的地方。

"国家无德，百官无能，让你们受苦了。"不知几时我的衣服都被冷汗湿透了。

何大嫂又是惨然一笑："这是我们的命罢了。我和老汉说，咱们都要活下去。咱们还有个小孙女呢。我就不信她也这般命歹。我们吃苦受累，把仗打完，她的命可不就好了。"

灯油燃尽了。外面依旧是无边无际的黑夜。无论多长的夜毕竟总会过去，只是有些人，再也看不到黎明了。

我们没有守住洛阳，三个月后连河阳也失去了。李光弼回朝谢罪，交出了朔方军兵符，移镇临淮。

我一点也不喜欢李光弼，但最终跟着他去了南方。在我们撤离的时候史思明正在放火焚烧洛阳宫，冲天的黑烟百里外也清晰可见。李光弼死后，我又在江淮一带做了几任县令，最后在休宁县告老闲居。独孤君则官运亨通，一度做到封疆大吏的位置。在他死的那年我回到了洛阳。

那是贞元年间，唐帝国在天宝之乱后又经历了建中之乱，却居然仍旧没有亡国。至于洛阳，除了焦黑一片的明堂废墟，城里城外已没有一件让我熟悉的东西。

不。还是有的。在进入洛阳之前我路过一片田野，刚刚返青的麦苗翠色欲滴，一如我第一次进入洛阳时所见的样子。什么都没有改变。

一个农妇正在田间劳作。我在地头站久了，引起了她的注意。她直起腰，远远朝我看了一眼。

她还很年轻。我忽然想起了那年照顾过我的何大嫂，她的孙女如今正是这般年纪。

无数次被乱兵践踏的土地，仍旧保持着最初的丰腴肥沃，正在她们不知疲倦的手中焕发蓬勃的生机。

夕阳西下，城南的白马寺准时送来悠远的钟声。我看着农妇劳作的背影，一生中最后一次为这座城落下泪水。

我眼前的这片土地，从我们的先祖在河岸边柔软的淤泥中踏下第一个脚印的那天起，注定轮回于繁华与劫灰之间，从没有源头的过去，到没有尽头的未来。

我曾以为她像我所见过的某个女人，在冰冷的刀刃和炽烈的疼痛面前抿起薄薄的嘴唇，睁大清亮的眼睛，至死不曾发出一丝哀鸣。可如今我相信她更像某种植物，在没有尽头的暴风雪中摧折，腐烂，沉入泥沼，又在第一缕春风到来的时候毫无惧色地抽出新芽，铺展枝叶，开出最丰腴艳丽的花朵。

在我所读到的历史中，沧海不曾变成桑田，山陵不曾变成河谷。可我知道这座城，一次又一次死去，一次又一次重生，一次又一次绽放，以证明她对这世界的爱，永不枯竭。

依照独孤君的遗愿，我们没有将他的棺材送回范阳祖坟，而是葬在邙山里他亲自选定的一处风水吉穴里。经过冗长的丧仪，落葬的时候已是孟春。在我为他撰写的高大华丽的神道碑旁边不远处，我在草丛中发现了一处无主的荒坟。无碑无树，只有坟前一丛木芍药正开得灿烂，雪白的花瓣在艳阳天里熠熠生辉，亮得让人睁不开眼。

在那炫目的光辉里我忽然想起了什么。无数早已失落的记忆如春潮般涌进来，瞬间就淹没了我的一切感官。我记起凌虚死时的模样，脖颈中央一道寸许深的伤口，血管气管全被割断。我记起她褪去血色的脸，眉目安详，似笑非笑，如一尊白玉碾就的观音像。我记起她穿着新嫁娘的绿罗裙，上面溅满大团大团猩红的血。我坚持不许独孤君为她更衣，坚持要她穿着这血衣入殓。人们说以血衣下葬者必化为怨灵，魂魄飘荡三界中，永世不复为人。是的，我想，她是不要回来的好。这世界哪处配得上她。

我记起我给她写过墓志，二十四年后我竟记起了墓志结尾那段俗套的骈文。在洛阳的最后一个春天里，我将那段铭词一刀一锤刻在我自己的墓石上：

逝川易往，隙驷难停。薤间露冷，泉下霜凝。风悲陇树，月昭荒茔。千秋万古，奄此佳城。

刺客

红线从魏州偷来聂隐娘的时候，将她安放在一只白骆驼的背上。两个驼峰之间夹着个金盒，里面铺着十层茵褥，熟睡的女孩蜷缩在大红大绿的锦缎上，宛如花心里一只倦飞的白粉蝶。

到了山脚下，两个少女围过来，一人一端抬起金盒，泼泼洒洒抬进山门里。她们将金盒放在地下，掀开盖子，三个脑袋凑到一起围观。

"她瘦得像块石头！"精精儿尖刻的神情好似在批评一只不够膏腴的猎物，"要是红线坐进盒子里，照地上这样一撂，啊呀，那肉皮儿到这会子还在打颤呢。"

空空儿没有表情，缓缓眨了眨眼睛，良久，伸出手去，从女孩苍白无血色的唇边揩去一滴水渍。

"温的。"她评论说，就好像这是什么意外的发现。

红线鼓起两腮朝白骆驼吹了口气，巨大的走兽飘起来，荡了两下，变成一片巴掌大的符纸落在她手心里。

聂隐娘第二天在红线的吊床上醒来。红线坐在一条树枝上，两手撑在身侧朝她看。

红线的嘴唇又红又翘，水润润地鼓着，像成熟到即将爆裂的浆果。

红线露着大腿和小腿，皮肤是饴糖般的金红色，赤裸的脚踝上挂着细小的银铃铛。

"你醒啦！我带你去玩。"她不由分说将女孩抱下地。女孩的白色睡袍在湿润的晨风里飘了一会儿才垂落下来。

在这个山谷里，松树上挂满雏鸟，草地里长满兔子。而红线所居住的院子里挤满各种叶子大得不像话的热带植物。露水在蔓藤之间辗转一整个早晨，怎么也落不到地上。

她们牵着手去看院子中间的荔枝树，红线三下两下爬上树，一串一串将荔枝抛下来。聂隐娘仰起头，茂密的枝叶摇摇晃晃，细小的银铃铛沙沙作响。

红线爬下树来，嫣红的荔枝掉了满地。她"哎"了一声："你怎么不捡起来吃？"

聂隐娘将信将疑地拾起一枚荔枝，小心翼翼地抠开一个小口。红线衔着一颗果子在她旁边咯咯地笑，滋的一声，柔白的汁液溅了两人满脸满头。

聂隐娘瞪圆了眼睛望着她，然而没有恼。她继续小心地剥开自己手中的荔枝，小心地舔了一下珠圆玉润的果肉。

红线凑到她耳畔，伸出细小的舌尖卷起女孩鬓边一缕碎发，上面挂着一滴荔枝味道的柔白色露珠。

聂隐娘在魏州时曾见过最快的驿马从南方贡来的荔枝。粗粝的壳封在一层半透明的蜡质里。她珍重地看了几个时辰才小心翼翼地切开果实。里面流出早已腐烂变质的褐色汤汁和蛆虫。

第二天父亲问她味道如何。节度使只给每个牙兵分了一颗荔枝。父亲舍不得吃，带回家去讨好女儿。

她睁大眼睛用力点头，说，甜极了。

她藏在深宅里，如荔枝被藏在蜡质里。从外面只看见一层羞红的壳，仍和在树上时没什么两样。

红线将她偷出来，用金盒子盛着，安放在太行山深处的云雾里。红线教她在绝壁上行走，教她在闹市里杀人，教她用毒虫的血液调制绿色的药水，只消一滴就能化掉整颗头颅。

红线跪坐在她身后解开发髻，女孩的乌发流到地上。红线直起身子，挽起她的长发露出脑后的头皮，割开一道口子用来藏匕首。红线用银丝给她的伤口锁边，在线头上点缀一颗极细小的银铃铛。

红线将她打扮得香喷喷的，脑后插进一只三寸宽的匕首。刀柄上镶着螺钿，流光溢彩地从发髻里探出来。她们手挽着手到人间去，在熙熙攘攘的集市上红线说，那个人坏。聂隐娘眨一下眼睛，顷刻间就将他的头颅割了回来。

红线把头颅放在绣花皮囊里，化成一泓碧绿的清水。聂隐娘忽然问，皮囊为什么不会化？

她学艺时极少发问，但每个问题都让红线措手不及。

她抱着女孩装满好奇的小脑袋，鼻尖蹭进温热的发间。她说，你呀。

晚间红线又带她去一户人家，她们坐在最高的房梁上，红线光裸的腿脚垂下来，荡来荡去，银铃沙沙地响成一片，像疾风卷着霰雪。在她们脚下房子的主人抱着一个年幼的孩子，安然享受天伦之乐，对这一切毫无知觉。

红线指着主人说，他坏。

聂隐娘的目光落在雪团儿似的幼童身上，微微吸了口气。

红线将脚踝交叠起来，灯烛的柔光照着朱红色的脚指甲。小脚趾的指甲只有一粒米那么大，也被仔仔细细修出完美的弧线。

"先杀它，再杀他。"红线拿尖细的手指点着孩子。

聂隐娘吐出一口气，缓缓摇头。

红线在她耳侧的发际线上亲了一下，笑嘻嘻地说，你呀。

灯烛燃尽。主人将熟睡的孩子放在摇篮里，离开了房间。

　　她们从房梁上下来，凑在摇篮上看了一会儿。聂隐娘伸出一双素手，轻轻揩去孩子腮边的一滴口水。

　　她们回到山里的时候正下着第一场雪。雪落在她们的山谷里，落在松树和草地上，却落不进红线的院子里。那些大得杀气腾腾的叶子散发岭南雨林的气味，雪花来不及落地就被蒸成一团奔腾澎湃的雾。

　　聂隐娘仰头看着松鼠尾巴一般蓬松的雪消失在虚空里，看了一片又一片。草丛里有露水，湿漉漉地顺着她的鞋袜往上爬。她低头看了一眼，原来是一条青色的蛇。

　　她发出一声骇人的尖叫，引来了整个山谷里的少女、雏鸟、和兔子。她们都是第一次听到这女孩发出声音。

　　红线从藤萝间荡下来，一手捏住青蛇的七寸，反手藏在背后。

　　"好啦。"她用另一只手搂住女孩柔声抚慰。女孩的脸埋在她颈窝里，鼻息咻咻像只不安的幼兽。她耐心地揉着女孩的后颈，另一只手偷偷把蛇从背后拎过来仔细端详。蛇死得很安详。她喜欢鳞片排列的形状。

　　雪化之后她又带着女孩出山去。她们进了长安城，住在荒草丛生的宣阳坊，每天走过一百道面目雷同的墙。聂隐娘渐渐心生厌倦，可是没有表现出来，仍旧陪着红线走到这里那里。女孩走路时总盯着脚下，走了很多天，不曾看过五凤楼的飞檐和骆驼背上的伎乐。

　　红线带她去西市里，在人群里挤过来挤过去，最后她在镜铺前面驻足了半日。镜匠将银子化在水银里，倒在镜面上，轻轻漾一下，涟漪过后镜面平整如深夜里的古井。在火上煨一会，水银蒸干，镜子便淬好了。女孩用指尖轻轻触了一下，凉而硬，映着天外的流云，却不再有潋滟水光。她很快对这把戏失去了兴趣。

　　夏天的夜里她们手挽着手去刺杀宰相。红线指着五花马上金印紫绶的男人，说，那是大唐第一美男子，你去把他的头拿来。

　　聂隐娘从槐树上翩然落下来，白色的睡袍如漂浮的海月水母，眉和唇的颜色淡如晚香玉。宰相看见苍白的一个影子落在白沙堤上，好似一瓣不小心跌碎的月光。

她从正前方拦住马，勉为其难地仰头看了男人一眼，然后伸手抓住缰绳，翻到马背上，用三寸宽的匕首割断男人的脑袋。

她不喜欢男人的鼻子，于是从眼睑下面入刀，取回来半个颅骨。鼻子和嘴和尸身一起跌落下马。

然后她们连夜赶去刺杀御史中丞。红线朝巷道里窥了一眼，"哎呀"一声，伸手捂住了聂隐娘的眼睛。

红线跳下地去，片刻之后又跳回来，手里的短刀上只有一抿微薄的血痕。

"太丑了。我们走。"

她们回家的时候藤萝正变成霜红色。红线的院子门口立了根杆子，上面挂着几百条五颜六色的蛇皮。金属光泽的风掀起哗哗的响声，像是秋林里一棵渴望落叶的树。

红线将这些蛇皮裁剪整齐，缝成圆形的皮囊，拿银丝在上面绣满华丽的花纹。她用尖细的牙齿咬断银线，将皮囊送给聂隐娘。

皮囊里面盛着溶化骨肉的毒汁，而其本身毫发无损。聂隐娘看罢，朝她笑了一下。那是她第一次看到女孩的笑颜。

女孩将皮囊挂在吊床旁边，说，好了。

圆鼓鼓的唇临近她，丰腴的肩临近她，光裸的饴糖色的小腿临近她。女孩朝红线伸出苍白细瘦的手腕，银子般清凉的皮肤上开始生出羽毛。

雏鸟细幼的纤羽在空气里轻颤。称不出重量的丝丝酥麻。从湿腻的雾里唤出露珠。

在睡鸭蓬松的绒羽里无终点地下坠。失重的眩晕溅落在柔软的湖心。半透明的蜡质在潮热里融化流淌，露出羞红的壳，莹润的肉，甜腻的气味，柔白的汁水。果蒂上一痕微青的涩意，新鲜得好像从未离开岭南的枝头。

鹰隼凌厉的飞羽给她们的世界里送来风。风从谷底扶摇直上。风路过啼鸟的舌尖。风缠绕肢体的每一处末梢，旋起湍急的涟漪。

孔雀骤然展开华丽的尾羽。每一个片段都闪烁着千万种叫不出名字的绚丽颜色。每一个眼斑的尾稍上都锁着一颗细小的银铃铛。

铃铛硌进女孩的脚踝，在乳色和蜜色的皮肤之间往复揉捻，将细细密密的喜悦碾进胫骨的髓心里。女孩从此拥有了飞鸟般中空的骨骼，隐秘的孔洞里填满轻盈的银色铃声。

清晨的鸟鸣声落进吊床里。红线对女孩说，你出师了。

聂隐娘第一次独自出山，是回到自幼生长的魏州城，去行刺节度使。

节度使一身缟素，背对她跪在灵堂里。她的脚步没有一丝声息。然而节度使背对她说，你回来了。

节度使转过身来，尚还年轻的脸上已没有活人的生气。他垂头盘算着自己心脏的位置，无精打采地抬起沉重的眼睑："隐娘，你见过长安的雪吗？"

聂隐娘的视线没有一丝扰动，白色的睡袍翩然飘到灵座前，三寸宽的匕首干净地刺进节度使肋骨的间隙里。

"我上次去长安，是元和十四年，随父亲朝觐。"节度使仍旧垂首打量着心脏的位置。年轻结实的皮肉紧紧拥住利刃，血珠艰难地渗出来。"人们说，到了下雪天，长安的街巷会变成黑色的河道，里坊会变成漂浮的小船。河岸上的积雪被雾气呵出圆润的轮廓。你可以登上城外的高塔往下看，一朵一朵的雪堆，像白色的颅骨铺满海底。"

女孩去长安是在夏天，打麦子的季节。

"高塔会在长安城里投下影子。积雪上的影子是薄暮般的青紫色。要是掉进黑色的水里，那影子就融化得无影无踪。"

聂隐娘听得有点入迷，然而节度使朝她看了一眼，将食指放在嘴唇上，说，嘘……

节度使拧动自己胸前的刀柄，很快就流干了心脏里的血。他朝着灵位的方向倒下去，倒成一堆乱七八糟的麻布。

"父亲说，我归顺了朝廷，就可以每年去长安看雪。"

那是魏博镇六十年来第一个也是最后一个效忠朝廷的节度使。在他死后，这片版图便如骄阳下干裂的土壤一样分崩离析。

聂隐娘一路拎着发髻带回节度使的头颅，直到回到红线的院子才将它放进皮囊里。

皮囊里只有一滴化骨的毒液。那一滴药水沿着胡须爬到脸上，所过之处皮肤被烧出恶臭的焦黑。药水生出细小的触须，一丝一丝扫过整张脸，如一只细小的昆虫耐心地啃噬比自身庞大千倍的猎物。

红线和聂隐娘头顶着头，目不转睛地看完节度使的头颅溶化的整个过程。最后皮囊里只剩下一捧碧绿的水和一只玟瑁发簪。红线伸手进去捞出发簪，笑嘻嘻地说，可惜呀，然后扬手将发簪抛下万丈悬崖。

清亮的绿色液体从她的红指甲上滴落，落在草丛里，生出一朵朵雏菊。

那天夜里聂隐娘说，我想去看看雪。

红线抵着她的额头，长久地吻她，最后将她的小脑袋埋进柔软的胸口，说，你呀。

送行的那一天聂隐娘坐在荔枝树的枝条上，垂下两条腿。红线脱下她的鞋袜。女孩在山谷里长出玲珑婉妙的身躯，而苍白的小腿和脚腕仍旧细瘦如鹭鸟。

她以为红线会解下一串银铃送给她。然而没有。红线给她的脚踝戴上一串奇形怪状的骨饰，然后重新给她穿好鞋袜。红线说，好了。

很久以后她终于搞明白，那是一串蛇的椎骨。

荔枝树开满甜腻的花。在长安城里松鼠尾巴一样的雪花落在清澈的黑色河流上。是女孩将要看到的那种雪。而红线知道她这一去便再也不会回来。

佛眼

我在梁州见到陆贽，是在弥勒院的山门里。那是大唐流亡政府的临时官署。整个翰林院挤在一进院子里。佛堂里光线昏暗，不下雨的时候陆贽便将书案摆在正殿门口。我在漫长的等待中一直远远望着他。细长的脖颈和清瘦的肩，在黑沉沉的佛像的注视下伏案疾书。

他的书案上放着一杯茶。他时常伸手去握那只青瓷杯，有时拿起来抿一口，有时并不喝水，就只是无意识地摸一下，也许是手太冷。

我认得那杯子，于是不免感叹一个连自己都差点丢了的人，竟一路带着这可有可无的身外之物。

我看他这样忙，以为他一定已将见我的事忘掉了。然而约定的时刻一到他便立即搁笔，起身到山门里来会客。

"我们有一刻钟时间。"他不动声色地将平肘弯处衣袖的褶皱，左手轻轻揉着右手执笔的指尖。他的神色清冷而憔悴，但会在说话的时候温和地平视我的眼睛。

他真年轻。我一边默默感叹一边递上一卷杂文："韦将军应当和学士提起过我。"

他没有延接宾客奖掖后进的习惯。我必须强调自己所拥有的特权。

韦将军三个字逗出了那人唇角一丝笑。轻得像柳絮落在春水上。随即掩饰般地低下头看我的行卷。因着这一个笑，他甚至没有注意到我略显矜慢的措辞。

他只看了三行便迷惑地抬起头："后面都是这样的……传奇……吗？"

在那个时代，写传奇行卷还是一件本身就很传奇的事。但我面不改色地点点头："韦将军说，你喜欢好看的故事。"

他垂下眉眼避开我的目光，继续专注在文本上。直到一刻钟时间过去大半，他停下来："抱歉看不完了。你确实能写很好的故事。不过……"他将文卷展回到开头处，"这个《沙门海通》的故事，我听说的是，海通和尚誓除水患，募资千万开凿凌云寺石佛，嘉州郡吏贪财索贿，海通和尚断然拒绝，云：'自目可剜，佛财难得。'郡吏怒道：'尝试将来。'和尚便果然自抉双目，捧盘致之。郡吏大惊，失悔不迭，自此不敢再相侵扰。"

"你是听韦将军说的。"

这一次他无法再掩饰了，只得微笑着点点头："他家里有长辈晚年昏瞀。他自幼习射，很爱惜眼睛。我想，他是因此对这故事印象深刻。"

他谈起韦皋时，脸颊的线条会有短暂的松弛，泛起一种舒适的疲惫，仿佛一条饱经风浪的船终于回到宁静的港湾。

"然而你写的是，海通和尚为钜万资财所惑，自生贪念，心魔一起，竟成狂疾。最终抉目自残以谢佛祖。——你这样写，是想表达修行不易的意思吗？"

"我不想表达任何意思。我这样写，是因为事情本来如此。"

他惊愕地看着我。他的眼睛像清潭中空游无依的两尾鱼。眼睑下方泪水流经的地方有一枚浅浅的痣，如沉落水中的一粒沙。在他身后隔着一院子的松风竹影，佛堂里的弥勒像垂着头，将眉目藏进阴翳。然而他没来得及再问，一刻钟到了，他匆匆卷起绫纸交还给我。

"刘辟。"他没有使用任何客套的称呼，仍旧平视着我的眼睛，直接叫出姓名，"我能看出你是个聪明的人。将来假如我能有机会知贡举，奉劝你不要在那一年白费力气。我只能帮你到这里。"

说完他起身，行礼，从容告辞。继续坐回弥勒的视线之下，继续写他的经国大业不朽盛事去了。

一个翰林学士的偏见并不能阻止我很快蟾宫折桂平步青云，正如席卷北方的一场又一场叛乱都没能阻止唐帝国很快再次中兴。陆贽和韦皋护送天子回到九重宫阙里，各获得了一枚"奉天定难元从功臣"的勋章。在他们上一次告别的时候还是不起眼的青袍御史和使府下僚，如今已各自穿红着紫，跻身帝国官僚机器的枢密核心。

那时我已预料到，在这个现世宝皇帝的手下，他们不会有什么静好美满的结局。但随即韦皋不甘于金吾将军的闲散，主动求取剑南西川的节钺。这一份辜负香衾事早朝的男儿志气多少还是让我有几分刮目相看。于是我也放弃了在秘书省翻那些发霉古卷的机会，受聘成为他手下第一批幕僚。

并不意外地，韦皋对凌云寺那尊巨大的石佛始终念念不忘，甫一上任便捐出私产助其营缮。等到成都府中安顿下来，更亲临嘉州查看进度。

佛像开凿于三江交汇处的悬崖上，比江面上青色的云雾还要高。开元年间的工程只刚雕完上半身，莲座以下百尺尚未成形，即随着海通和尚的圆寂而停工。再经过天宝之乱，如今石像已经半没在荒草灌木中。然而寺僧倒不像这顽石一般天真未凿，都知道钱使在哪里最好看。到我们前去瞻仰的时候，石匠开工尚且遥遥无期，却先将佛面绘饰一新。朱唇粉面宝相庄严，看得韦皋十二分满意。

他是个既精明又铁腕的节度使。然而在某些事上总会退化出不可救药的孩子气。我望见大佛那莫名熟稔的眉目，眼睑之下一枚浅浅的泪痣，登时浑身恶寒。暗自庆幸陆贽这一辈子都没机会前来瞻仰，不然看见自己的脸赫然被画在百尺方圆的佛头上，大约要尴尬到就地投江。

　　那天我们赶上一件大发现：清理杂草的民夫在佛像腹部发现一处藏脏洞，里面供着金银铜铁铸成的五脏形器皿，代表佛像的腑脏。想来是开元年间初凿时封入的。

　　我们一件件看过心肝肺脾肾，只见香案最深处不见光的地方还立着一只高盘，里面滴溜溜供着一对鸡子大小的圆球。韦皋素来百无禁忌，也不顾寺僧阴沉沉的脸色，顺手便去抓，惊道："好沉。"

　　捧到亮处，拂去积灰，只见一对赤金弹丸在烈日底下亮得刺眼。细看一回，上面似还錾着瞳孔般繁复迷离的纹路。

　　我奇道："眼睛也算五脏？"

　　寺主一脸掩饰不住的痛心疾首，已经没有了讲经论道的心情。想来这藏脏洞不早不晚，偏在使君手里被打开，这一注横财就这么在眼皮底下长翅膀飞了，也真是天大一桩晦气。

　　韦皋笑道："蠢材。这自然是表彰海通和尚抉目造像的意思。和尚肉身没了眼睛，眼珠子自家跑去和弥勒佛的心肝混一处，可不就成佛了。"

　　寺僧对这天花乱坠的解释也只得唯唯附和，还没等组织起语言，韦皋又道："天大一桩盛世功德，撒在这山乡僻壤可惜了的。"可怜寺主眼巴巴望了半晌，连摸也没摸到一指头，这一对金眼珠子就被韦皋揣进袖子带回了成都府。

　　在那之后我几乎每天都能见到这对金眼球。有时在公堂，有时在内室。韦皋伏案工作时便将它们放在触手可及的地方，一左一右守着那只和陆贽案头一模一样的青瓷杯。我在议事时便得以一直看它们。看得久了，似觉那上面瑰奇的纹路如漩涡一般，能将人的生魂吸进虚空。

　　那几年间韦皋结南诏、御吐蕃，存心建不世之功。成都府上公务繁剧，僚属们时常忙到留宿使府彻夜伏案。到了夜里困意泛上来，我支着脑袋打起瞌睡。刚朦胧时忽听见靴声，一个激灵抬起头，正对着使君的帅案。只见那对金珠子滴溜溜地转了一下，漩涡般的纹路转到正面与我大眼瞪小眼。说来也奇。我见过这珠子千百次，从来都是直面瞳仁，简直从没见过眼球背面的样子。果然它自己凭空会转？

正出神间，韦皋已走进来，见四周无人，凑近我吞吞吐吐地问："太初…你这两天…都好吗？"

我靠近他的那边起了一胳膊鸡皮疙瘩："托尚书的福。都好。"

他犹拿一双眼睛滴溜溜地盯着我看。残烛摇曳，清浅的瞳仁映着一缕诡异的光，如渔灯在暗夜的江上钓出水鬼。"没有什么奇怪的地方？或者……噩梦之类？"

"尚书有什么话，不妨直说。"

他如释重负地舒了口气，但开口时仍旧不成片段："我时常梦见，唉其实，我也不知道是不是梦见的，一些奇怪的东西。不瞒你说，昨天我记得你半夜进来递文书，我就……一口把你吞掉了……"

我努力消化了一下这段话，然而头脑里实在一片空白，最后只干巴巴地答道："尚书想是劳神太过，该找医博士调理一番。"

"你听我说。"他似已察觉我的不耐烦，诚恳地按住我的小臂，一手将那对金珠子从案上抓过来，"上回有南诏使者来见过它，说这纹路不一般，大约是件吐蕃的巫器，不知怎的流落到唐土。"

我翻了个白眼。一把年纪了，还真是什么都肯信。

然而他一点也不介意我的态度："那人说这是极有神力的东西。任是怎样艰难的事，有它在手里都能做成。还说，吐蕃人极怕它，看一眼都要七窍流血。——你看，这可不是天佑大唐，专教我得着这宝物么？将来杀尽蕃贼，复河湟，收九曲，到那时候……"

我打了个呵欠："到那时候，全成都府的宾佐都被你吃没了。"

他干瞪了我半晌，孩子一般扁着嘴："那不是，我累得癔症了。横竖一根毛也没缺你的。就这么记仇。"

我耸耸肩，任他悻悻然拂袖而去。

我们的苦心经营很快就见了成效。几年间南蛮诸部纷纷断绝吐蕃，归顺唐国。韦皋遣师与蛮军共破吐蕃于台登，擒杀其骁将乞臧遮遮。遮遮是吐蕃大相尚结赞之子，地位崇重，被杀后吐蕃酋长百余行长跪阵前蒙面恸哭，雪原上一片愁云惨雾。

那一年陆贽也终于多年媳妇熬成婆，扳倒一干政敌入主中书门下。有唐一百七十年，像他这样年轻的宰相真是屈指可数。

"高处不胜寒呀。"韦皋精心挑选一个香喷喷的檀木匣子，将乞臧遮遮的首级装在里面带去京中献捷，身后还跟着一串名字佶屈聱牙的蛮国使者。"多少人盯着他。他那小身板要给活活看杀了。我得去给他撑腰。"

我嗤笑一声："你要是比他好看。还能去替他挨两眼。"

不管结局如何，我料想他们至少可以有一次欢洽的相会。然而韦皋比预期早了近一个月返回西川，一下马来，打丫鬟骂小厮，足闹了三日才消停。

我躲过这几天才不紧不慢去拜会他。一见面时大吃一惊：也就不到两个月，他瘦得肩胛都凸了出来，幞头裹得七零八落的，简直兜不住一头油腻的乱发。我从他手里强行将那一对金珠子抠出来："这不是核桃，盘不得。磕出印子来就不好看了。"

"你不知道……"他两眼里布满血丝，只顾盯着珠子出神，"你不知道我做出多糟糕的事。"

我心里涌出一种面对过分顽劣的孩子的无力感："你……你不会拿着这珠子要去送他罢。"

他委屈巴巴地点点头。

我简直能将白眼翻进后脑勺里。"他被你恶心坏了。"这剧情我拿脚趾头都能猜出来，"你以为他需要排挤异己的力量，需要让君上回心转意的奇迹。你以为他处在那样艰难的境地里，就肯像你一样不择手段。可惜你看错了他。他也看错了你。"

"不要归不要，可他那样说我……"

"说你横征暴敛，刻剥民膏以结主恩；还说你不许幕僚入朝转迁，以免他们泄言阙下，这都是当年逆胡的行径，教你好自为之。——仆射，你既做得出来这些事，就没想过他见了会怎么说吗？"

他一梗脖子，脸憋得通红："我都是……"

"你还觉得你都是为了他。"

我烦躁地站起身，支起窗户让湿冷的空气灌进来。片刻诡异的僵持之后，他忽然泄了气，冻得牙齿咯咯响："不。其实，这都不算什么。我才不怕他骂我。可是……你不知道。我真的吓坏了……"说到最后，每一个字都在瑟瑟发抖。

"你……"我倒抽一口冷气，裹紧大氅，转过身来从他看到珠子，又从珠子看回他。

"你把他一口吞了。"

他像只中箭的猎物一样颓然缩成一团，一哭不可收拾，简直把眼珠子都哭了出来。

不久后京中就传来消息，宠极爱歇，秋扇见捐，强明自任的皇帝厌倦了下笔不能自休的谏臣。毁掉一眼冷冽千年的清泉，只需一捧流言的污泥。

他一度面临牢狱和鸩酒。幸赖阳城等人冒死切谏，天威稍霁，额外开恩，总算保住一条小命。

谏官伏阁那日一个年过八旬的老将军只身闯进延英门，山呼万岁，庆贺圣朝有死谏之士，主明臣贤，太平万世。

我猜那个行伍出身的武臣既不认识陆贽也不认识阳城，更不曾看过《翰苑集》中洋洋万言赡丽精微的文字。他顶多只在朝堂上见过那个年轻的词臣。瘦削的背影和清潭般的眼睛。这已足够。

最终他被放逐到忠州，在群山和迷雾的牢笼中思过，一贬就是十年。

往好的一面看，至少证明他没有被韦皋吃掉。

那一次我们都开始对那对金珠子产生了某种警惕和畏惧。趁无人时我也偷偷摸过一回，也不知是不是幻觉，本该冰冷的金属似竟热得烫手。

但最终，默契地，谁也没有说出口。我们需要它。我们还有很多，很重，很难的事要做。

"论莽热。只要干掉论莽热，我立刻就把它们送去嘉州塞回山洞里去。"他从枕边摸出珠子，然后重新塞回枕头底下，仿佛只有这样才能睡踏实。

我不以为然地耸耸肩："你和我说这个干什么。又不是我的眼珠子。"

论莽热是吐蕃赞普的内大相，也是其国久镇南疆的一员骁将。自乞臧遮遮死后，吐蕃军中震恐，城栅降者无数，而论莽热及其部下始终岿然不动。贞元十七年，昆明城又有南蛮弃蕃投唐。赞普盛怒之下大举入寇灵、朔。韦皋立即抓住机会对其边备空虚的南疆发动总攻。十路并发，救军再至，转战千里，蕃军连败。赞普遂引灵朔之寇南下，以论莽热领十万大军解维州之围。韦皋以万人据险设伏，诱敌深入，一鼓而破。俘虏万余，歼夷者半，生擒论莽热献俘阙下。

那时候韦皋已经千方百计回避入朝了。只遣我押解论莽热入京。那是个凶悍又顽强的汉子，至死没有叫过一声痛，叹过一口气，在颠簸的囚车里一路不停嘴。给他嘴里塞上马粪，也被他一口一口咽下去，继续用蹩脚的汉话问候我们全家。

某天周围人少时他忽然叫住我："郎君，你照过镜子没？"

我瞥他一眼，没理会。

他朝我吹声口哨："没有镜子，把眼珠子剜出来看看也好。"

我手指一紧，不觉勒住了马。然后又不由自主地赶上去几步靠近他。

"啊呀，我说错了。"他呲牙咧嘴地笑了一下，脸上的鞭痕渗出血珠，"你都把眼珠子抠出来了，还怎么看。还是让我来给你好生看看罢。"

我命人将他的囚车挽到路旁僻静处，散去随从。面上不冷不热，心跳却已快了几拍："你有什么话要说？"

他仍旧一脸狞笑："郎君，你吃了黑魔鲁赞的眼珠子。"

"什么？"

"啊，你们汉人可知道吃人的黑魔王。他的心脏是玛瑙，眼球是黄金。他用颅骨做酒杯，脊椎做刀鞘，腿骨做枕头。假如没有莲花生大师和雄狮大王格萨尔的英勇征伐，整个魔国，岭国，唐国和姜国都会在他手里碎成齑粉。所有的牦牛和马，羊群和人，所有人，都会被他一寸一寸咬碎吞下去。"

我强作镇定，嗤笑出声："他们说吐蕃人能被一对金珠子唬到七窍流血。看来是真的。"

"啊，是啊，你们汉人会把它认作赋予神力的宝贝。你们闻见权势的气味，如同老鼠闻见酥油，至死尝不出油里的毒药。"

"它能把我怎样？"我终于忍不住，不自觉地压低了声调。

汉子昂起高傲的头颅，将一口浓稠的马粪啐在我身上。

"郎君！那可是吃人黑魔的眼睛啊！"

入京之后我立即差人到西市买来最昂贵的铜镜。镜中人有一双漆黑如虚空的眼睛，瞳仁的纹路仿若深不见底的漩涡。

朝见天子的时候我捧出韦皋的密奏，结果我们失望地发现，又是求以陆贽代己为西川节度使。

天子没听完便朝中使大手一挥，示意"不用读了，我都快会背了。"然后似笑非笑地盯住我："陆贽代了他，他打算去做什么？"

我微微一耸肩："他也许准备代我为行军司马。至于我，百无一用，大概只能代陆相公去做忠州别驾了。"

天子大发一笑，这个危险的话题就这样像只苍蝇一样被轻轻挥走了。

又或许他只以为这也是韦皋的孩子气的一部分，正如那人会进贡黑白毛色的熊，一口咬定这是神兽貔貅；也会一本正经地将一个妓女表奏为校书郎。

"那也应该叫校书娘呀。你说对不对。"皇帝拿御笔一本正经地涂画着官诰，写完将白绫纸立起来左看右看，对自己的创作满意极了。

完成公差之后，我在返回的路上绕道忠州看望陆贽。

距离我上一次在梁州见他，过去了整整二十年。他用一半的时间爬上遥不可及的云端，为太阳底下每一件不公平的事写上一大段诚恳殷切的谏议。在余下的十年里，他有足够的时间在泥涂中反刍自己那些百无一用的苦口婆心。

在见到他的那一刻我便知道他从未后悔。

二十年的盛衰沉浮如蜉蝣划过水面，在他身上没有留下任何痕迹。我见过许多心如铁石的人，不为世间任何困苦磨难所动，却难免因着一点争强好胜的野心，轻易将灵魂出卖给魔鬼。而他和任何人都不一样。功名富贵的火，困厄失意的刀，流言与污蔑，背叛与构陷，尘世的任何恶意都伤不到他无形无质的清白。

他只在打开匣子，看到韦皋为他精心准备的丰厚礼物时黯然叹口气，悠悠地平视我的眼睛。

我还没等他挪动嘴唇便抢先道："韦令出私俸在嘉州修凌云寺石佛，首尾十九年，上个月终于竣工了。"

他又迷惑又有一丝忍俊不禁："他又不信佛。"

"正如相公不信药，却仍旧抄了十年的药方，冀除世间病苦。——只是一份痴心罢了。"

这些年韦皋送去忠州的金帛，从来都只有被原封退回的份。而这一刻，我在他泛起水光的眼里看到了一丝无法拒绝的动容。

"劳你替我……谢谢他。"

我当即从匣中拿出一对金锭放在他的砚池旁边："别的都还罢了。这一份钱是韦令专奉相公誉抄《集验方》之资，待其广传天下，治病救人，便也有他的一份功德了。"

一阵长久的沉默。然而我胸有成竹地知道：事情办成了。

"刘辟。"二十年后我已有了一长串官阶职衔，而他仍旧直呼我的名字，"你还和当年一样。诸般都好。只是太聪明了。"

我微微挑起眉梢。这很奇怪么？我从使府里一个最低级的巡官爬到今天的位置，你以为我靠什么？

"我当年错怪了你。"他心平气和地向我道歉，"二十年前我读你的行卷，看你写海通和尚剜眼以斩心魔，那时候我觉得你厚诬古人，哗众取宠。后来我渐渐明白，是会有这样的诱惑，是会有这样的修行。不管事实是不是如此，你揣测人心的功夫确实炉火纯青。"

他用二十年前那种清冷又温和的目光平视我的眼睛，忽然话锋一转："刘辟，你会背《蜀道难》吗？"

蜀道难，难于上青天。
剑阁峥嵘而崔嵬。一夫当关，万夫莫开。
所守或匪亲，化作狼与豺。
那一霎的对视里我们都明白：这世上有两个人，知道这土地上要变天了。

"会。"
他的目光有那样一种魔力。在被他看着的时候，任何人都甘心敛容俯首做一个恭顺的学生。
我坐直身体，从容念起来。
"蜀道易，易于履平地。
"岩壑凿通衢，江峡风景异。
"贤王于此开寿城。豺狼变化作驺虞，蛇虺消藏同蜥蜴。
"蜀道易，易于履平地。
"大君若天覆，广运无不至。
"北有毡裘椎髻之貊，西有雕题凿齿之夷。莫不奉琛执礼效朝贡，春秋使者来接迹。"
我听到一阵轻微的响动。抬眼看时，他已经消失在帷幕之后。

贞元这年号似乎被下了一种昏睡的魔咒，那漫长的二十年间一切都缓慢，凝滞，死气沉沉。然而时光恪守自身的节奏，平静到乏味的湖泊的另一端终有激湍飞瀑，只是一时间看不到而已。
等到这糟糕的皇帝终于死去，我们终于隐约窥见时光的灰色地平线所守护的秘密。那一年里换了三个年号，宫闱深处私语的洪流将唐帝国里最聪明精干的人卷来又卷走。脚步太过匆忙，甚至没有人能看清那些朝气蓬勃的面孔，眼瞳的纹路可有一丝漩涡的痕迹。
而在这被尖利的山峰和狰狞的峡谷所禁锢的湿热盆地里，长安上空的阴霾雷电都不过是山那边一场骤起骤散的急雨。在这里优雅的女子仍在楼头眺望江帆，斑斓的孔雀仍在铜镜前顾影自怜，而他们的主人，尽管头脑中的孩子气并无痊愈的迹象，体格却不容置疑地步入迟暮。

春天的一个下午，忠州送来一个小小的包裹。韦皋靠在病榻上看着我打开它。

首先取出的是一只青瓷杯。我将它放在榻前的小几上，和另一只一模一样的杯子紧挨着。瓷器相触发出清越的声响，仿佛一对恋人在庆祝半世别离之后终于等到的重逢。

我立刻明白发生了什么。然而韦皋出奇地冷静，仍像孩子等待礼物一样直着眼睛盯着我手里的包袱。只在我试图将它递过去的时候才面露一丝惊恐："不。你来……"

接下来是笔砚，旧书，几卷字迹工整到看不出一丝情绪的药方。

然后是一个纸包。我看他一眼。打开来，是半块茶饼。茶是极普通的成色，大约只是市卖货里的中下等。这绝不可能是韦皋送他的东西。我微有些迷惑，抬眼时却见韦皋已经泪如雨下。

迷惑依旧。但我立刻明白，是在那一瞬他终于知道，那个人死了。

我取出包裹中最后一件东西——一对金锭——放在他枕边，无声地退出了内室。

在同僚的叹息中我听说新君和他的一群雄心勃勃的年轻官员们正在革旧弊，施新政。其中一项措施便是召回前朝被放逐的贤臣。然而陆贽、阳城和令狐峘都在奉诏启程之前即踏上了另一条路途。

我极轻地耸耸肩。圣朝君臣如此英明，自然也该知道，这些人本不属于他们的时代。

就在我们相互交换空洞眼神的时候，使府后院里忽然儿啼女哭乱成一团。一个妇人跑出来，不由分说拉起我就往里跑。一路上我听到仆妇姬妾们惊恐地描述，韦皋方才忽然失心疯一般，一口吞下两个金锭。这会儿正捂着胸口满床打滚，眼见要出人命。

我顿住脚："你确定是金锭？不是金的……别的什么东西？"

妇人力气奇大，拽着我往里面走："就金锭！刚从包袱里拿出来的！你说那金珠子，早几天就不见了！"

我心里疑窦丛生。然而毕竟是女人家的嘴，也不十分信。纳闷间已到了内室，只见韦皋披头散发蜷在床里，似乎已将金锭吞下了肚，终于安静下来。只有失神的目光和嘴角一丝诡异的笑暗示着有什么地方不对。

哪那么容易就死了呢。我撇撇嘴，暗地里埋怨女人家失惊打怪。

"太初。你对我说实话。"他朝我伸出一只手，说话的时候有血顺着嘴角流到衾被上，"他当真这样嫌恶我么？"

一把年纪了。真是不可救药。我没好气地扶他坐起来，给他擦了擦脸上的血迹。

"他一直很爱你。"

"可他把眼珠子都剜出来了！"

"什么？"

"他讨厌我。他把眼珠子剜下来还给我。这样，他死的时候，就好像一辈子不曾认识过我一样。"他的嘴里仍在涌出鲜血。泥泞浑浊的声调听上去让人产生某种不洁的联想。

我竟不能反驳。陆贽和海通和尚之间似乎真有某种诡异的默契。他们只容许自己的眼里有赤地上的黎民和星空里的先哲。除此之外但凡混进一丁点脏东西，就真的会将眼珠子剜出来，血淋淋地献祭给自己纯净无瑕的信仰。

可是，说一千道一万，哪有什么眼珠子，那不过是陆贽还给他的阿堵物罢了。

但此时我并没有心思跟韦皋一起发痴，只漫不经心地听他絮叨，一面满屋里到处翻找。

"他一定是恨我私结太子扰乱朝政。他看不得这些尔虞我诈的勾当。

"他恨我敛财，恨我进奉，恨我穷兵黩武，恨我媚上欺下。

"他恨我，身居下位时也曾横身丧乱，扶危匡世。一朝得志，便忘了少年意气。

"可是，太初，我这样机关算尽，冒着掉脑袋的风险去趟这浑水，我为的是有朝一日能兼领三川，将忠州护在羽翼之下，让他过几天舒心日子。太初，你有没有和他说过，我都是为了他啊！"

那对金珠子，过去的二十年里几乎没有离过韦皋身边一尺距离。而此刻，真的不见了。

我乍转过脸，捏住他血污狼藉的下颌，冷冷道："你不是。你只为了你自己。"

我最后一次擦净他脸上的污血，然后张开嘴，从头顶灰白的乱发开始，将他一寸一寸吞进口中。

他很高，可是已经被疾病熬瘦了。咬碎咽下去并不困难。他身上有嘉陵江上晨雾的清凉，有望江楼下菖蒲花的苦涩，有凤翔城头三牲歃血的腥甜，有长安古寺里檀木窗格的幽香。

他在我腹中继续完成他痛苦又漫长的死。三天后我最后一次听到他说话。在那之后，我想，他应该是终于死了。

"我是在西明寺里见到他的。他上京赶考。我在两街里胡混。

"他拜佛的时候，我在旁边说，菩萨慈悲，把这个善财童子赏了我罢。

"他跳起来揍我。他哪里打得过我呀。吴侬软语的小书生，个头才到我肩膀。可他打起架来简直不要命。凶死了。

"他总是这么不自量力。

"他认定的事，吃多少苦头也不肯放手。

"踢翻了香盒，眼睛下面被香灰烫了一小块。把我吓坏了。还好后来收敛得好。疤很浅，不仔细看还以为是颗泪痣。

"有时候我想，他要是笨到考不上。我也继续那样混下去。是不是就能一直和他在一起。

"也是春天。和现在一样。

"他十七岁。"

韦皋死后第二天，太子登基的德音被快马送进成都府。我将一院子幕僚锁起来，秘不发丧，只以剑南节度使的印信盖在一道道调兵遣将的牒文上，以迅雷不及掩耳之势攻陷梓州，俘虏了东川节度使。

兼领三川很难么？

并不意外地，再次从长安传入蜀道的是满纸血肉横飞的讨伐檄文。老谋深算的宰相成竹在胸："刘辟一狂书生耳，王师鼓行而俘之，兵不血刃。臣知神策军使高崇文，骁果可任，举必成功。"

书生？

当年逆贼朱泚、牛云光算计韦皋的时候，可不正是被这一句"彼书生，可以图之"反要了卿卿性命。

古往今来，书生领兵堪称奇观。维我泱泱大唐崇文宣武，书生领兵算什么，我们还有进士造反呢。

那时我相信我会继承韦皋的一切。他的符节，他的财富，他的威望，他有如神助的强大力量和难以置信的好运气。

那时我相信，那对成过佛的金眼珠子，如它过去被封在弥勒佛肚子里一般，从今往后再也不会离开我。

它做我的奴仆，抑或相反。这并不重要。

那年夏天有下不完的雨。人们说，凌云寺大佛脸上的彩绘被暴雨冲刷殆尽，丈许高的佛眼里不再有慈悲怜悯，不再有忧生伤世，不再有上下求索九死未悔。剩下的，只是坚硬冰冷的石头。

人们说，大佛闭眼，上一次是在天宝末年。

鼓声又响了。那是官军冒着大雨攻打鹿头山的战鼓声。距离成都只剩下一百五十里。

六月，高崇文军克梓州，德阳，汉州。七月，又克玄武，夺万胜堆，八战连捷。八月，阿跌光颜围鹿头城，断粮道。守将以城降。

鼓声近到和屋檐上的雨点连成一片的时候我坐在使府中庭里，满心迷惑地握住一把短刀剖开自己的肚子。抵着胸骨下端刺入体腔，一路划下去，划下去，直到刀尖触到耻骨。我用两手掀开皮肉，再一段一段割开腑脏。泼天的雨水瞬间洗去污秽。我在干净的皮囊里翻过来找过去，可是，什么也没有找到。

没有韦皋。没有金锭。没有眼球。人的，佛的，都没有。

我没有死。我被捆在槛车里解送京师。一路上我饮食如常，情绪稳定得让押解的官员十分沮丧。

我只是一直感到饥饿。吃下去的东西都从腹部巨大的伤口里流了出来。我不停地吃，没有一颗粮食可以落在胃里，给我一丁点踏实的饱足感。

"小郎君。"我叫住囚车旁的判官，"你看我的眼珠子。金的。你把它抠下来给我吃，好不好？——喂，你别跑。金的！我就吃一颗，剩下一颗归你。郎君，我实在饿！"

我所寻求的答案在御前献俘的那天终于浮出水面。元和天子端坐在皇城上，肃然听他的贤臣们数说我的悖逆暴行。

刘辟，他们问，你知罪么？

我抬起头。独柳的叶子如一千个胡旋女翩然飘落。午后的强光照在天子身上，手指的缝隙里乍泄出一霎炫目的金色。我瞪大眼睛看过去，一对金珠子在他指缝间滴溜溜转了一圈，将漩涡般的纹路正对着我，好似在问候久违的故友。

天子似乎察觉出什么，微微张开手掌，垂下眼睫。珠子在他手里又转回去，明眸巧睐，朝那个神武英姿的年轻人抛去勾魂摄魄的一霎艳光。

私淑

陆贽第三次退回了请柬。

李吉甫一面抱怨幕僚不会办事，一面叹息不止。他也是一路贬谪过来的人，太知道个中滋味，而他不过是从尚书员外郎出来，没几年就量移了忠州刺史，品级倒也算长了些。

陆贽则好比一只不自量力的风筝，哪里风大就往哪里迎，全然不顾高处不胜寒。

当日陆贽执政时，李吉甫受窦参案牵连，被贬出京城。如今风水轮流转，陆贽自己也失势被贬，昔日的政敌倒成了他的顶头上司。

请他去做什么？聊以报德吗？

陆贽即便高居庙堂之时，门前也无车马之喧。自到忠州，更是足不出户，客也不见，书也不看。李吉甫百般打听他一天到晚都在家做些什么，最后得到的答案是：抄药方。

李吉甫当时感叹的不是"不为良相，便为良医"，而是"医不自治"。

第一回去请他，陆贽还附了一叶手札，写了两句客套话。第二回便只捎回个口信："陆相国说他是戴罪之身，不便宴饮。"第三回，连请柬都没拆，原封不动地退了回来。

李吉甫一开始还只是面子上过不去，如今倒真个替陆贽担心起来。史书里那些恼人的"郁郁而终"，他曾以为都是史官在偷懒。

李吉甫手里百无聊赖地揉着请柬，正没个主意，背后忽然响起脆生生的声音："下次让我去。"

李吉甫回头一瞥，板脸斥道"没规矩。"却下意识地揽过孩子的肩膀，一手抱起来坐在自己膝头。

又高了。李吉甫心中暗道。坐在他腿上已经快要和他比肩。连妻妾们都说，八九岁的孩子还成日抱在怀里真是不象话。李吉甫想起她们那种近乎吃醋的表情，忍不住笑了起来。

"这可是你说的。下回你去，他还不答应，你回来可怎么见我。"虽然溺爱，李吉甫从来都把孩子当成大人对待。

孩子没说话，从他腿上溜下来，抓起书案上的请柬就跑了出去。

"没规矩！看回来打你。"李吉甫在他背后喊。

陆贽见到孩子的时候微微怔了一下，随即立刻认出了他眼睛里与李吉甫极为相似的那种锋芒，忍不住一笑："郎君如何称呼？"

孩子朝门里探头探脑："李德裕，字文饶。陆丈可以叫我九郎。"

陆贽一听九郎两个字便当场出了神，手里一松，就被那孩子挤进门来。待陆贽回过神来，也只好无奈地摇摇头，扶着孩子的肩膀一同进屋去。

李吉甫到底也不知道当时陆贽是怎么被说动的。激将法？苦肉计？或者仅仅是无法拒绝一个尚可称为孩子的年轻人的请求。有时候他觉得自己对这个次子的了解并不比对陌生人多多少。而有时候他又不得不承认的是，这孩子在很多方面具有某种他所望尘莫及的天分。

很多人都在见到李德裕的第一眼笑道："只怕将来青出于蓝。"

陆贽没有这样说。他也仅仅是没有说而已。当他终于如期来李吉甫府上赴宴，扶着李德裕的肩膀进门的那一刻，李吉甫从他含笑的眼睛里已经清清楚楚地读到了这句话。

然而在接下来的筵席上陆贽仍旧惜字如金，李吉甫来自河北望族，父亲是前朝名臣，本人以荫入仕。而陆贽出身孤寒，生长江南，自幼苦读以举业进身。身世背景上巨大的差距，加上当年在朝中一段不愉快的过往，两人之间即便酒酣耳热之际也总有一丝多余的客气。而陆贽尽管坐在华堂之上，丝竹盈耳，芳醪经口，客套的笑容终掩不住眉目间的落寞。

"相国在这里，可还住得惯？"

陆贽诚恳地点点头。

"相国当年曾随车驾至梁州，离这里倒不远。"

陆贽继续点头。他自然领会李吉甫的意思，不过是想引他说点什么打破僵局，可他又能说点什么呢？

他随天子在梁州时，莫说这样好酒好茶，就连日常衣食都不全。早春二月阴寒蚀骨，简陋的官舍里年轻的翰林学士搦管凝思飞笔草诏，天子围在他身边手忙脚乱，一会给他加件斗篷，一会吩咐侍从把火盆端近些。陆贽过意不去，几番停笔以目相视。李适不等他开口，抢先问："怎么，朕打扰你了？"

逃难的路上陆贽一度走散，李适悬赏千金派人四处搜寻。纵然贵为天子，兵荒马乱中能拿出几缗钱来。当陆贽终于被卫兵带到圣驾前，李适果然一掷千金，周围所有人都看愣了。

仍旧是赶在陆贽开口之前，李适抢先道："丢了长安朕不怕，丢了九郎，可怎么行。"

人靡不有初，想君能终之。

别来历年岁，旧恩何可期。

几番冷场之后李吉甫朝儿子微微递了个颜色。李德裕会意，把盏起身，一径到陆贽座前跪下劝酒，举手投足间皆是满满的敬意。

陆贽在朝中见识过多少以"山东旧族"身份自矜的人，到如今方真正体会到什么叫礼出大家。

李德裕举起自己的酒杯，忽然回头看了父亲一眼，然后开口道："相国当年将我父亲左迁明州长史，乃是恶其结党。但不知相国清直无党，如何也有今日之贬？"

"德裕！"李吉甫闻言失色，厉声喝断。

然而孩子只是微微顿了一下，仍旧面不改色地说下去："敢问相国，此番失意，是因为'宠极爱还歇'呢，还是因为'无奈宫中妒杀人'呢？是因为'功成不退皆陨身'呢，还是因为……"

一语未竟，李吉甫早抢到跟前，一掌打在孩子脸上。李德裕像是早有准备，被打得嘴角渗血也一声不吭，只捂着脸望向陆贽，仿佛非要等到一个答案才肯罢休。

陆贽此时虽然被问得心乱如麻，却也晓得轻重缓急。眼看李吉甫气得直发抖，他连忙起身离座去护李德裕，却到底晚了一步，早被李吉甫捏住孩子的手腕拽出门去。

陆贽犹豫了一下才跟出去。毕竟是长官的家事，他不知道自己该不该多问。刚到门口就和面色铁青的李吉甫撞个正着。陆贽越过他的肩膀朝院里东张西望，却见不到那孩子的踪影，也听不到半点异常的声响。

"童言无忌。使君万不可难为九郎！"陆贽不知几时竟急出了一头的汗。

李吉甫盛怒之际，面对陆贽更是尴尬不已，连句道歉的话都不知从哪里说起。最后陆贽想想自己劝也无益，只得草草告辞。

在朝中与裴延龄较量数年，陆贽早尝尽了宦途险恶，人情冷暖。由宰相到太子宾客再到忠州别驾，踏出长安城的那一刻他便已心如古井——他知道自己回不去了。于是在这座小小的山城里他只沉默地侍弄一罐又一罐苦涩的药汤，方寸之外，万事不问。

而这回从李吉甫家回来，他却一连三日坐卧不宁，睁眼闭眼都只见那孩子一张稚气未脱的脸，眉宇间又带着几分与年龄不相称的执着甚至强硬。

陆贽也为人父，料定李吉甫不至于把孩子怎样。他所挂念的是，他好像还欠着那孩子一个回答。

第三天夜里，陆贽终究坐不住，几番犹豫要不要再次去拜访李吉甫，顺便问问那孩子的消息。正准备换衣裳，忽然听见外面有人叫门。开门一看，只见两个仆妇打着李府的灯笼，满面焦急的神色。陆贽连忙让她们进来，才发现一个女仆背着个孩子。虽然头发乱着，他却一眼便认出那正是李德裕。

"夫人叫我们悄悄来找相国。"女仆将熟睡的孩子放在榻上，忙给陆贽行礼，"小郎君前日被使君好一顿打，当夜就发起寒热，如今越发烧得不省人事。使君气头上，硬是不给请大夫。我们妇道人家，这荒僻地方也不知怎么才好。夫人听说相国精于医术，万不得已前来打扰。"妇人说罢，从荷包里取出一块莹润的玉玦，高高捧到陆贽眼前。

"这使不得。"陆贽看也不看那玉玦一眼，只顾给孩子盖好被子，探一探额头，又把了脉，才略微放下心来。

"你家郎君底子壮，虽然一时吃些亏，倒无大碍。若你们夫人不介意，我想斗胆留他在这里将养几日。"

"夫人正是这个意思。只是有扰相国，实在惭愧。"这妇人想是李府上有头有脸的执事娘子，言谈爽利，极有分寸。

陆贽煎了药，将孩子揽在怀里一勺一勺亲自喂下去。半盏茶工夫，孩子便出了一身汗，悠悠睁开眼来。陆贽又忙喂他吃茶。孩子怔怔看了他片刻，还没认出是什么人，就再次靠在他怀里睡了过去。

两个仆妇见小主人总算醒了一回，终于放下心来，一齐告辞回府了。

李德裕醒来的时候陆贽正端坐在书案前写着什么。每写一个字都要端详良久，也不知在想些什么。李德裕悄然坐起身来，无声地在背后盯了他很久。

后来陆贽也不知是觉察出来自背后的窥探，还是仅仅是习惯性的顾盼，当他看见孩子的眼睛已恢复了往日里的神采，当即喜上眉梢。

"你盖好被子。我去拿粥来。"

"陆丈。"孩子叫住了他，"那天的话，是我自己的主意，并不是父亲教我的。"

陆贽当场愣了。他自然知道那番话是这孩子淘气，不然李吉甫何至于勃然大怒。他只不曾料到孩子病到那般田地，一醒来竟先提起这事。

李德裕也并没有期待他的回答，一口气说下去："父亲原本让我说的是，他绝非睚眦必报之人，请陆丈万勿以前事萦怀，平添思虑。"他从陆贽手里接过茶，飞快地吞了几口便放下了。"可我想，所谓以德报怨，连圣人尚且不以为然。以我父亲这番话，却置陆丈于何地？陆丈即便当时不得不应，心中又如何能就此释怀。我听说医家有'以毒攻毒'之说……"孩子轻轻一抬眼，正见到陆贽忍俊不禁的表情，便立刻咬了嘴唇不再说下去了。

陆贽原本被他一番话说得哑口无言，最后提到药理，却忍不住插上一句："《黄帝内经》云：大毒治病，十去其六；无毒治病，十去其九。你可知道这是什么道理？"

李德裕眼睛微微一转，应声道："陆丈经天纬地之才，只怕不该用在这些雕虫小技上。"

李德裕在陆家住了小半个月。陆贽除了三餐汤药之外存心不多问一个字，自己仍和往常一般，整理方书之余只默坐不语。李德裕天性活泼，只半日就和陆贽的儿子陆简礼玩成了好朋友。两个十来岁的男孩子，到一起什么做不出。整个忠州城都要教他们翻了过来。到了月底李吉甫亲自上门来接李德裕，父子俩倒在门口见了面。李德裕和陆简礼在城隍庙赛会上疯玩了一天，见了父亲一行礼，袖子里的小零食小玩物稀里哗啦洒了一地。

李吉甫当即眉毛一拧就待发作，好巧不巧院门在这时候打开来，陆贽一身官服穿得整整齐齐，恭敬地避到一旁向长官行礼。

"下官失迎，给使君赔罪了。"

李吉甫连忙还礼，和陆贽一边走一边谦让，哪里还顾得上李德裕。李德裕情知父亲早消了气，再不至于难为他，便也不以为意，和陆简礼相对做个鬼脸，跟在大人后面溜进门来。

长长的回廊总算耗尽了两人间的客套话。进到简朴的书斋里坐下，李吉甫言归正传："我这次来，是想斗胆让九郎拜相国为师。"话音未落，一旁随侍的仆从已乖觉地跪到陆贽面前，高高捧起一份不菲的贽见礼。

陆贽打心眼里防着这一出，早准备好一长串推辞的话，谁知还没出口便被李吉甫一个手势截住了。

"相国昔日门生皆是珠玉之材，清庙之器。九郎顽劣，实有辱门庭。只是这荒僻之地，读书大不易，相国想也不忍见他就此荒废。"

贞元八年陆贽拜相前曾主持礼部贡举，所取进士如韩愈、李绛、崔群等皆一时俊才，时号龙虎榜。然而此时陆贽并不愿提起在长安时的旧事，连道不敢："使君名门高第，家学渊源，下官万不及一，如何敢班门弄斧。"

"相国过谦了。吉甫自幼不习举业，诗赋杂文都作不来，更不要说……"

"好驴马不入行。我才不学诗赋举业这些雕虫小技！"李德裕不知几时已跟到门口，正待行礼，忽然听见父亲提起他平生最厌恨之事，忍不住当场打断，"先皇设文学科第，本以取贞正之士，而如今的进士只知雕琢文字，磔裂声句，于国于家竟无一益。等我做了宰相，第一件事便是停试诗赋，只以经术策论取士。"一番慷慨激昂之后才忽然想到陆贽正是进士出身，早年以歌诗戏狎随侍天子，才有后来操握政柄张弛化权的机会。李德裕再机灵，到底是孩子，高谈阔论间哪里顾得到这些。直到看见李吉甫脸色大变才意识到失言，一时间又愧又怕，一双眼睛四下里滴溜溜地转，盘算着好在是陆贽家里，父亲头回来，自己倒占了地利，万一打得厉害了也知道去哪里躲。

　　然而李吉甫竟没有像上次那样勃然大怒，只是远远看着自己的儿子，眉头深锁，满眼忧虑，就好像看着一叶小舟漂向风暴肆虐的海平线之外。良久，他长叹一口气，转向陆贽，说话的时候声调都变了。

　　"九郎这孩子，想必相国也见识了。非是我做父亲的偏私，论颖悟，论见识，我见过的莫说孩子，多少长者也不如他。我只不放心他这性情：争强好胜，锋芒毕露，见不得人强过他，也容不得人与他有半点相左。偏他又最执拗，家里人打也打了，劝也劝了，都只作耳旁风。眼见他一日大似一日，却无良师教训，只怕将来登高跌重，不知要招来多大的灾祸。陆相也为人父，想不至于笑话我日夜为这孽障悬心。"

　　李吉甫是天生的演说家。在皇帝面前奏事时不但声情并茂，说到关键处一脸急泪招之即来，一眨眼工夫就泣不成声。当年旁观的陆贽也忍不住腹诽"惺惺作态"。然而如今两个失意人相对，陆贽听见李吉甫声带哽咽，不由得想到自己做官做到这般田地固然无悔，却带累得家人穷困流离，陆简礼日后生涯也无着落，心下便凄然不已。而李德裕还站在门口，被李吉甫一番肺腑之言说得方寸大乱，却又不肯认错，只咬定嘴唇垂首不语。

　　半晌，还是陆贽沉稳的声音打破沉默："父母之心，昊天罔极。使君的心意下官尽知。然而下官戴罪之身，万无为人师之理，也请使君莫要再为难。文饶如不嫌弃，陆某请结忘年之契，读书有什么疑难处，可来与我切磋心得。"

　　李吉甫还有几分犹豫，李德裕听见陆贽对他以字相称，却是高兴得眼睛都亮了，一口答应下来。李吉甫深知陆贽之固执不在李德裕之下，也就不敢再强求。私下里他不止一次告诫李德裕要对陆贽执师礼，李德裕只顽皮地一笑："我自有分寸。再说陆丈和我结交，又不和阿爷订契，阿爷也只好看着眼热罢了。"

　　趁李吉甫起身寻家法的当口，那孩子早抱着一卷《汉书》溜去陆贽府上了。

　　陆贽从京城贬出来时几乎没有什么行李，书是一卷也不曾带来。到忠州买了几卷经史抄本给陆简礼读书用，翻开一看错讹连篇，也就扫了兴致。然而毕竟早年功夫下得深，李德裕对着书念也不及他记得清楚。不过陆贽所指点的只在句读注疏，间或引几条旁证，却绝口不论断是非臧否人物。李德裕读熟了汉书，论起萧望之刚不护阙；王嘉訏而犯上；魏相、薛广德持重守正，弼谐尽忠；丙吉、倪宽恕以及物，仁爱乐善；讲到兴起处，高谈阔论神采飞扬。陆贽只默然倾听，偶尔垂下眼睛微微一笑，却从不说话。

　　这孩子像极了他年轻的时候。看着他，陆贽好像觉得自己又从头活了一遍。

　　李德裕一再问他的看法，陆贽只得说："扬雄《法言》有《重黎》《颜渊》二篇，品藻汉之将相。虽是一家之言，毕竟是汉人论汉事，九郎不妨一读。"

　　李德裕欲言又止，思索了片刻，终于忍不住问道："杨子可说起爰盎、晁错？"

　　陆贽忍俊不禁地点点头。"你猜他怎么说？"

　　"太史公以为爰盎'仁心为质'，德裕实难苟同。爰盎以周勃为功臣，非社稷臣，使周勃大功皆弃，非罪见疑，而使文帝薄宗臣，伤仁厚之政，爰盎不可谓无咎。至于他片言杀晁错，虐贯于神明，以至于有安陵之祸，死于非命，可知天道有报！"

　　"杨子论爰盎，曰'忠不足而谈有余'，正与文饶所论相合。"

　　"晁错呢？"

　　陆贽没有立刻回答，敛去了脸上的笑容，叹口气，方道："杨子论晁错，只有一个字，曰'愚'。"

　　"岂有此理！"李德裕挑高了眉毛，蹭地从座位上站起来，"晁错的《守边》《贵粟》二疏，切中时弊，凿凿可行。削藩之策，尊天子，安宗庙，是万世之计，班氏所谓'为国远虑，祸反其身'，说的就是他论事太切，利害太明，不免为乱臣贼子所怨。晁错明知刘氏安而晁氏危，内不虑身计，外不恤人言，此至忠至勇，岂可谓之愚？"

　　"削藩固为长策，晁错却不该构陷爰盎受吴王私贿。二人本是私怨，晁错却借公事报私仇，以致反受其咎。杨子谓之愚，我想大约是这个道理。"

李德裕仍旧不服。"他们两人不睦已久，晁错若不先发制人，难道坐等爰盎加害，削藩之计付之东流？"

陆贽却不再和他辩了，只是抿着嘴唇，好像后悔刚才说了太多的话。李德裕虽然尊敬陆贽，却向来不能体谅他的寡言。正辩到兴头上，对方忽然沉默，这让年少的李德裕心生一丝恼怒，却又不敢表现出来，憋得脸都红了。

"今日天气却好，我们不如出去走走。"陆贽见李德裕脸色不好，淡淡一笑试图缓和气氛，一面站起身来，不由分说地拉着那孩子出门去。

全忠州城的官员胥吏谁不知陆相国深居简出，除了必要的公务，谁也不曾见过他在城里闲游。李德裕跟着他出门，又是惊讶又是好奇，一时间倒也忘了生气。陆贽这几年瘦得厉害，一阵风都能吹倒似的，走起路来却仍旧步履坚实，李德裕险些跟不上他的脚步。

二人走到城南一处荒僻的地方，路边一带简陋的院落已废弃多年，午后时分也没几个行人从这里经过。陆贽也不在意尺来深的荒草，径直进到一所院子里，朽坏的门锁形同虚设，两人就这样穿垣逾户，最终停在一间歪斜的厢房前。

"十来年前这里是官舍，左降官到此，往往就住在这里。"陆贽推开门，阳光肆无忌惮地倾进去，腾起满屋的灰尘。室内陈设早已荡然无存，只从地上的印迹才能勉强辨认出从前的格局。"建中年间故相刘士安、杨公南，九郎可听说过？"

李德裕点点头，却没敢多说什么。他从李吉甫那里听说过刘晏理漕运，杨炎定两税，再之后的事李吉甫便含糊带过，李德裕也没有多问。他更爱听的是神仙宰相李泌运筹帷幄的传奇故事，而对财赋盐铁之类的"俗务"没有太多兴趣。

"杨公早年出元载门下，元载贪权渎货，代宗皇帝令刘相鞫审，牵连杨公，左迁道州司马。后由崔文贞公之荐，被今上召还拜相。杨公深恨刘相，百计谮毁，贬刘相为忠州刺史，仍不甘心，终于罗织罪名致之死地方罢。刘相向来清廉，在忠州居于此官舍，便是在这间房中被赐死的。"

李德裕闻言暗惊，不由自主地退后半步，站在门槛外面才觉得安全了些。定下神来，却仍旧不解陆贽为何带他来看这个。陆贽不等他问，便道："杨公天资聪颖，风骨峻峭。为舍人时文藻雄丽，时称'常杨制诰'；拜相后片言移人主意，更能深谋远虑，立两税法救时之弊，天下翕然望为贤相。只可惜此人自恃才高，不容同列，睚眦必报，以私害公，至使朝廷冤杀大臣，叛者得以为辞。——文饶啊，你将来置身台阁，切记无论遇到怎样的对手，都不可以国家公事报私怨。晁错、杨炎都是前车之鉴！"

陆贽一口气说下来，忽然触动往事：当年窦参贬死，李吉甫远谪，长安城中一度物议沸腾，以为有陆贽之力。窦参虽少学术，而长于理狱，又是李泌亲定的接班人，一时间人情属望。而陆贽深恨他结党营私，恃权贪利，以为此人至多是个干练的狱吏，如何能代天理物调和阴阳。君臣相对时，陆贽对窦参的鄙夷不免溢于言表。然而那时年轻的陆贽太不了解官场险恶，直到窦参墙倒众人推，被扣上谋反罪名的时候他才惊觉事态的发展早已脱离了他的本意。他曾几番上书为窦参开脱死罪，然而多疑而固执的皇帝如一贯的那样，嘉之，不用。

当年的奏疏中陆贽曾亲笔将窦参案比做刘晏蒙冤，警戒天子"用刑暧昧，损累不轻，事例未遥，所宜重慎。"而窦参若是刘晏，谁又是杨炎？就算他自己良心清白，后世史书里一句暧昧的"议者多言参死由贽焉"便足以压断他的脊梁。陆贽一念至此，在午后炽烈的阳光下几乎打起冷战。

李德裕尚在为刘晏杨炎的旧事戚戚不已，隐约察觉陆贽神色异常，却也无心细究，只追问道："那杨炎后来如何？"

陆贽立刻从方才一瞬间的失神中缓和过来，却无法掩饰声调中的疲惫和某种莫名的绝望："刘相殁后一年，杨公为卢杞所陷，罢相，贬崖州司马同正，距崖州百里赐死。"

　　关于那个午后李德裕很快就忘记了陆贽的说教以及在某一刻那种奇怪的失态，然而他一直无端地记得那间荒草丛中的陋室，被午后的阳光粗暴地填满，却又流溢出那种令人毛骨悚然的阴冷。多年后他在崖州路过杨炎被赐死的那间院落，尘封多年的门打开，岭南秋日酷烈的阳光泼进去，溅起一屋令人窒息的黑色尘土。那一刻李德裕自言自语道："真是一模一样。"

　　莫说周围的人都没听懂，连他自己也纳闷为什么会说出这么一句话。

　　——这是后话。

　　贞元十九年，李吉甫改授郴州刺史。虽然仍旧是偏远州郡，然而总归透露出某种希望，强似困守一隅，一等就是十年。

　　陆贽听说这消息，从心底替李吉甫高兴，以至于忘记了临别的伤感。

　　这些年里李吉甫对他的尊敬和热忱始终如一，而陆贽也终于渐渐卸下心防，与李吉甫坦诚相待。刺史与故相冰释前嫌成为至交，早已是忠州城内的一段佳话。

　　然而对于陆贽来说这一切并没有什么真正的意义。在他自己氤氲着药气的小院里他依旧是那样一个孤独而无望的等待者。他坐在刺史府的客席上，从最初的眉头深锁到如今的神态自若，也不过是出于礼节和某种感激——惟一了解这一点是坐在他身旁的那个少年，而他也深知自己对此无能为力。

　　这一年李德裕十七岁。最后一次拜访陆贽，他如第一次上门求教时那样，手里拿着一卷汉书。

　　"德裕幼时读西汉书，只记得帝王将相龙争虎斗；近日重读，感慨最深处却在《贾谊传》。陆丈从未指点过这一卷，所以今天特地来求教。"少年跪坐在他对面，缓缓展开泛黄的书卷。

　　在过去的七年里他们一起遍读经史，涉猎百家，偶尔也切磋诗赋。好像只是展开一卷帛书的时间，那个精灵可爱的孩子就已长成翩翩少年，个子像竹节一样拔起来，站在陆贽面前时总是小心翼翼地微微含起胸脯，免得看上去比对方还高。

　　而这七年于陆贽，只是眉梢鬓角渐浓的霜色，眼眸深处一天天寂灭的微光。身外的整个世界则如古井中涟漪不生的死水，却又有什么东西不舍昼夜地消逝，再也无可挽回。

　　李德裕分明读出了陆贽的心思，却无暇陪他一起感旧伤怀。他们的时间不多了，而他想说的还有千言万语。"贾谊的际遇，书里有说是时乖命蹇，有说是其术疏阔。依我看，此事不怨天时，不怨命数，只因孝文帝不能知人善任。贾谊远谪长沙，经年方还，文帝待之宣室，竟只问以鬼神之本。世人只见贾生年二十余秩比千石，却不见文帝待他直如巫祝弄臣，何曾看重过他的经纶方略！得君如此，治安策洋洋万言，只怕也都是对牛弹琴。"

　　陆贽头一回听说如此高论，抬起眼睛看着那少年，正待莞尔，却忽然觉出点什么来，刚刚浮出的一点笑影生生僵在嘴角。而李德裕也不等他发话，自顾自一口气说下去："贾谊若能活到四十岁，以'众建诸侯而少其力'之策说孝景帝，则七王之乱庶几可免。若能活到六十岁，遇武皇，施五饵三表之计以制匈奴，便是中兴重臣，名齐萧曹。贾生泉下有知，必定痛悔当日自怨自艾，伤悼无节，以致年命不永。——陆丈，这才是前车之鉴！"

　　陆贽当场怔了。这么多年他无数次用沉默回答李德裕咄咄逼人的锋芒，而只有这一回，他是真的无言以对。李德裕显然早就料到了他的反应，也从不期望得到回应。他只是忽然站起来，退后两步重新跪下，道："德裕命中无分，与陆丈相从数年，竟无一日得以弟子礼侍奉先生。今当远别，后会无期，还望先生了却我一桩心愿，受弟子三拜。"

　　少年郑重地行了拜师礼，不等陆贽伸出手来扶他，便飞快地起身一路小跑离开了。

　　李德裕走后多时，陆贽仍旧对着他留下的那一卷贾谊传发呆。早已熟稔于心的文字再次从眼前流过，陆贽忽然如梦方醒般，萧然一笑。贾谊不会活到四十岁，也不会在景帝或者武皇朝中得到重用，因为……因为那个把坐席挪到他身边，唤他"贾生"的人，不在了。

自然，这些话，他永远没机会也不可能讲给那孩子了。

第二天陆贽亲至城外与李吉甫送行。而李德裕也不知是有意还是无意，始终围着车轿行李忙前忙后，偶尔远远看一眼执手话别的大人们，却不肯凑到跟前来。

"使君乃清庙器，非久居荒僻者。致位台铉，只在指顾之间。"在他人不过是泛泛的恭维，出自陆贽之口，却好像立刻就有了非凡的意义。李吉甫简直掩饰不住眼角眉梢一抹得意之色。

"只是那孩子……"陆贽和李吉甫远远看着李德裕鞍前马后忙得不亦乐乎，两人脸上的表情有种微妙的相似。

而李德裕此时并没有注意到两位长者。他站在装束整齐的车马旁边，宽阔平坦官道从眼前一直延伸到谁也看不见的远方，整个世界的精彩都迫不及待地涌进他的视野。

三十年前陆贽赴进士试，第一次踏入长安城，踌躇满志地遥望丹凤门，也是如此这般的十七岁。

"我知贡举的时候见过无数聪明的年轻人，见的多了，以至于我看着他们写字的姿势，就能凭直觉猜到在三十年后他们会用同样的姿势在使府里抄写公文，或是在白麻纸上起草德音。"陆贽在李吉甫面前极为难得地一口气说了许多，大概是因为他预感到这是最后一次机会。

"可这孩子，我终究看不透他。"

李吉甫闻言，心中五味杂陈。然而临别之际不遑多言，只匆匆道："或借相国吉言，这孩子将来若果真能成事，还要来谢相国多年言传身教。"

陆贽笑着摇摇头："岂敢。我倒想教他点什么，也只好等下辈子罢了。"

两年后的贞元二十一年正月，德宗晏驾。新帝即位，翰林待诏王叔文、王伾主持朝政，诏起陆贽、阳城等回京。李吉甫也在那一年入京为尚书郎。在偏远州县辗转了十多年才终于回来，李吉甫一踏进长安城立刻就淹没在丹凤门前紫陌红尘里，再无暇过问它事。还是李德裕总也不见陆贽回京的消息，给陆简礼写信去问，才知道诏书送到忠州时，陆贽已病逝了。

李吉甫听说凶问，先是谔然，随即跌足叹恨不已。李德裕在一旁倒是极平静，半晌只淡淡道："我就知道。"

这话是什么意思，李吉甫无心多问，也终究没有懂。

贞元二十一年注定是多事之秋。新贵王叔文、王伾炙手可热势绝伦，带着一群青年才俊与德宗朝旧臣争权夺势。然而刚刚即位的皇帝罹患风疾，几乎不能行动言语。眼看皇帝整日缠绵病榻，大明宫内手握兵权的宦官各自盘算着下一步棋如何走。皇弟舒王与太子广陵王争储，一时间暗潮汹涌山雨欲来。而环伺京畿的强藩镇也摩拳擦掌，准备在即将开始的血腥和混乱中为自己捞一笔私利。

事情来得甚至比预想中更快。仅仅半年后，病中的顺宗被迫内禅，被尊为太上皇，没多久就在兴庆宫里咽下了最后一口气。太子李纯即位后立即清算王叔文党，并以铁腕镇压作乱的藩镇。新春伊始，年号元和。长安城里每天有太多新鲜的，令人激动、惊讶或是恐惧的消息争先恐后地挤进来，涌出去，潮水一般顷刻便荡净了德宗朝最后一点旧痕迹。至于那个早逝的忠州别驾陆贽，只在礼部的名册里留下短短一行例行公事的"赠兵部尚书，谥曰宣"。想要再有什么人记起他，怕只能等到修先朝实录的时候了。

李吉甫在宪宗一朝始终是权力核心中的风云人物，两度拜相，权倾一时，中外延望风采。李德裕也在二十七岁这一年以荫补校书郎，开始了他自己漫长而跌宕起伏的仕宦生涯。幼年在忠州那一段记忆被时光淘洗得无限模糊，他只是一直莫名地保留着一个古怪的习惯：从不肯用永贞这个年号，只写作贞元二十一年——虽然到了后来，连他自己也不记得是出于什么原因了。

　　元和十五年李德裕三十四岁，以监察御史充翰林学士，踏入那座陆贽曾供职十年的翰林院。寒夜值宿时他也曾翻看《翰苑集》消遣，曾经高山仰止的文字如今看来似也寻常。有时候他会不自知地一笑，暗忖这一节要是换作他来写，或许能再凌厉峻切几分。放下书卷时才发现外面已下了寸许深的雪，李德裕独自踱出院去，就着右银台门的灯火看雪花簌簌落在大明宫某个高挑的檐角，终归于寂灭。许多年前长安的冬夜，陆贽是否也曾站在这里独自看雪，他们是否在同样的雪地上落下重合的脚印？这些念头偶尔从李德裕心底一闪而过，如一片极细小的雪花落在白茫茫大地上，一转瞬便湮灭无迹。

　　死者终被忘记。而他的路途才刚刚开始。

　　再次遇到陆贽这个名字时李德裕六十四岁，这是陆贽不曾活到的年纪。在这之前他曾正册太尉官居一品，这是陆贽不曾享有的荣耀。而如今他身在鬼门关外的朱崖郡，这也是陆贽从未到过的遐裔。

　　自来贬到这里的官员，极少能熬过第一个年头。李德裕却是个例外。他走在海边沙地上的步伐一如走在宣政殿中一样坚实而敏捷，他眼睛里那种睥睨众生的凌厉锋芒也从未被湿热的南风抹去半分棱角。当地的土人和地方官都对他有种说不出的敬畏：他们总觉得这个人总有一天是要回去的，回到比太阳还远的长安城里，只轻轻一捻手指便翻了天地。

　　李德裕本人也一直怀有这样的信念。在一种令人不悦的梦境里他时常看见一双深陷在眼窝里古井无澜的眸子，他无论如何也记不起那是谁，但梦醒之际他发现自己捏紧了拳头，使出全身的力气告诫自己绝不可以落到那样的地步。他会回去的。牛僧孺活下来了，李珏活下来了，他怎么能连他们都不如。

　　然而到了第四个年头，仍旧没有北方的消息。烟瘴和风暴并不曾消磨他的意志，却无可挽回地侵蚀着他的体魄。他并不信任当地的巫医，只一天天强撑，病势渐重。好心的邻居实在看不下去，变尽办法从邻县寻来一个北方的郎中。李德裕听见那郎中操巴蜀口音，感到莫名亲切，终于肯留他看病。

郎中诊了脉，问了病情，却不敢轻易开方子，只抱着数卷方书翻来覆去地查。李德裕心里暗笑竟有如此临时抱佛脚的庸医，一眼瞥见那方书上抬头一个"陆"字。刹那间有什么东西如望月之夜的海潮一般涌上心头。他强扶病体坐起来，一把夺过那书卷，盯着郎中问："这是你从哪里得来的？"

即便是病中，他的眼神仍令人生畏。郎中战战兢兢地答道："小人祖居忠州，这是先朝陆相公所传《集验方》，记的都是专治瘴疠之疫的方子。先朝李太尉当政，贬来岭南的人络绎不绝，小人听见这里生意好，才搬过来。"

起初有那么一刻李德裕还想从郎中手里买下那卷《集验方》——虽然他也说不清为什么忽然会起这样的念头——然而听到最后一句话忽然哑然失笑，对这书便也兴味索然。他展开书卷草草浏览一遍，试图辨认上面是否还是陆贽的笔迹，却发现自己早已什么都不记得了。

而那郎中仍旧紧张得满额头都是汗："这方书乃是小人衣食。使君……使君开恩……"

李德裕淡淡一笑，把书重新卷好还给郎中。

郎中也乖觉，不再提诊病开方的事。只赔笑道："小人行医许多年，使君还是头一个认出这书的。看使君这年纪，敢是……敢是陆相国门生？"

李德裕的脸上忽然褪去了刚才的神采，仿佛只一瞬间便重新被病魔攥在手心里。他缓缓靠回床头，疲倦地阖上灰色的眼睑。

"我倒想和他学点什么，也只好等下辈子罢了。"

惊霜

大和九年的冬天，一开始暖得出奇。眼看入了十一月，还从未下过一场霜。曲江边的垂柳残存了几分黯哑的绿色，清晨往往滴下些露水。岸边仍旧栖着数百只大雁，像是贪恋长安城里的晴暖，迟迟不肯南归。

老辈人们都说这不是什么好兆头。严寒像躲在阴影里狩猎的猛兽，迟迟不肯现身，却一直在背后窥伺，蓄势待发。

可是人们并不能像储备粮食一样储备风和日丽的好天气。融融的南风里，来往行人都战战兢兢，不知所措。

真正的冬天终于在一个阳光刺眼的清晨轰轰烈烈地君临长安城。首当其冲的是城市最北端的大明宫。朝会进行到一半，一群内侍忽然冲进金銮殿，不由分说挟持着皇帝打破门窗挤进内廷。与此同时全副武装的神策军冲进中书省，正在伏案工作的官吏们甚至来不及睁大惊惶的眼睛。砚台打翻在地上，流淌的鲜血都被染成黑色。到了正午时分，浓烈的血腥气已经随着椎心刺骨的北风席卷了每一条街巷。

黄昏降临时，一个信使鞭打着疲惫不堪的马，沿着崤函古道向残月升起的方向飞奔。几个时辰前他重贿守城的士兵，才终于得以从长安城的混乱中脱身。他的身上并没有携带任何信件，因为托他带信的人身陷囹圄，纵有生花妙笔，戴枷的手是写不出字来的。

在驿站小憩的时候他遇到几个肩负和他相同使命的同行，他们见面时谁都没有说话，只默默地吞尽碗里的薄酒，等不及炉火烤化靴子上的冰霜，便又匆匆换上一匹马继续赶路。

没有一个人敢回头看一眼西边如狼群般包抄过来的黑色山脊。

而比他们更快的是从西北方呼啸而来的寒风。连驿马都察觉出那种不同寻常的，寂静而惨烈的寒冷，因而像逃犯一样在体力耗尽之后继续不要命地狂奔。一匹接一匹的马拉着西风的大幕，终于在黎明前最寒冷的时辰穿过定鼎门，把真正的冬天连同一个简单的口信带到洛阳：

长安出事了。

大和九年十一月廿一日，宰相李训、金吾将军韩约等朝臣谋诛宦官，因谋划不周，被宦官统领的神策军反戈一击，四位当朝宰相全家锒铛入狱，中书门下数百官吏当场被杀，长安城中大乱，人称"流血千门，伏尸万计"。

这场骇人听闻的惨案始于一个关于石榴树上夜降甘露的谎言，因此被称为甘露之变。

使者停在洛阳集贤坊一座高大的门户前。从飞奔中骤然停下来，一身的汗水被刺骨的寒风一激，简直要结成一层冰壳。他虽然抖得站都站不稳，却全然没有感到冷。强烈的恐惧和求生的渴望已经压制了一切多余的感觉。

这时候使者面前的朱漆大门终于打开了一条缝。

"晋公……在么？"使者太久没有说话，开口时嘶哑的嗓音连他自己都觉得陌生。他本想礼貌地问一句"起来了么？"然而话到嘴边终于硬着头皮咽了下去。他只有这一次机会。没有客气的余地。

　　僮仆稍稍犹豫了一下，忽然在灯影里瞥见使者那匹马，浑身湿得好像水里捞出来的一样。在骤冷的夜里腾着白色的蒸汽。

　　僮仆的目光从累得奄奄一息的马身上移回来，告诉使者："在。"

　　使者长出一口气，与此同时从全身每一个关节里涌出的酸痛和疲倦瞬间将他淹没。他几乎是被两个仆人一左一右搀着胳膊拖进门的。

　　"阿爷，他们说，长安出事了。"裴譔只披了单衣，不由自主地打着冷战，把手拢在刚刚点着的蜡烛上取暖。见裴度坐起身来，连忙放下烛台去扶他。

　　裴度把带信的使者叫进来，面无表情地听他讲长安发生的事。

　　"你是谁家的人？"裴度一边询问使者，一边嘱咐裴譔去请刘廿八丈来。

　　"小人王羽，祖父是永宁王相国，一早去上朝，就……就再没回来，有人说下了神策军大狱，有人说已经……"使者扑通一声跪在裴度脚边，"晋公是百僚之首，国家柱石，小人哪敢来求告。只是如今四位相公倾家入狱，朝中班列一空，实在是叫天无门，叫地不应。只盼晋公念及旧日同僚之谊，救我全家老小……"

　　裴度如今的官职是中书令守司徒，品秩虽高，却是李训、郑注秉权之时，为笼络人心封的虚衔，哪里谈得上"百僚之首"。至于这个王涯，元和年间曾与裴度同朝为相，裴度对他的印象也只能用"一言难尽"来形容。裴度一面暗自叹息，一面披衣从床上下来，没对使者说一个字，只是嗔怪裴譔怎么还愣着不走。

　　裴譔委屈地低下头："阿爷忘了，刘廿八丈上个月新授同州刺史，前天已上路了。"

　　"那去找你白廿二丈。"

　　"白廿二丈正在香山养病。几十里路，这样天气……"裴譔生怕父亲生气，连忙又添一句，"皇甫郎中倒住得近，我这就去请。"

　　裴度抬起手打断了他，若有所思地摇摇头。皇甫湜文采虽好，到底书生意气，如今生死关头，靠不得他。

　　片刻的沉默间，西北风越过邙山呼啸而至，掀得窗纸飒飒作响。

屋里的人们一齐打了个寒战。

"寻个妥当的人，穿体面些，带上我的名刺，去城南平泉庄寻李相公。"裴度思忖再三，最后做了这样的决定，"去和他说，中书令裴度有事相求。"

裴譔刚想说什么，裴度已经明白了他的意思，点点头道："你就不必见他了。"

裴譔心领神会，默默退下安排去了。

王羽还一直跪在地上，仆人几番去扶他，都不肯起来。裴度自然明白个中原因，先教仆从都退下，方道："长安的事，我不会袖手旁观。只等李相国来好与他商议，以免挂一漏万。至于郎君，却莫怪老夫无义。我家窄门浅户，实在收留不得。若神策军果然追到洛阳来，我与他们拼命又有何益。"

"晋公……"王羽听见神策军三个字便浑身发抖，哀哀地抬起头望着他，眼里的血丝红得可怕。

"你且起来，我正要让你带封信给一个人，你到了他那里，三年五载间可保无虞。——你可情愿？"

王羽一面拼命点头一面摇摇晃晃地站起来，却掩饰不住一脸狐疑。裴度到书案前坐下，几番落笔，又匆匆将纸揉成一团扔进炭盆。最后他只在纸上写了短短七八个字，既无抬头也无落款，信封上亦是一片空白。

"出北门。去潞州。"裴度只低声交待了六个字，余者尽在不言中。

王羽离开不久，李德裕便被侍从带进房里。衣冠齐楚，气度轩昂，全然没有凌晨匆忙起身的狼狈，就好像他对这个夜里发生的事早有预料。

裴度正在书房里翻检旧年的书奏。见了李德裕，来不及寒暄，先如释重负地拉他在书案前坐下。"今日着实冒昧。我老了。这几年没踏进长安半步，如今简直不知该从何处下手。"他诚恳地看着李德裕，

"文饶，你最有主意，下笔又爽利。我们现在拟了奏表，快马加鞭送出去，晚间就能到长安，也许早一刻便能多救下一家人的性命……"

李德裕微微一俯首表示谦让，却始终不说一个字，只是眼观鼻鼻观心，面沉如水。

"文饶？"裴度对李德裕的冷淡颇觉意外，不解地看着他。

"敢问晋公，在长安的亲族故友可都安好？"李德裕终于开口，嗓音和眼神一样，没有半分温度。

"我倒没什么。大郎三郎都在外州任上。故人……也都不在了。"裴度话一出口忽觉有些凄然，却情知眼下不是感旧伤怀的时候，"可如今生死悠关之际，倒不在亲疏远近……"

"既这样，下官可放心告辞。"李德裕站起来一揖，"晋公屈尊差遣，下官怎敢怠慢。至于今日之事，却是长安早晚的劫数。下官斗胆妄言一句：晋公不如早些歇息，保养贵体为是。李训当日依附李逢吉，对晋公百般谮毁。前有于方案，后有武昭案，晋公难道忘了？"

裴度怔了片刻。他自然知道李德裕这次被排挤到洛阳任闲职，正是拜李训郑注所赐。当年武元衡遇刺时，刘禹锡那般涵养，诗句里也难免暗含牢骚。李德裕如今就是幸灾乐祸也算是人之常情。裴度默默叹口气："训注小人，死不足惜。然而王、贾、舒三相又有何咎？"

李德裕垂下眼睛："非但王涯、贾餗、舒元舆，如今朝中之人，哪个不是甘食窃位，偷合苟容，只知全腰领，保妻子。与训、注比肩，不以为耻，见国家危殆，不以为忧。——都说冬天太暖，则易生瘟疫，我看如今长安，是该来一场风寒了。"

一番话掷地有声。正赶上窗外一时间风声大作，也好像是遥相呼应。裴度闻言悚然，半晌方缓缓道："说得很是。寒暑冬春自有轮回。早将这些枯枝败叶扫进阳沟里倒也干净。"

李德裕听他话里有话，忙道："晋公万勿多心。下官见识浅陋，让晋公见笑。如今昼短夜长，节气苦寒，晋公是国家柱石，万万善自保养。下官实不敢多扰。"

话说到这般地步，裴度也不好再强他，只默然点头。侍从打开门，凌厉的寒风瞬间灌进来，灯烛都被扑灭了大半。李德裕匆匆行了礼，就待离开，裴度却忽然叫住了他。

"文饶。"裴度站的地方正对房门，雪白的鬓发和胡须被寒风掀乱，整个人愈发显得衰老而疲惫。"我没记错的话，你如今正是知天命之年？"

李德裕疑惑地点点头，暗自惊讶于裴度对他的了解。而裴度并没有解释为什么忽然问起年龄，只是拈须淡淡一笑。

五十岁的人无论如何也不能再用"年轻"来形容了。武元衡与李吉甫都只活了五十多岁，而在这个年纪，裴垍已经在地下长眠多年。五十岁的李德裕已经做过一任宰相，而在二十年前，五十岁的裴度还是一个穿绯色官服，佩银鱼袋的五品官。那时候朝中没有人看好这个身材矮小、其貌不扬的御史中丞。更没有人能料到，在他五十岁那年，长安城里一次血腥的谋杀，竟阴差阳错地成就了他日后辉煌的功业。

整整二十年过去，如今的裴度已是风烛残年。而此刻那个恐怖与混乱笼罩下的长安城，眼前这个踌躇满志心如铁石的中年人，一切又与当年何其相似。

世事轮回，仿若天意。

"昔文皇帝云'疾风知劲草，版荡识诚臣'。古人又云'风之积也不厚，则其负大翼也无力'。"裴度暗哑的嗓音穿透了二十年漫长的时光，"文饶，如今天寒风紧，正是你大用之时。老夫庸才，一无可取，惟有一事望君勉旃。"

"晋公此言，教下官无地容身。"李德裕无从体会裴度心中万千感慨，突如其来的盛赞只让他浑身不自在。他不动声色地向门槛边又挪了半步，做出随时要走的姿态。

"立储。"裴度拄杖走到李德裕跟前，声音低到不能再低，"你记住，立储是头等大事！"

李德裕谔然，下意识地凑近裴度，正待关上门仔细问他究竟何意，却听裴度朝门外的仆从扬声道："备马。好生送李相国回府。"

　　夜晚很快过去。裴度殚精竭虑写了一夜的奏表，也只救得几家无关痛痒的朝官。几日后四位宰相和全家老小在皇城外独柳之下出斩，围观的百姓朝他们身上扔石头。长安城里开始了二百年来最冷的一个冬季。

　　李德裕没多久就调任浙西观察使，匆匆离开了洛阳。后来他再次还朝拜相，叱咤风云，位极人臣，却再没见过裴度一面。他听说裴度开成四年去世时，文宗搜求遗表，只得半稿，以储贰未定为忧，语不及私。那时候的李德裕似乎忆起了什么，却终于不曾参透那一句突兀的"立储"背后，那个历事四朝、六度拜相的元老究竟要告诫他什么。

　　甘露之变后所有人都以为懦弱的皇帝李昂已是岌岌可危，就算不像他的祖父和兄长那样被宦官所弑，也早晚难逃被逼退位的命运。

　　然而转过年去，大赦改元之际，泽潞节度使刘从谏连番上表，曝宦官仇士良之恶，并质问王涯等人有何罪状，竟致夷族："如奸臣难制，誓以死清君侧！"昭义镇坐拥重兵辅卫关畿，刘从谏此表一出，天下震动，嚣张到了极点的宦官也不得不稍稍收敛，新上任的宰相郑覃、李石才得以秉政。

　　而李昂也就这样如履薄冰地又熬过了五个年头，才终于在无边的痛悔中如释重负般地咽下最后一口气。

　　李昂唯一的儿子已经在几个月前不明不白地"暴卒"。储位空缺。内廷四贵拥立皇弟李瀍即位，召淮南节度使李德裕还朝主政。

　　这是李德裕第二次入主政事堂。这一次他得到了新君主全心全意的信任和支持，终于得以施展他全部的才干和抱负。而他甚至表现得比人们预料的更加精明强干和雄才大略。会昌三年石雄大破回鹘残部，迎太和公主归唐，一时间国威大振士气高涨。四月昭义节度使刘从谏卒，其子刘稹企图照搬"河北故事"继承节度使之位。而这对李德裕来说甚至算不上威胁，反而是一个绝佳的机会。八月，制告中外削夺刘从谏、刘稹父子官爵，以承德、魏博、河中、河东诸镇四面进兵泽潞，李德裕坐镇长安运筹帷幄。昭义军勉强支撑了一年，刘稹即为部下所杀，刘从谏的尸体也被从坟里挖出来，曝尸三日，挫骨扬灰。泽潞遂平。

捷报传来，李德裕铁打一般的意志也终于绷不住，攀到后园最高处的伐叛亭里俯瞰夜幕下的长安里坊，兴奋得一整夜合不得眼。

二十多年了。大唐自元和末年短暂的统一之后，接连遭遇昏庸的皇帝和碌碌无为的宰相，对外未进寸土，对内则河朔三镇平而复叛，宦官弄权，朝官党争，长安内外乌烟瘴气。

而如今他仅凭一己之力，在短短五年时间里力挽狂澜，破回鹘，平泽潞，黜奸党，裁冗官，朝中气象为之一新。

天亮的时候来自四面八方的贺启已经雪片般地堆满了他的案头。字里行间频繁出现的"中兴"二字让笑意在不知不觉间爬上他的嘴角。

上一次有人收到这样多的贺启，里面也满是同样的溢美之词，甚至读信的人早已不再年轻的脸上，也是同样一种不自觉的笑容。

那个人已经不在了。当然，此时的李德裕也根本不曾想起他。

傍晚时分一个来自泽州的使者被带进伐叛亭。李德裕心照不宣地将周围其它人全部打发走，方将使者唤到身边问："找到什么了吗？"

使者摇头："郭将军已经把府内府外翻了个底朝天……"

"谁封他做将军的。"李德裕冷笑，"既然没有，那就回去吧。"

使者是个乖觉的人，顿觉话不是头，连忙膝行到李德裕脚边叩头不止："小人还有一事，太尉容禀。郭……郭谊虽没找到太尉要的书信，却在刘从谏府上抓到一批人，都是大和逆党的亲眷故旧，有李训的弟弟李仲京，王涯之孙王……"使者一时忘了词，慌忙从怀里摸出几张纸，正待念，却被李德裕夺过去，一眼从头扫到尾，脸上的表情纹风未动。翻到第二张时却忽然绷紧了嘴角。第二页并不是名单，而是一叶旧得快要烂掉的信笺，上面既无抬头也无落款，只有七个似乎是匆忙间写下的小字：

安危须共主君忧。

那笔迹有种说不出的熟稔和陌生。李德裕盯着看了许久，思绪千回百转，多年前一个冬天的夤夜试图从记忆深处浮出水面，然而最终他并没想起任何细节，除了那年十一月里突如其来的，刻骨的严寒。

使者回到泽州的时候身上带着李德裕亲笔起草的敕书：“刘从谏交通逆臣，招聚亡命，今已族灭。逆贼李训兄仲京，郭行余男台，王涯侄孙羽、韩约男茂章、茂实，王璠男珪，并就昭义枭斩。”

王羽被绑上刑场的时候心里在想：如果裴度还在，他们是不是尚有一线生机？然而这念头毫无意义。他也没来得及想清楚个所以然来，便被砍下了脑袋。

刘从谏府中并没有搜出任何来自牛僧孺、李宗闵的书信，然而李德裕自能找到关于他们交通藩镇谋叛朝廷的铁证。二人都被贬到了远得无法想象的南方。如果没有意外的话，李德裕想，他们一定是回不来了。

郭谊奉旨还朝的时候还颇有几分趾高气昂。唐室自艰难以来唯务姑息，藩镇凡有纳土归降者，一概高官厚禄。更何况这次他除了送上刘稹的人头，还帮李德裕做了那么多活计。他早就听说如今朝中只是李太尉一人，打点了他，再没有不了的事。

然而等待他的仍旧是那把腥臭的鬼头刀。延英议事时曾有人小心翼翼地提出：“郭谊虽为叛将，毕竟斩刘稹来归，功过差可相抵。”那人见李德裕面色不善，忙添上一句“这也是裴晋公手里的规矩：只诛首恶，余者从宽……”

李德裕微微一笑：“当年刘悟斩李师道来归，晋公待之不疑，付以精兵重镇，致父子三世效河北故事割据一方，招纳亡命，图为颠覆。若非圣上英明，只怕天宝、建中之祸近在旦夕。——怎么，同样的错我还要再犯一次？”

那时候天下没有他算不清、摆不平的事。机关算尽却又如何能料到年轻英明的皇帝会在盛年时死于丹药，死前甚至没来得及册立太子。李德裕被新即位的皇太叔客客气气供做东都留守的时候，终于无比深刻地理解了当年裴度那一句"立储"背后的语重心长。可惜太晚了。

久惯劳碌的人，乍一闲下来，浑身骨头都疼。李德裕在洛阳无处消遣，便时常在城郊信马由缰，遍访名园胜迹。

他对自己的命运有清晰的预感：他很快就会离开这里，再也不会回来。这念头并不让他恐慌。顶多只是微微的空寂感，如走进一场湮灭整个世界的，永无终结的雪。

有一天他路过一座庄园，沿着院墙走了半晌才找到大门，抬头一看，匾额上赫然"绿野堂"三个大字，尚是裴晋公亲笔所题。李德裕当即下马，问门口的童仆这园子如今为何人所居。

童仆说是晋公次子裴譔。李德裕忽然觉得裴譔这名字耳熟，侍从提醒了一句"穆宗皇帝亲赐进士及第"，李德裕这才恍然记起。长庆二年的礼部试，阴差阳错地成了党争的战场。李德裕、元稹、李绅不满考官钱徽受人请托，力主覆试，而裴譔即在覆试中被勘落，虽然穆宗看在裴度的面上给他赠了个进士，其后却终身未仕，一直留在洛阳打点家业。

有那么一个瞬间李德裕差点叫住进去通报的门人，中断这一次毫无准备的拜访，然而下一个瞬间好胜心终究占了上风。

若是就此别过，倒好像他害怕什么似的。

半盏茶工夫，一个穿布衣的小个子从里面迎出来。李德裕与裴度只见过几面而已，十年过去，那张毫无特点的脸早在他的记忆中无限模糊。然而眼前这个中年人谦和的神色，以及谦和背后若隐若现的棱角，让他在一瞬间几乎产生时光倒流的错觉。

"李太尉，久仰。"布衣人恭敬地一揖。

"裴征君，李某冒昧。"李德裕很想让那人不要叫他"李太尉"，可是无论如何找不到一句合适的表达。

“先君尝赞太尉盛德，裴某仰慕已久。今日幸会，寒舍蓬荜生辉。”

李德裕很想知道裴度都“赞”过他什么，但明知这不过是一句场面话，又何必多问。

寒暄过后，裴譔带李德裕入园玩赏，极尽主人之谊。一路上裴譔但言山水，凡李德裕旁敲侧击问几句前事，尽被他避重就轻地躲开了。

裴度本不过中人之才，后代又能强到哪去。正如这园里的景致也都极寻常，在李德裕眼里，与奇趣迭出的平泉庄万不可同日而语。正扫兴之际，路过一处书斋，里面忽然传出鼾声。李德裕吃惊不小，又不好直接问。裴譔莞尔：“这是皇甫郎中，太尉也许认得他。”

“皇甫湜？”这名字就是烧成灰他也认得。却一时不解此人为何会住在这里。

裴譔还未答言，窗里一人朗声问道：“谁叫我？”

“是我，李德裕。”又没等裴譔说话，李德裕抢先答道。

话音甫落，书斋的小窗呀的一声从里面推开，只见皇甫湜只穿了中衣，头也未裹，站在榻上，一手撑起窗扇探出身来：“李九郎，今日幸会。”

如果说刚才见裴譔的时候李德裕还略有些局促，此刻偶遇皇甫湜，他反倒完全放开了。皇甫湜是何许人也？元和三年贤良方正科对策，他与牛僧孺、李宗闵切言论权贵，为时宰所忌。不但此三人湮蹇多年，考策官韦贯之、裴垍也因之贬官，一时间朝野上下物议沸腾。只是当时谁也不曾想过，就是这么三篇老生常谈的策文，埋下了之后五十年里的无数恩怨。

到如今，曾经叱咤风云的权臣早已作古，当年指点江山激扬文字的翩翩少年都已两鬓飞霜。凡事有始必有终。李德裕忽然觉得今日的绿野堂之行是某种天意。

李德裕进屋的时候，皇甫湜在寝衣外面随意裹了件青衫，斑白的头发仍旧乱着，他倒丝毫不介意，满脸笑意地端茶倒水。李德裕在家吃惯了好水好茶，只象征性地抿一口就放下了。两人对面，各自冷笑不语，就好像两个武士角力，谁都想等对方先出招，好觑见其中破绽。

最后还是裴譔打破了尴尬："皇甫郎中当日为先君判官，会昌初归田，便一直住在这里。"

皇甫湜也不让客人，径直在中间的席位上抱膝而坐，对裴譔笑道："我明日待好买下你家庄子，免得你总对人说我白赖在这里。"

"郎中当日为先君撰福先寺碑，几乎将先君半世的产业尽赚了去。——这些年也亏他经营，绿野堂才不致荒芜。"裴譔对李德裕解释。

"二郎快别提什么福先寺。"皇甫湜伸手一指李德裕，"托他们君臣的福，那破庙如今连片瓦都不剩了。"未等李德裕说什么，又道："九郎，你明日要是被贬得太远回不来，平泉庄无人打点，倒不妨请了我去。"

李德裕饶是宰相肚里能撑船，也不容人如此轻薄，更何况他如今已不是宰相了。"多谢郎中厚意。待某入京时，家中乏人，必登门面请。"

皇甫湜朗声大笑："你还想回长安？你以为你还回得去吗？"

李德裕倏地站起身，敛去了嘴角僵硬的笑容，下颌微微一抬，双眸炯炯，不减半分当日庙堂上杀伐决断的丰姿。

"某自校书郎出仕，三十年间兢兢业业，出则为百姓谋生计，入则为江山致太平。如今功业虽尚未竟，然破回纥，平泽潞，辅佐先帝整肃庙堂，颇酬平生之志。纵为奸邪所陷，出师未捷身先死，扪心自问，上不负皇恩，下不负平生所学——皇甫郎中，你们当中可有谁能像某一样问心无愧？"

"好一个出师未捷身先死，长使英雄泪满襟。"皇甫湜面不改色，笑意转深，"当日有一人，和九郎一样最爱这两句诗，你还记不记得他是谁？"

李德裕微微一皱眉，皇甫湜已先自问自答道：

"王叔文。"

王叔文专权之时，轩盖盈门，朝野侧目，失势后于远谪途中赐死。李德裕忽然理解了当年父亲缘何对这几个年轻人如此怒不可遏——他们实在太刻薄了。

两人剑拔弩张之际，裴譔沉稳的声音打破了僵局："先君尝言，小人有党，君子无党。个中是非曲直，后世自有公论。"若干回合的唇枪舌剑，却是旁观的裴譔终于将一个"党"字说出口。裴譔负手立在窗前，瘦小的背影在晦暗的光线中显得微不足道。"只如今王纲版荡，燕雀处堂，再争什么牛党李党，有党无党，终有何趣。"

李德裕一生痛恨不辨是非含混其词的懦夫，对裴譔的调解毫不买账："我们结党营私，以致朝政不理，自当天诛地灭。裴令公清直无党，只当日阉竖弄权祸乱朝纲之际，弑二帝，杀四相，晋公犹悠游绿野堂，却不知是何担当。"

话音一落，房里静到极点。裴度历事四朝，六度拜相，没有功劳也有苦劳。纵然倨傲狷介如皇甫湜，也只敢腹诽，从来不曾当面指摘。——到了这份上，皇甫湜倒奇异地跟李德裕站在了一边，暗忖着要是裴譔盛怒之下说出什么糟糕的话来，他大约还得磨尖牙齿替客人打抱不平。

而裴譔转过身来时面色如常，对李德裕恭谦地一揖，心平气和地说："先君有三恨，恨藩镇常叛，恨河湟难复，恨阉宦不除。此三患在，先君未尝一日安居，深恨心有余而力不足。先君尝言，太尉之才胜其百倍，倘明君用之，此三事惟太尉可成。"

一番话反将李德裕说怔了，一时间不知是悲是喜，是恨是忧。这些天他无数次思量自己的登高跌重，却似乎是第一次心生这样自负的悲凉：在他身后，再没有一个人能挽回这困局了。

"好了别说了。"皇甫湜不知是不是因为没看到好戏，悻悻打断了他们，扫兴地将盏中的冷茶泼在地上，"如今是什么时候，你就是把太尉说哭又有何益。今日不早了，还不快打发李九回府。"

李德裕此刻也兴味索然。草草拜别了皇甫湜，裴譔送他到大门外，李德裕忽然拉住他："我刚才太失礼，冒犯到先令公。实在抱歉。"

"太尉忧国心切，有何可责。若先君有知，定赞太尉忠直，不负他当日相荐。"

李德裕连辞不敢，对这套谀词根本不往心里去。告辞之后却又似被什么念想勾着，终是放不下，勒马转回身，不自觉地压低了声音："晋公他，真的这样说过我？"

见裴譔一时不解，又将声音压得更低些。"他说，某之才……"

裴譔仍旧恭谨地低下头："裴某现在站的地方，便是先君当日站过的地方，某何敢欺心。"

李德裕想说点什么却终究没有说出口，只最后望了一眼门前的匾额。夜色蚕食着晦暗的墨迹。一抬头再一低头，他的时代过去了。

长者

　　"萧家的酒是最好的。不然怎么说'兰陵美酒郁金香'呢。"裴垍为了哄裴度出门，简直什么鬼话都编得出来，"走吧十六郎。老爷子很发噱，你去了绝对不无聊。"

　　然而裴度只是微微抬了下眼皮儿，表现出一点最低限度的礼貌，然后继续瘫回去，悠悠忽忽，土木形骸。裴垍好话说尽，索性仗着个子高力气大，一把将裴度从书案前拎起来，腰带帽子胡乱裹上，一阵风哄出了门。

　　那年裴度再次省试落第，正窝在光德坊客舍里生闷气。裴垍带他去座主萧昕府上赴宴，指望逗他开心点。

　　裴度没精打采地瘫在马上，犹不领情："必定是韦纯又被他家阿侄绊住了，你找不到别人，拿我当添头。"

　　裴垍笑道："贯之自从选了官，这辈子的应酬就算到了头。如今就是西王母摆酒他也不肯去。我连问都不曾问他。今天是特意来找你的。"

　　裴度咬住半边嘴唇，强打精神理了理衣帽。就算有一万个不情愿，在这一点上他心里还是明白的：裴垍是在努力为他寻出路。萧昕年过九旬，四朝元老，桃李满天下。这次他隆重致仕，多少高官权要都亲自登门。像他这样一个出身平凡的举子，能攀上这样的门路，应该感恩戴德才对。

一路无话到了萧家。裴度虽不像韦贯之那么怕应酬，见了这样朱紫盈门的大场面也难免有几分发怵。然而裴垍攥紧了他的袖子，哪里人多往哪里钻，一步也不许退缩。裴度昏头昏脑身不由己，一路上不知行了多少礼，好容易得了一丝喘息的机会，惊觉自己竟坐在头一桌席上，和主人之间只隔了一个裴垍。

他还是第一次见萧昕，然而绝没有认错的可能。他这辈子都没见过像他这么老的人。整张脸都皱缩成一团，只剩一双眼珠子坚守在皮肤的废墟里一灵不灭，时明时昧地扫着满堂宾客。

裴度努力把自己缩起来，以免被那目光扫到。暗地里扯着裴垍问："你没搞错？这是给宰相留的位置吧？"

裴垍还没答话，主人忽然转过来，一把携了裴垍的手，献宝一般向座间宾客炫耀："去年忽然接了圣旨让我知举，我说陛下另请高明吧，我实在，我也不是谦虚，实在是老了。上次知举都是二十多年前的事了……圣人说中书门下已经定了。我也只好勉为其难。结果呢，你们看，就取了裴郎。你们看看，这人物，这文采，这识量……才刚二十岁！"

一干高官们纷纷附和赞美。裴度缩在一旁倒好像已经吃掉了席上的一整盘樱桃，腮颊酸涩，牙齿一颗一颗地倒了。这个算是他远房小叔叔的人，甚至还比他小三岁，却俨然已是政坛新星。器宇峻整文采风流，整个人宛如《世说》里拓下来的一般。和他一比自己实在糟践了一个裴字。

裴度叹口气，除了把自己缩得更紧一点也委实做不了什么。觥筹交错一片喧嚣里百无聊赖地想着，樱桃这么酸，有什么好吃的。

幸而这样的公开处刑没有持续太久。裴垍逗着老爷子讲年轻时候的事，萧昕立刻上了套："皇帝刚回长安那时候，至德还是宝应来着，哎呀你们没见过，那真是。进城时大家过一坊哭一场。哎。没法讲。

我做祭酒，神策军一直住在国学里。我上奏了几十回才把他们弄走。孔庙里满地都是马粪！哎。就这么，二月里就在国学里释奠，讲易，宰相以下都来听。元载、杜鸿渐都来。李抱玉入朝都专程来听。……"

裴度忍俊不禁，拿袖子挡住脸，偷偷对裴垍道："你知道谁在那讲易来着？鱼朝恩！鱼朝恩讲学，李抱玉敢不来么？可怜孔圣人也陪着听了一场。他老人家连这都忍下来了，八佾舞于庭还有什么不可忍的。"

裴垍笑得眉目都揉成一团，只不敢出声。

那厢里萧昕已经长话短说讲到了大历年间："回纥可敦死了，我去吊丧。也是很大的一件事。可敦你们知道么，是仆固怀恩的女儿。哎。没法讲。到那去把我扣下，说大唐欠他们买马的钱。人人手里都拿着刀！哎。我当时就念了两句诗：捐躯赴国难，视死忽如归。我说，国家自平寇难，赏功无丝毫之遗，何况邻国……"

裴度一撇嘴："他该念'淮阴五刑，鸟尽弓藏'。刚还炫耀来瑱是他举荐的，转脸就说国家赏功无丝毫之遗，不怕来嚼铁的冤魂半夜里嚼了他的舌头。"

裴垍这回没笑，刚要说什么，忽然又被老爷子拉了过去。

"哎。我看见裴郎忽然想起来。裴郎生得活像一个人，你们都没见过。安西都护高仙芝。我像他这么年轻的时候就给高仙芝做掌书记，后来才到河西做哥舒翰的判官。开远门的铜柱，上面刻着西极道九千九百里。现在看了都说，那是勿忘故国的意思。不是的，你们不知道。玄宗皇帝立这柱子，本意是成人无万里之行，不会走太远。安西也不远。哎，没法讲。我在安西跟着高仙芝打小勃律，过弱水河……"

听众们听见安西两个字已经心领神会地伤感起来。唯独裴度这天一脑门子官司，看老头子百般不顺眼，犹在兢兢业业地挑刺找茬。

"……啧，羽毛都飘不起来，怕不是看了两眼《大唐西域记》就来糊鬼。我看这河也不要叫什么弱水河，该叫信口开河。"

说到得意处，裴度不曾注意到自己抬高了声调。可巧赶上老爷子忽然停了一霎，"信口开河"四个字不当不正落在全场寂静的缝隙里，一时间满座高官纷纷侧目，望向这里看是哪个现世宝。

裴度猛听见自己响亮清晰的声音，一时间也惊呆在那里。然而覆水难收，落荒而逃也来不及了。

裴坦努力把自己从老爷子怀里拔出来，瑟瑟发抖又强自镇定地凑近裴度，按着他的手无声安慰：别怕，我在呢。

萧昕反应了一会儿，终于注意到这个脱颖而出的小个子，招手示意他过来。

裴度面不改色，好像斗鸡已经训练到了呆若木鸡的境地，端端正正地拱手侍立在老人身旁。

老人将他从头看到脚，从脚看到头，也面不改色道："这小郎君，也活像一个人。"

裴度暗地里翻了个白眼。裴坦像高仙芝，他还能像谁，必定是那个又矮又丑的封常清了。

老爷子把他拉得更近些，携着手细细看了一回，垂眸努力思索了半晌，猛省道："小郎君，你像令公。郭子仪，郭令公！"

一句话如爆竹般在席面上炸出一场哄笑。桌对面的高郢和杜黄裳既是萧昕门生又是郭子仪故吏，直笑得要从胡床上跌下来。就算是没见过郭子仪的人，谁不知道汾阳王堂堂一表凛凛一躯，伟岸俊美如华岳神下凡。这个一脸穷酸相的小个子这般唐突神明，只怕是这辈子也不敢进华岳庙了。

就连裴坦也费了好大力气才忍住笑，安慰地揽着裴度的胳膊："都怪我。你回去揍我。别气着自己。"

整个院子里似乎只有萧昕对这乱局无动于衷。

"年轻人。太年轻。太肤浅。有时简直是幼稚。"萧昕犹携着裴度的手，却也毫不关心受害者，只悠然望着满堂聒噪的宾客，捋着胡须大摇其头。"看人看骨不看皮。年轻人，懂什么。"

不管裴坦初衷如何，裴度这次确乎是字面意思上一举成名了。之后他再去行卷时所有高官都对着他的文集掩口而笑："裴令公。失敬。"

幸而他脾气好，脸皮厚，没太放在心上。经此一役，嘴头子也收敛了几分。第二年侥幸蟾宫折桂，有那么一个瞬间心想着是不是也算托了老爷子的福。

下一刹那立刻浑身恶寒地打消了这个念头。

"裴令公"终有成为货真价实裴令公的那一天。然而安西仍旧像《大唐西域记》里写的那样远在天边无人能及。——这是后话了。

元和五年，裴度在西川幕府里总算熬出了头，受召入朝为起居舍人。虽算不上什么显要的职位，毕竟是近密侍臣，对他这个淹蹇多年的落魄文吏来说已经是意外之喜了。他自然知道这次内召多有当朝宰相裴垍的提携之力，却不料人还没启程，先听到裴垍因风疾罢相的噩耗，心急如焚一路赶到长安，行李扔在客舍便先到光德坊去探视。

裴家因主人病重，已多日不接待宾客。裴度忐忑地递了名刺，立即被邀入内院。

裴垍靠着枕屏，一个小青衣在背后给他裹头。裴度进来时他笑了一下。须臾收拾整齐，虽是家常衣衫，却也一丝不乱。只看剪影依旧是魏晋人物。

两人寒暄了几句，每次裴度问起病情都被他虚与委蛇地含混过去。几个回合之后裴度心里邪火蹭蹭地涨，赌气不说话了。

裴垍会心一笑，拉过他的手来。

"十六郎，你还记得萧昕吗？"

"记得。老爷子……"裴度努力克制了一下，"很发噱。"

裴垍笑得直咳嗽："你知道么，我这几年监修国史，翻了许多故纸堆，才知道他说的很多事都是真的。"

裴度内心还是无法原谅那个长者，敷衍地"哦"了一声。

"他真的审过元载，真的去回纥吊过可敦，真的在睢阳祭过张巡，真的是哥舒翰的判官。石堡城，潼关，他都去过。"

"那他说他做高仙芝的掌书记，什么小勃律，什么弱水河，羽毛都漂不起来，什么吐蕃公主，他也真的亲眼见过？"裴度的语气里多少还是有几分讽刺。

"这倒……"裴垍出于史官的良心，没敢直接承认，"但他确实给来瑱的父亲写过碑，大约真的到过安西。你知道吗，他和哥舒翰、高仙芝都是同年出生的。哥舒翰要是没有死，就能像他那样给我们讲石堡城、龙驹岛。高仙芝要是没有死，就真的会坐在那里给我们讲黑衣大食，讲瑟瑟宝石和藤桥，讲他一步一个脚印趟过的弱水河。"

裴度沉默了一下。似乎有点明白裴垍为什么会在今天说这个。

"十六郎，你是不是也有这样的感觉。那些事听上去都远得不可思议，好像跟我们隔着一堵墙。可是一旦从他嘴里说出来，就好像幽灵站在我们背后，看不见摸不着，可你知道它就在那里注视着你。你不能装作什么都没有发生。"

如果说贞元年间耆老闲坐说玄宗还不算什么稀奇事，到了二十年后的今天，高仙芝这名字似乎已经和英公卫公韩公一样，成了遗事，成了传说，成了沙漠里的一个蜃景。

可是。裴度在心里重复道：是的。我不能装作什么都没有发生。

"十六郎，他说的那句我也觉得是真的。"

"哪句？"

"你像郭令公。"

赶在裴度跳起来抗议之前裴垍按住他的手，憔悴消瘦的脸上露出温暖的笑："我可是给令公作传的人，全大唐也没有第二个人比我更有发言权了。"

裴度一窘之下几乎要下手去掰开对方。然而在目光落下去的一瞬间呆住了。

裴垍的手。那是一双濒死者的手。皮肤枯槁晦暗，手背上横亘的血管都是死气沉沉的灰褐色，掌心如树皮般干硬，让人怀疑是不是还有触觉。

裴度不动声色地抚着一个一个突出的骨节，如一枚又一枚箭簇扎进心里。

这个人甚至比他还年轻三岁。

在病人面前落泪是极大的失礼。裴度只好深埋着视线，努力平复呼吸。

我都明白。他对着那只手无声地说。你要我记住那个时代没有死。它真实近切，它触手可及，它只要一丝生机就能复活。我会记住。不但如此，我还会用一生的努力带它回来，哪怕只有一天，一瞬，一个影子。只要能给你看上一眼，我可以付出任何代价。

他抬起头看着裴坦的眼睛。你活下去。他用乞求般的目光说。只要你活下去。我一定，一定让你看到它。

"等你病好了，我们去看开远门的铜柱。"

裴坦会心一笑，没有接他的话。

"你会像他的。"他抬起一只手，用枯枝一样的指尖触到裴度的额角，"十六郎。你一定能活很久。"

青蒲

我是在一个十二月的深夜回到大明宫的。

它比我记忆中的更大，更空，更深远。浓稠的夜色消融了现实与虚无的边界。没有人知道天空从何处起始，旷野向何处延伸。抑或是，这蛰伏在夜色里无边无际的宫殿，便已是天地间的整个世界。

在天亮的时候，我设想，我会看到黑色的鸱尾，红色的斗拱，和白色的山墙。红色代表痛楚，黑色代表死亡，白色则是一片纯净的虚无。而如今一切意象和隐喻仍在沉睡，只有曲栏和檐角的碎片被我们杂沓的脚步和摇摇晃晃的纸灯笼吵醒，聚在我们身后的阴影里窃窃私语。

我离开这里已有十多年，或者更久。小径上的白石板早已不认得我的足迹，像对付陌生人一样警惕地竖起沟坎和棱角。我一路磕磕绊绊，几乎跟不上前面提着灯笼健步如飞的敕使。一个趔趄后刚刚站稳，脚边忽然溜过一只身形修长的小动物。尽管穿着厚厚的鞋袜，我

"

还是莫名地感到它柔滑微凉的毛皮挑逗般地扫过我的脚踝。一瞬间那种无法控制的恐惧和不洁之感让我寒毛倒竖，手指紧紧勒住嘴唇才没有惊叫出声。

前面的敕使总算好心停下脚步，站在离我一丈远的地方，金莲灯在他手里不耐烦地晃来晃去。

"江王不必看了。"他退回两步稍稍凑近我，灯焰跳跃，却照不见他眼珠子里半点光泽。他的嗓音低沉而浑厚，和其他宦者完全不同。"是狐狸。"他说完便准备转身。

而我叫住了他："你，叫什么名字？"

他微微一躬身："五坊使仇士良。"说完没等我再问什么，便已背对着我继续前行。

仇士良。我翻检记忆里卷帙浩繁的起居注和实录，很快查到了这个名字。元和五年他和一个文官在敷水驿争馆舍，闹到大打出手，这样不光彩的消息让祖父和他的贤臣们大摇其头。而那时候我还不满周岁。那个文官名叫元稹，才名颇高，虽然因为此事暂时被贬，不久便又将官做得风生水起，一度做到宰相的位置。而这个宦者却带着他令人生畏的名字躲进了国史的夹缝，一藏就是十七年。

如今他的背影带着我穿过凛冽的夜色和令人窒息的严寒，最终停在一座似乎已经路过了几十遍的殿宇前。在摇摇晃晃的灯光的催促下我根本无暇辨识高处的匾额，只记得歇山殿顶如不祥的夜鸟张开浮夸的翅膀，遮蔽了所有可能的出路。

他带我去的地方，我后来知道那是浴堂殿北廊。后来我喜欢在那里和翰林学士对坐论诗，并让起居舍人守在角落里记下我们的言行。那几间屋子在这座大而无当的宫殿中显得并不宽敞，而正因如此，我在里面偶尔会生出几分薄薄的安全感。

那天夜里我对这座殿宇，正如对我面前的命运一般，一无所知。我被领进一间屋子，里面铺设着华丽的坐席，案上有笔砚，却没有纸。仇士良一语不发地立在门口，他手里的灯笼不知几时起已经不见了，而屋里灯火通明，我看得见他浮肿的眼睑上的每一条褶皱。我坐下，他的脸上并没有不悦或者其他任何表情，我于是继续坐下去。

当我们都安静下来之后我便听到不远处刻意压低的谈话声，不耐烦的脚步声，屏住呼吸甚至可以听到兵刃轻振的铮铮声。在这些杂乱无章的声音里我毫不意外地辨认出右神策中尉王守澄尖细的嗓音。和他对话的则是几个苍老的声音。这些声音背后的面孔并不重要，乃至这声音本身，众所周知，也不过是一种可有可无的仪式。这仪式，在六年前祖父去世时还曾短暂地激起禁苑内外的惊疑与悲愤，而在两年前父亲去世时重演，已为所有人熟悉以至于漠然。三天前我的长兄中夜暴卒的时候，十六宅里庆祝十三叔光王生日的酒宴正酣。一个敕使悄然进来附在六叔绛王耳边说了句什么，绛王面色如常，像听了一句无关紧要的闲话一样点点头，趁人不注意便离了席。

糊涂如光叔，直到第二天清晨酒阑人散之际才茫然问道："六哥呢？"

我们面面相觑。这时候第一缕晨曦漏进十六宅最深处，一个浑身缟素的敕使进来，跪在地下报告了先帝晏驾，绛王以皇叔监国的消息。

从那之后我们谁也没有再见过绛王。

这三个日出日落间无数种猜疑在每个人心中发酵。然而在十六宅这样不尴不尬的地方，我们早已习惯把这些没用的心思都和酒一起吞下肚里。那天光王的寿筵草草散去，五弟颖王醉得走不动路，我和六弟漳王一左一右搀他回宅。

"皇叔监国算……算怎么回事？真叫人笑……笑掉了牙齿。"颖王半倚在我肩上，一句玩笑话和着酒气轻轻呵在我脸上。隆冬灰蓝色的清晨里一团白雾轻快地洇散。我不舒服地转过脸，偶然间看见光王一个诡异的浅笑，与他眼里十年如一日浑浑噩噩的醉意毫不相属。

那天送颖王回宅之后漳王和我在巷口分道，各回各的宅院。走出几步后我本能地一回头，正看见漳王靠着一颗光秃秃的紫荆树，目送我离去的方向。凛冽的阳光从侧面刺进他的眼角，可他一直睁着眼睛不肯多眨一下。

那天我们都忘记了一件事：为长兄突如其来的死表示惊诧以及哀悼。

直到此刻我坐在这间被权术与阴谋、威逼与妥协包围的屋子里，看窗外一片将残的月亮一点一点转过窗口，渐渐明白这个血腥的仪式又一次启动。我的坐席是三天前绛王坐过的席位，我听到的窃窃私语是他曾听到的窃窃私语，而我看到的月亮，亦是三天前上弦月的完美镜像。

绛王在这里遇到了什么？他此刻又在哪里？我想我很快就会知道某个版本的答案。

不知过了多久隔壁房间的低语忽然中止，一行脚步声穿过短短的回廊走进我所在的房间。一直守在门口的仇士良朝为首的王守澄躬身行礼，随即挺直了身子。后面几位朝臣依次从他面前走过，他们好像谁也没有看见谁。

翰林学士路随，承旨韦处厚，王守澄尖细的嗓音念着他们的官职和姓名。在某种奇异的预感的驱使下，我始终趺坐在席上没有起身，只是一一朝他们点头致意。站在最后的是一位须发斑白的老人，因为身材矮小，被路随挡得严严实实，行礼的时候才露面。

我认得他。元和十三年我刚记事，祖父在凌烟阁里大排庆功宴，李愬裴度一将一相高高坐在上首，威严得像神龛里的画像一样。祖父早已鼎成仙去，李愬也在数年前亡故，大唐的版图在短暂的统一后再次分崩离析，到如今我的父亲和长兄都已撒手人寰，而这个老人仍旧日复一日沿着白沙堤从容步入大明宫，就好像他才是这里的主人。

我在国史中学到，我的父祖们在面对这样的人物时从不称呼姓名官职，而只叫他们"大臣"。如代宗皇帝称呼郭尚父，如德宗皇帝称呼李太尉。两个字简简单单，拒人千里。

我从座位上起来，朝裴度回了个礼："大臣请坐。"

面前的四个人谁也没有应，全都石像一般绷着脸。门口的仇士良嘴角勾起一丝不知所云的讪笑。倒是王守澄咳嗽一声替我解了围："你们要见人，这也见了，全须全尾，不痴不瞎，如今还有什么话可说？这天眼看就要亮了，那先帝遗诏，太皇太后懿旨，敢问两位学士，莫非等老奴去草？"

我眼看着韦处厚的十指绞在一起，骨节挣得煞白。而路随不动声色地拉着他的手，两人一同告辞离开了。

裴度并没有动身，反而神态自若地在我身边坐下："绛王的尸身还在前面，中尉料理大事要紧。老臣耳聋眼花，腿脚又慢，委实百无一用。只在这里陪江王解闷消乏罢了。"

王守澄眉心一皱，正待说什么，外面敲起五更的更点，他只得撇一撇嘴，带着仇士良离开了。

屋子里只剩下我和裴度两人。我本以为这一晚上如虫蚁啃噬骨头般的窃窃私语声会就此停息，然而没有。有那么一瞬间我无端地惊恐起来，四下里张望，以为是自己精神错乱，出现了幻觉。而裴度仿佛洞悉了我的心思，疲惫而宽慰地一笑："江王，这便是大明宫，待久了自然会习惯。"

"我从小在这里长大，几曾见……"

"老臣知道。"他仍旧带着那种空洞的笑容，"老臣忝居台阁三十年，历事五帝，算上江王便是第六位了。"

一整夜的猜度和惶恐之后，终于有人向我宣示早已无可选择的命运。

那一瞬间我终于想起了长兄。他只大我三个月。他最讨厌读书。他骑马连鞍鞯都不用。他从不许我在他面前自称"臣弟"，叫他"皇兄"。

三天三夜，十六宅里一地重孝，却从来没有任何一个人谈起过他。

我的眼睛忽然有点酸。许是熬夜太久，困了。

"五更三点宣政殿朝会。"裴度望一眼外面漫漫无期的长夜，"江王现在有什么想问的，不妨说与老臣。”

我定定地望着他，终没忍住一个冷笑。我倒想问问他，王守澄那般作践我，你们这些忠臣贤相怎不去和他拼命？

许久的冷场。“先帝”二字如滚油一般在我的舌尖上煎熬了许久，终没能出口。“大哥是怎么死的？”

他并没有惊讶或者不悦，只是淡淡垂下眼睑：“大行皇帝为凶逆所弑。江王翦荡凶寇，拨乱反正……”

“我没有。”我冷冷地打断了他。

他好像什么都没有听见，继续滔滔不绝地背诵早已准备好的一番说辞：“上慰宗庙乃顾之怀，下释普天倾首之望。天祚大唐，必将有主，主唐祀者，非江王而谁。”

我不再抢白他，也不答话，想等他自己没趣。然而他还是没有恼，只是静静地坐着，好像想用温和的目光填满地板上的每一条缝隙。

“我本想问你为什么挑中我，不过想来这事也不是你做得主的，不问也罢。——那么就只剩一个问题了。”这尖刻的言辞终于让他皱起眉来，我心里竟涌起一丝得意，“我会不会死。”

他缓缓摇头，可是并没有表达任何承诺：“江王可记得圣人教诲：不知生，焉知死。”

我们离开浴堂殿的时候天边尚未有一丝亮光。一个年轻的内侍在前面打着灯笼，态度甚至比仇士良更加敷衍。 让我惊讶的是，裴度并没有像一个守礼的臣子那样垂首跟在我后面，而是一直挽着我的手臂，就好像他随时需要有人搀着才能走得动路。那段路因为陌生而显得漫长，他离我那样近，他的手抓住我的衣袖，精致的丝绸纹路衬着丑陋的老年斑，即便在朦胧的灯光里也如此醒目乃至令人嫌恶。然而不知为何，从浴堂殿到宣政殿的这一段路径我们走得异常顺利，再没有被任何一颗石头绊住脚。

在宣政殿的屏风后他终于松开我的衣袖：“听说江王熟读国史，当记得太宗文皇帝十八岁时随高祖出征，尝单骑入贼阵，所向披靡，脱高祖于万众之中。江王过了年便也是十八岁，当以此自勉。"他退后半步，面对面给我掸净衣襟，扶正头冠，仔细打量我全身每一个细节，除却眼睛。"老臣给江王新取了个名字叫李昂。昂藏的昂，轩昂的昂。等你走过这道屏风，天下便再没有人能称你的名字，而老臣也再不会有机会扶着你走路，称你江王。"

在百官的队列前面他第一个跪下，用熟练的姿势拜舞。短短一瞬的迟疑后宣政殿里尘头乍起，膝盖落地的声音响成一片。只有离裴度最近的人，比如我，听到他跪拜时说的话，并不是"吾皇万岁"，而是"陛下，保重。"

九年之后同样是一个严寒的深夜，我因为紧张和无端的恐惧而辗转难眠。那天夜里我试图回忆这九年里每一个我能记得的细节。黎明前我想起了那个冬夜和裴度在浴堂殿里的这段对话，才终于意识到这也许是我们之间互相进行的一次考试，并且，我们在对方眼里都落了第。

而九年后的裴度已经在洛阳赋闲了许久。

天亮之后的朝会上所有人都心不在焉，我攥着手里的数珠，简直要把石头捏出水来。一个叫卢弘宣的官员从御史东台回京述职，他说的话我一个字也没有听进去，甚至不晓得他是什么时候讲完的。忽然之间整个紫宸殿都静默下来。我才意识到我该说点什么。我必须说点什么，就算是为了填补内心被恐惧蚀出的空洞。

"你从洛阳来……"我努力看着他的脸孔，"你见到裴度了吗？"

卢弘宣愣了一下，但很快恢复了恭敬的姿态，开始给我讲裴度在洛阳集贤里的府第是如何华丽，南郊的绿野堂又有怎样别致的风景。当他讲到裴度试图用一匹漂亮的马去换白居易的歌妓时，群臣中有人发出警告意味的咳嗽声。而我居然不自觉地笑了出来。这时候左金吾大将军韩约终于如期走进朝堂，旁若无人地走到班列最前面。

"陛下。"韩约跪在地上禀告，"左金吾仗院内石榴树夜生甘露，乃祥瑞之兆，陛下可遣人前去验看。"

卢弘宣突然被打断，不知所措地立在原地。而李训已经在旁边蓄势待发，一脸嫌恶地瞪着不识时务的卢弘宣，拿眼神示意我赶紧把这碍事的人打发走。

我朝卢弘宣做了一个安抚的手势："你现在就回洛阳去，不必等朝会结束，现在就走。去见裴度，去和他说，朕很想他。"

【四郊多垒在，此礼恐无时。】

我时常回到十六宅。在那里我摆下盛大的筵席，和我的兄弟叔侄们一同饮酒作乐，就好像我们从前所做的那样。

自然，我们每个人都知道，有什么东西和从前不一样了。

在长兄晏驾之前十六宅从来都是一潭死水。诸王在这里得到最尊贵的礼遇，如圈牢养物般消磨掉毫无意义的一生。而如今这里的每一个人都似乎看到了某种可能性。藩王继位这样的事，在我们的预料中，发生一次就会有第二次，第三次，直到这个王朝的终点。我从这些人偷偷看我的目光里轻易读出了"彼可取而代之"的轻蔑和敌意。

而六弟漳王从来与这些人不同。——后来再回想这一切的时候我并不清楚到底是他待我真正与众人不同呢，还是我向来以为他与别人不同，对自己反复暗示以至于造成了幻觉。

事实究竟如何也已经不重要了。

那天的筵席上六弟的席位离我很远。他的怀里抱着个极幼小的孩子。我并不记得他有子嗣，至少他从未对我提起过。然而在这十六宅里生命如砖缝间的青苔，毫无价值，却也仍旧肆意滋生，就算仅仅是为了填补无边无际的空虚。

那孩子也许刚会走路，腿脚不肯闲，总想趁人不注意偷偷从大人腿上溜下去。六弟自幼丧母，在父亲面前也不得宠，由祖父的宫人杜仲阳养大，因此和其他弟妹子侄并不亲近。他显然缺乏对待幼儿的经验，对这孩子虽然怀有无限的耐心，却也显得手忙脚乱，眉目间现出疲惫的神色。

我授意身旁的内侍，让他们打发诸王各自回府，只留漳王侍宴。众人散去后六弟终于抱着那孩子走到我的坐席前。

"这是绛王幼女。"他直截了当地说，"臣弟藏匿人犯，愿领死罪。"

绛王是以"谋逆"和"篡弑"的罪名被杀的。他的家人被削去宗籍，男丁赐自尽，妻女没掖庭，这是我即位后颁布的第一条诏令。

我转到六弟身旁想看看那孩子的脸，然而她把头扭成一个极不自然的角度，深深埋在六弟的颈窝里。

"把孩子给我。"我朝六弟伸出手。六弟惊得后退了半步。有那么一个瞬间我以为他要跪在我面前，我甚至已经做好了扶他起来的准备。然而他没有。他只是笨拙地抚着孩子的后背，像护雏的兽类一样瞪着我。

我宽慰地笑了笑，却莫名感到脸颊僵硬："别误会。我想接她进宫，养作我的女儿。等她长大，我会封她做公主。"

几个宫人已经凑到六弟身边，她们手里漂亮的首饰和玩偶一下子吸引了孩子的目光。而六弟仍旧不肯放手。

"六郎。"我疲惫地叹口气，"我离开十六宅才不到十天。你就不肯相信我了。"

绛王的女儿当天晚上被搬入兴庆宫，交给她的祖母郭太后抚养。在那之后我仍旧时常见到漳王。我们仍旧并肩坐在一起，从同一只杯子里饮酒，一切都和过去没有任何不同。他也再没问起过那孩子。

那时候我总以为我们都还年轻，还有大把的时间可以挥霍在听雨，赏花，默然相对这样毫无意义的事上，总以为我还会有无数次机会让他懂得我，相信我并不是一个惯于残杀手足亲人的冷血暴君。

不得已。我想他总有一天会理解，我只是出于不得已。

在十六宅那些朝北的房子里有我上百个堂妹，她们都长着雷同的，模糊的面目，都因为长期晒不到太阳而面无血色。我始终以为绛王的女儿也不过是她们中的一个，甚至会比她们更苍白怯弱。然而我错了。

在她五六岁，眉目刚刚舒展的时候我就听见老宫人们议论，说太皇太后郭氏那几十个孙女里，就数她最像太后年轻的时候。我并没见过郭太后年轻时候的样子，只觉得那孩子斜飞的眼角和丰润的红唇似乎有种和年龄不匹配的媚态。她极讨郭太后的欢心。而郭太后在我们眼里一向是极难取悦的一个长辈。诸亲王以下若犯了什么错，惹恼了太后，只需拿些珠宝吃食向她行贿便可保无虞。而这个小小的弄权者朝他们巧笑，伸出粉嫩的胳膊："哥哥还要亲我一下呀。"

"哥哥亲我一下呀。"我亲眼看见她对漳王这样说。漳王在我面前颇有几分不自在，抱起她来草草在脸颊上亲了一下，朝我投来莫名心虚的一瞥。

我装作毫不介意地凑过去，捏了捏女孩粉嫩的脸蛋："正月里就要册封公主了。还这么孩子气。"

"什么是公主？"女孩歪着头朝我妩媚地一笑。

"公主是天子的女儿。"漳王忙给她解释，"这位皇兄是大唐的天子。"

我还没反应过来这段话为什么听起来这么别扭，那孩子已经咯咯笑起来："他是我哥哥，那我是哪个天子的女儿？"

漳王一下子窘迫起来，将孩子塞给姆傅打发走，然后慌忙跪下给我谢罪。

我早有准备地扶住他："小孩子家，以后慢慢讲给她。"

谁都不愿继续讨论这个话题。我们一路无言，给太后请过安就各自回家了。

她被封为寿安公主。我亲自为她挑选了这个听起来颇为吉祥的封号。册封仪式之后漳王对我的态度似乎终于有所缓和。然而在那之后不久，宋申锡谋反案发，漳王被贬为巢县公，在十六宅里软禁至死。我终于失去了一切挽回他信任的机会。

那一年寿安公主八岁，生得丰泽红润，脸上精描细画，眼眸里已有了少女般的潋滟光彩。我去兴庆宫请安之后她忽然拉住我，笑嘻嘻地问："天子哥哥，六哥哥他犯了什么错，你把他关起来了？"

我僵了一下，分明察觉宫室深处郭太后正在我看不见的地方看着我。她已经在皇权倾轧中失去了两个儿子和一个孙子，漳王算是第四个了。

"你一个女孩子家，这不是你该问的。"

她依旧笑嘻嘻的，粉嫩柔软的一双小手牵住我的衣袖："那我以后还能去看他吗？"

郭太后的目光依旧穿透黑暗压在我身上。而身旁的宦者忽然将腰躬得更低些，好让我知道他也正在我看不见的地方看着我。

我定了定神，弯下腰对着寿安公主的眼睛说："你去和六哥哥说，不要害怕。是我对不起他。"

在那之后的几年里我听到无数关于寿安公主的闲言碎语，其中某些已经直白到了不堪入耳的程度。而我始终无动于衷。直到开成年间，仇士良某天忽然闯进我的寝殿，面无表情地"请"我去十六宅看看。

我顺从地跟着他，一路去了囚禁漳王的院落。我已不记得我上一次到这里是多久以前。五年？十年？甚至前世？这时候仇士良已踢开了厢房的门。扑面而来的霉味让我从恍惚中清醒过来，忽然意识到我看到了什么。

一对赤身裸体的男女，衣被都已被宫人和宦者抢走，在深秋的清晨瑟瑟发抖。漳王始终把头埋在膝盖中间，整个人蜷成一团支离的骨架。而寿安公主看见我进来，忽然舒开手臂撑在身后，向我袒露雪白柔润的胸口。

仇士良骂了一句"没羞臊的狐狸"，脸却没来由地红了。我镇静得出奇，就好像为了这一刻已经排练过几千次一样，解下我的大氅盖在寿安公主身上，命人将她带回大明宫。

安排完这一切我立刻就离开了那间屋子。走出几步时我听见她的声音，笑嘻嘻地，是那种十四岁少女天真无邪的莺声燕语："天子哥哥，六哥哥他到底犯了什么错？"

漳王死在那之后的第七天。他死时大约须发尽白，骨瘦如柴，面如死灰。当然这也只是我的猜想。关于他的死，我所有能知道的东西不过是仇士良递过来的一纸早已拟定的敕旨，严厉地数落了漳王的种种罪恶，然后表现一下朝廷的宽厚仁慈。我照旧在上面画一个可字，和日常所画的千百文书一样，并没有多费半点笔墨。

有时候我也疑惑他们为什么还留着我。御苑里那些训练有素的御马，猎犬，鹦鹉，猞猁，一个个千伶百俐，能歌善舞，难道就不能找到一只会画"可"字的东西来代替我么？

或者，也许，他们只是留着我来受这苦。

他们说，宰相谋反，杀掉他。可。他们说，太子不乖，废掉他。可。他们说，女大不中留，寿安公主下嫁成德节度使王元逵。可。我忽然放下笔："让我见见她。"

她被两个宫女把持着手臂，一左一右紧紧夹在中间，几乎动弹不得。可是看见我的时候她忽然挺起了胸脯，微微一挑蛾眉，显然是在提醒我上一次见到她时的情形。

"寿安公主，你犯下乱伦重罪，圣人格外开恩饶你不死。你可要知恩。"我身边一个年老的女官替我说完了这个场合需要说的话。

"天子哥哥，什么是乱伦？"她仍旧笑嘻嘻地，就好像真的长这么大没听说过这个词一样。

女官神色大窘，看看仇士良，又看看我，不知该不该接她的话。

"天子哥哥，你杀死亲叔，囚禁胞弟，为父不慈，为子不孝，可就是乱伦？"

仇士良高声打断了她："寿安公主，你到了恒州，要学德宗朝嘉诚公主教化藩臣，忠心社稷，永固江山。"

她将脸转向仇士良，嫣然一笑："中尉糊涂了。嘉城公主教化魏博，田弘正举族入觐，却落个家破人亡。倒是杀他的王庭凑，你们给他加官进爵，如今还要我去嫁他的儿子。"

含凉殿陷入一片尴尬的寂静。女官气得发抖，仇士良也沉下脸来，似乎在思索该怎么发作。

"阿妹。你长大了。"我太久没有说话，忽然发出的声音莫名嘶哑，让我自己都觉得陌生，"你知道，我们都是不得已。"

"天子哥哥，都什么时候了，我不听你讲这没用的话。"她再次将脸转向仇士良，"我要学就学宁国公主，她嫁回纥，我也嫁回纥，当年的回纥绝塞千里，如今回纥就在中原腹地。可是，我们都不听人摆布。你要我死，我偏要活。你要我哭，我偏要笑。你们看着，我会比你们都过得好。"

我想她是说到做到了。在我的独生子被杀的那一年她生下第一个儿子。听到这个消息的时候我守在永郎冰冷的尸首旁边，眼前不合时宜地浮现起她那柔润晶莹如酥山一般的胸脯。

她真美。

【宵衣旰食明天子，日伏青蒲不敢言。】

开成四年，我向史官索要起居注，换来了一番苦口婆心的教诲："陛下但为善事，勿畏臣不书。"

善事？我微笑。我这一生还能有什么善事。

我只是想看看他们是怎样写他的。而已。

是的。九年后我仍旧记得那个年轻人。我担心，后世的史书里大概只会留给他少得可怜的几行文字，也不会再有人知道他的家世里贯，他的相貌，年龄，他捧着笏板的那种过于热忱以至于不自然的姿势，干净的瞳仁里某种与我相似的神采，就好像急切地想做点什么，可是面对眼前的世界茫然无措。

暗夜里的浴堂北廊，宦者们从每一个角落向这里窥伺，如我早已习惯的那样。我坐在奄奄一息的烛火中间，闭上眼睛，在意念里展开虚无的帛卷，阅读在未来将被称为《唐书》的那些文字。而在那个"未来"，我的国和我的家已然从这片土地上消失，如夏日的骄阳融化一小片脏兮兮的雪。

晶莹的水滴和浑浊的沙尘，一同归于这片亘古不变的土地。

我想，我会首先读到他的死。

> 秋七月，左降官开州司马宋申锡卒。诏停修造，避正殿，减供膳，出宫女千人。时久无雨，诏下数日，雨泽霈洽。

那年的秋天有下不完的雨。朝臣们到达延英殿的时候襕袍的下摆都被泥水溅湿，想来鞋袜也都是湿透的。我极讨厌脚下那种冰冷不洁的滑腻之感。可是他们全然不以为意，仍旧精力充沛地互相攻讦。他说他们都是朋党，他们说他才是朋党。一句句金声玉振，援古引今，肺腑之言和忠贞之心让史书里一切贤臣良相都感到惭愧。

我全神贯注地听着檐前雨滴敲打鸳鸯瓦的声音。雨小的时候像隔世的耳语，像竹林在南方的夜里匆匆长高。雨大的时候像一万只箭矢破空而来，像嘉陵江水在开州城外日夜奔流。

庆臣，这为你而落的泪水，你听到了么？

不知几时殿中忽然安静下来。他们一齐看向我，就好像老师在学堂上抓到了走神的顽童。而我心虚地盯着端坐螭头奋笔疾书的起居舍人，良久道：朕头痛欲裂，四肢麻痹，你们快去找个好医生来。

在赶走了三五个太医之后我见到了郑注。他的眼睛像鱼一样凸出，又像猫一样眯缝着。我看不到他的灵魂，他也看不见我的。

"你认识宋申锡吗？"我问他。

他茫然摇头，努力望向我，微微睁开眼睛，又因为看不清楚而再次眯起来："敢是医待诏么？若论治头风，那些博士待诏们是比不得小可的。"

我微微一笑："很好。你留下来罢。"

我想，在那之后我可能会读到他的鬼魂。

　　大和九年春，其夫人亭午于堂前假寐，见申锡从中门入，不觉惊起。申锡以手招之，便引出城，似至滻水北去数里，见一大坑，坑边有小竹笼及小板匣者数枚，皆有封记。申锡乃提一示夫人曰：此是那贼。问曰：是谁？曰：王守澄也。复诘其馀，曰：即自知。至十月，鸩杀守澄。后一月，郑注授首，王璠腰斩于市，同受戮者数人，皆同坎埋于城外。

　　十一月廿一日的晚上，左右仆射令狐楚和郑覃跪坐在空旷的紫宸殿内，笼冠巾帻下面露出几缕凌乱的白发。他们都是从闲职上匆匆受召入阁，甚至没有带来御寒的衣物。夜色渐深，殿外偶尔传来神策军兵卒玩弄刀剑的金属声。两个老人在仇士良的注视下用瑟瑟发抖的手秉笔疾书。

　　令狐楚先写完，递给仇士良，仇士良又递给我："念。"

　　我不知道自己都念了些什么，或许那时那地我根本认不出满纸颤抖凌乱的文字。我只记得从我嘴里不断呼出白色的水气，似乎是我身上残存的最后一点温热的气息。

　　仇士良一撇嘴角，摇摇头："李训王璠带兵上殿，这是弑君的阴谋，这是天大的反叛！你写这些浮泛含糊的东西，怎么，你要教人以为是老奴诬陷他们么？"

　　令狐楚连道不敢，跪在冰冷的地上抖得像风中的树叶。

　　郑覃强作镇定递上他的草稿。仇士良也不待我念，一把夺过黄麻纸，扫了一眼，露出勉强满意的神色。

　　"人臣无将，将而必诛。——这句还算有那么点意思。"

　　十二月里最冷的那一天凤翔镇送来了郑注的首级。他和别人都不一样。那四个宰相固然是谋反，可是，人臣不过宰相，他们已经是宰相了，纵然谋反又能有什么好处呢。

而郑注是要当皇帝的。他，一个出身低贱的佞幸，蛇蝎心肠的逆贼，如果不是仇士良舍身护主，他差点就要提兵犯阙，杀掉我，自立为大唐的皇帝。

我打开白木匣子，腥臭扑面而来。他的脸上伤痕累累，几乎没有一块整齐的皮肤。我只能凭借那双仍旧凸出来的眼珠子确定他的身份。脖颈被切断的地方血肉凌乱，看得出来是被砍了很多次才终于成功。

我忽然不能自已地笑出了声。多么有幸。十年天子，我不曾做过一件利国利民的事，连自己能不能见到明天的太阳尚且做不得主，可是，庆臣，我替你报仇了。

我想，我会一遍一遍读他的审判。

初，申锡授王璠京兆尹，与除王守澄。璠漏言，而守澄党郑注得其谋。太和五年，守澄诬告申锡与漳王谋反，且令人仿其手疏，皆至逼似。翌日，开延英，左常侍崔玄亮，给事中李固言，谏议大夫王质，补阙卢钧、舒元褒、罗泰、蒋系、裴休、窦宗直、韦温，拾遗李群、韦端符、丁居晦、周墀等一十四人，皆伏玉阶下，泣涕以申其冤。守澄出申锡结十六宅文字，谓玄亮等曰："是申锡手书乎？"对曰："是也。"上震怒，叱谏官令出者数四，曰："诚如此，罪不容诛。"

大和四年，尚没有宦者昼夜寸步不离跟在我身后的时候，我试图与那几个精明强干的宰相们"彻夜论诗"，却一一遭到了拒绝。他们说，陛下万乘之主，当善自保养，少做这些伤神劳心的事。

在因为潮热而辗转难眠的夏夜，我暴躁地赶走了所有侍从，披着单薄的素衣穿过右银台门，在翰林院门口不小心撞到了系着银铃的丝线。

一个年轻人立刻从院中迎出来，反应之快，就好像我们真有过什么密约似的。

他穿着整齐的绿色官服，端着一盏小小的灯。见到我的时候没有流露一丝惊讶。反倒是我忽然为自己的衣衫不整而尴尬起来。

他要带我进屋去，我一捏他的手，轻轻摇了摇头。

"后院里凉快吗？"

他迟疑了一下："那里人迹罕至，自然清凉无比。"

"学士请带路。"

那是个没有月亮的夜晚。就着手里的一豆灯光他读完了我从袖中取出的密旨。在潮湿浓稠的黑暗里我用目光急切地询问他。他看着我的眼睛，用很轻然而坚定的声音说，臣愿往。

然后他在那盏灯即将熄灭的时候，用最后一点火光焚化了密诏。

"你……"我被一瞬间亮起来的火苗灼痛了眼睛，惊讶地看着他。

他的脸上是那种我从未见过的，温存而坚定的神色。

"他日事或不谐，臣甘为董承伏寿，毋陷陛下为山阳公。"

第二天我从内廷宣出加宋申锡平章事的制命。然后按照他的计划，将他的密友王璠提拔为京兆尹，以宰相堂帖调京兆府卫士诛讨王守澄。然而他看错了人。王璠自知以卵击石，立即倒戈，将整个计划对王守澄和盘托出，然后在郑注的谋划下，制造了一场"宰相连藩王谋反"的冤狱。

谏官们在延英殿中黑压压跪倒一地。王守澄从他们中间穿过，旁若无人地大步踏上丹墀，手里扬着一片白绢："睁开你们的眼睛看看，都给老奴看清楚了，这勾结十六宅造反的密信，是不是宋申锡亲笔？"

为首的崔玄亮接过白绢，用难以置信的目光打量着上面的笔迹，然后又难以置信地望向我和王守澄，最终点头的时候，悲愤的泪水夺眶而出。

我想，他们所惊讶的是王守澄竟能将这物证伪造得如此逼真。而只有我知道那就是真的。那端正略带稚拙的楷书，那过于热忱以至于不自然的措辞，以及白绢背后只有我能看到的，任谁也伪造不出的，温存然而坚定的神色。

他大约是将这"罪证"放在家里最容易找到的地方了。

白绢在谏官手中一一传过，斜阳摇摇欲坠，延英殿中的光线一点点暗下去，暗下去，直到我已看不清他们脸上的表情。可最终他们全都固执地俯伏在丹墀之下，不发一言，却也决然不肯起身。无论用怎样严厉的训斥让他们出去，都没有一个人挪动一寸。一条条微微颤抖的脊梁上笼着大唐末世的余晖，好像田野里此起彼伏的坟山。

他们都不是什么勋贵巨僚，很多人都是刚出选门的年轻人，青袍似春草，九重宫阙里动一根手指头就能断送他们一辈子的仕途功业。可他们什么都不怕，什么都不顾，为了一个平庸而陌生的宰相，甘心赌上身家性命俯伏青蒲，直跪到天荒地老。

最终王守澄大约也被这场景震住了。僵持了半刻，他嗤笑一声："今日乏了，这宋贼就交给你们南衙去审。你们这起明公贤臣可莫教老奴失望。"

最终他躲过了家破人亡的惨祸，只贬到一千二百里外的开州。比起前朝动辄远徙岭表、甚至半路赐死的那些倒霉鬼们，确乎已经是极大的恩典了。

我甚至有机会见了他最后一面。中使在百官面前宣读了他的罪状和判词，问他，宋申锡，你知罪么？

他抬起满是伤痕的脸，用那双依然清澈的眼睛隔着一千二百里的距离看着我。

"臣深负漳王。容来世赎罪。"

我想，我也会读到那些我在世时没有机会听到的，他的告白。

申锡始知得罪，怡然不以为意。望延英门，曰："吾起孤生，位宰相，蒙国厚恩，不能锄奸乱，反为所陷。圣人察申锡，岂反者乎？"以笏叩额还第。

在我刚刚回到大明宫，面对宣政殿里一片陌生的面孔感到恐惧和焦虑的时候，从小教我读书的女学士宋若宪向我举荐她的一个远房侄儿。

"若论翰林学士写的这般文章，庆臣足可驾驭了。"

"他是怎样一个人？"

"他算不上多么聪明。可是你这里缺的并不是聪明精干的能臣。而且——"宋若宪莞尔一笑，"他很像你。"

在浴堂北廊初次见到他的时候我信服了她的话。这个年轻人看起来清瘦憔悴，还未进翰林院就好像已经熬过了几百个不眠之夜。可他的眉眼真的像我。那种急切热忱而又惶恐无措的神情也像我。

我们都没有什么经天纬地匡扶社稷的才能。要想留下点美好的名声，他只能靠洁癖般的清廉；我只能靠洗过三次的旧衣裳。

我能看出来他始终不喜欢浴堂殿。我知道，他坐在我面前的时候一定也听到了那些没有形体，却如附骨之疽一般挥之不去的窃窃私语，并因此坐立难安。

"这就是大明宫。待久了自然就习惯了。"我安慰他，"朕在嫔妃房里时，那声音也不曾远离过。"

他好像遭人调戏一般，蓦地红了脸。我忍俊不禁地将坐席移近他："今夜闲适，与学士聊坊间传奇，一切正经文章朝堂政事都不要提起。违者罚酒。"

那天我们从会真诗聊到河间传，他被罚酒罚到醉得不省人事，第二天醒来发现自己躺在后宫甘露殿里，倒是一点都没有慌乱。

"外间新近有个传奇叫《辛公平上仙》，光怪陆离，烟霞满纸。卿不可不读。"在送他出宫的路上，我随口提道。

他带着一丝不可名状的笑容随口应承下来，大约以为这又是什么狎斜文字。然而下一次再见到他的时候，他看我的眼光一下子就不同了。

"玄宗皇帝设翰林学士以开张圣听，至宪宗皇帝以学士为内相，訏谟方略时时征询。臣不才，忝为学士，不是为了来和陛下聊市井奇谈的。"他板着面孔在我面前展开一卷书，强行给我讲了一夜诗经中的《墓门》。

墓门有棘，斧以斯之。
夫也不良，国人知之。
知而不已，谁昔然矣。

甘露殿里的又一个残夜。他用几不可闻的声音问："陈弘志，梁守谦，王守澄，皆是拥立陛下的元勋功臣。你……真的要对他们下手？"

"元勋功臣？"我轻笑，"等我死了，他们还能立一辈子的傀儡皇帝，做一辈子的元勋功臣。"

他用冰冷的手指掩住了我的嘴唇。

"陛下不会死。"

最后，我想，我会读到那个在遇到我之前的年轻人。

申锡少孤贫，有文学。登进士第。韦贯之罢相，出湖南，辟为从事。贯之宿德名臣，一旦受诬去位，亲故星散。申锡独从。韦甚德之。及入幕，剖断循常，望实颇不相副。尝从容语之曰："君无异才。但守清慎廉介，不趋党与，庶几见用。"申锡愀然曰："清直洁白无如明公者，其免祸欤？"及入朝，尤以公廉为己任，四方问遗，悉无所受。既被罪，为有司验劾，多获其四方受领所还问遗之状，朝野为之叹息。

我终究无法想象的是，在我的国度早已不存在的未来，人们会读到怎样的"史臣曰"。他们是会称赞他的清廉正直，还是会鄙夷他的平庸愚蠢；是会扼腕叹息他的器小任大，还是会嗤笑着摇摇头，从牙缝里挤出一句"贬死为幸"。

而只有我记得他单薄而尖锐的嗓音，有时候听起来令人烦躁；记得他细长的眉毛总是因为紧张而纠结在一起，紧窄的眉心里沁着细微的汗珠。我还记得他大而清澈的眼珠子，像惊惶的动物一样滚过来滚过去，而他的嘴唇总是有点合不拢，不知还有多少没来得及说出口的言语。

他的一部分和我一起活着，直到我死的时候，和我一起重新死去。

在我知道自己马上就要死去的时候，我唤来当值的翰林学士周墀，问他："我可以比前代的那个君王呢？"

周墀战战兢兢地下拜，称赞我是尧舜之君。

我不耐烦地打断了他的恭维，说："我是问我和周赧王、汉献帝相比如何。"

周墀越发惶恐起来，支吾了好一会儿，忽然抬起头看着我，深深吸了一口气："臣听说汉献帝每欲讨贼，必先付密诏。而开江宋相国以堂帖召王璠，竟无敕旨。'曷为以叛言之，无君命也。'以此观之，陛下还是比献帝聪明些罢。"

这答案让我满意极了。那天我龙颜大悦，命人抬出内府珍藏的荼蘼酒，和周墀面对面坐着，一杯劝一杯，都吃得酩酊大醉。

最后的那几个月我时常这样烂醉如泥，有时候偷偷让人从坊间买进来酷烈的烧酒，一刀一刀灌进胃里，直到呕出鲜血。真正让我沉迷的是醉后那种软弱无力的感觉。我靠在最厚最软的隐囊上，将头向后一仰，任凭柔软的丝绵吸走我全身的每一丝气力。眼睑以外仍旧是那个繁华悲苦的世界，那些离我远去的人都回到我身边，只要伸出手就能牵住他们的衣袖，摸到他们的脸庞，然而我没有力气将手指挪动哪怕一寸。

整个世界都成了一只填满丝绵的，柔软得没有边界的隐囊。

不怪我。一切都不怪我。我是那么想，那么想保护他们。我的六弟，我的堂妹，我年幼的独生子，我的，眉眼和我肖似的年轻的宰相。

然而我没有一丝力气。心脏充满了血液，胀痛得随时都会破裂。我只能像尸体一样瘫软，看着他们的眼睛越来越远，直到变成夜空里的流星。

又像是一片片薄脆的雪花，轻轻一触即在指尖化为虚无。

宫人来扶我回寝殿。我歪在她柔软的胸口。某种香气让我皱起眉，难忍地侧过头去。而我仍旧耽于那样的柔软。那样柔软，不需要我付出一丝一毫的努力，只是纯粹的休息。

庆臣，你在我面前总是欲言又止，战战兢兢。如今你可得到这样纯粹的安宁？

我阖上眼睑。这是最后一件让我不适的东西。如今我拥有了一切自由。在那个世界里所有人都原谅了我。

"他只是没有力气。"

这是我所能想到的，最让我欣慰的墓志铭。

贞石

　　我喜欢石字。厚实的横画微微弯向右上，像是嘴角边一个自己都没有察觉的微笑。撇画起初直而硬，收笔时却若有若无地挑出一个蕴藉的弧度。口字上宽下窄，折出方锐的棱角。我刻意用柔软的毛笔模仿凿石的锋芒，而很多人对此不以为然，比如我的哥哥。他不喜欢看到我对我的笔过于熟悉。在他看来笔不过是一种"器"，而如果我与它过于亲昵，我也终将成为"器"的某种形式。

　　我敬重我的哥哥，虽然并不能理解他的逻辑。

　　听长辈说，哥哥尚在襁褓中时，族中一个善于相人的伯父见到他，立刻断言他将是家族里光宗耀祖重振门风的那个人，并且亲自给他取了小字"起之"。我们的父亲和生母都去得早。哥哥便从小背负起治家的责任和族人沉重的期待，年纪轻轻便一天到晚板着脸。好在他的努力卓有成效。到我成年的时候，"升平柳家"已成了长安城里有名的门楣。

　　而我则好奇那位伯父对我有过怎样的评论。对此哥哥一开始讳莫如深，被我问得久了，敷衍道："你出生的时候，阿伯都老糊涂了，说的话都没人理会。"我不依不饶，非要问到底说了什么。哥哥皱起眉："他说，即便在我们家所有的后代都消失于人世之后，仍旧会有许多人记得你的名字。然而并不是因为你的功业。而是因为……"

"因为什么？"

"他说，因为那些死者。"

我喜欢死字。尖刻的撇与圆熟的勾剑拔弩张地对峙，又在对峙中微妙地相互调和。 在它们上面是端严的一横，代表我们脚下的地面，即，我们与彼岸世界间的界线。

在我的想象里，死者穿行于地面以下的泥土中，头朝下脚朝上，如我们行走在冰面上所看到的倒影。那里也许也有一座倒置的长安城，一样的庞大和繁华。也许没有。鬼魂也许并不需要千门万户的里坊来容纳他们原本虚无的身体。但无论怎样，他们需要石头。他们需要石碑上的文字来印证他们曾经存在过。而这种曾经的存在，我想，对于鬼魂来说一定是他们的世界里最重要的东西，以至于在文字诞生的时候，就连地面以上的生者都能听到他们彻夜哭泣的声音。

地下没有光线，死者看不到石碑上的文字，但他们可以摸到那些凹陷的笔画。我听说石头是世界上最坚固的东西。即使埋上一千年，一万年，久到帝国化为齑粉，文明消失于阴影，山陵与峡谷变成一望无际的田野，久到世界上最后一个懂得解读我们的文字的人都已死去，而在地面以下一切都不曾改变。鬼魂仍旧沉默地穿行在土壤中，伸出虚无的手指便能触到石碑上那些清晰如故的刻痕。

"文"与"字"，在我看来总是两种不同的存在。前者像水一样流动而易逝，而后者，一旦落在青石板上，便意味着永恒。

所以人们将"贞"字，这个在唐帝国里给最高尚的文臣作谥号的字眼，赠予了那些刻着墓志铭的石头。

有时候我也会闭上眼睛去摸那些石碑，刻工刚刚完成他们的工作，碑板上还微微带着他们身上的温度和气味。新鲜的刀痕摸上去有种未成熟的果实一般的生涩感，好像在默默等待着人们——或者死者们——用指尖的皮肤一点点打磨那些细微的崎岖。睁开眼睛的时候我看到刻工正对着我憨笑，道："没事，我不告诉他。"

"他"只能是我的哥哥。"他"要是看见我闭着眼睛摸石碑，一定会摇头叹气："又做傻事。"

我的哥哥柳公绰，是唐帝国里极正直极精干的官员。他十八岁时便登贤良方正科，从九品的秘书省校书郎勤勤恳恳往上爬，后来一直爬到节度使和六部侍郎的位置上。相比之下我年过三十仍蹭蹬科场。哥哥虽然没有说什么，可我看得出来他简直急得恨不得替我去考。

终于到元和三年我总算中了进士，而且是那一年的状头。我想这一次总可以让哥哥闭嘴。放榜后的第五天我就收到了哥哥从西川寄来的信，除了开头几句例行公事的贺词，后面十几页都是连篇累牍的"新科进士指南"，内容包括应该去拜谒哪些官员以及上门的顺序，见宰相时该穿哪套衣服，该说什么话，杏园宴中如何避免被某些权贵榜下捉婿，以及如何与进士团那些市井无赖们讨价还价之类。最后他写道："信使已经在催我了。实在来不及写更多。庶务琐事有什么不懂的，问问寿郎也罢。"

寿郎是他的长子柳仲郢，那年才十五岁，年纪轻轻的就学起他父亲，整日板着一张脸。与而立之年的我相比，哥哥显然更信任一个半大孩子。我撇撇嘴，心道我宁可去问隔壁裴家那孩子。

就在我几乎要把信丢到一边的时候，忽然见到信纸的边角处还有一行潦草的"又及"，墨迹极枯，好像匆忙得连蘸笔的时间都没有。

"又及：代我去看看裴侍郎，劝他好好保养身体。"

裴侍郎是谁？我咬着嘴唇用力想了半天也仍旧一头雾水，只好拿着信去了隔壁。

我去的时候裴休正坐在窗户底下，拿白绢仔细擦拭一枚半尺来高的沉檀佛像。他抬起头愉快地看我一眼，就算行过了礼，而我报以一个同样愉快的笑容，自然地坐在他旁边的席位上。

"北魏太和年间的款。"

"假的。"我一眼瞥见款识的字体，不假思索地说。

他抬起头朝我眨眨眼睛，脸上瞬间浮起的失落又在下一个瞬间消散，轻轻"哦"了一声，仍旧继续擦他的佛像，专注的神情和刚才并没有两样。

我的哥哥一提起裴休就板起脸来："裴使君那样的厚德君子，养出这么一个不着四六的儿子，真是造孽。"一边数落一边痛心疾首地看着我。我只低着头，学裴休那样无辜地眨眨眼睛。

裴休飞快地扫完哥哥的信，抿了一下嘴唇："这事也就你还不知道了。今年的贤良方正科制举闹得满城风雨。有三个举子的策文，说是指摘时局太甚，朝中贵人们很是不悦，竟不肯给他们几个授官。有人说是触怒了安邑李相，也有人说李相是被人陷害的。——你看，令兄的信里还说来着，让你去拜谒李相公的时候不要提这回事。……"

我硬着头皮听了半晌，终于忍不住打断道："你只告诉我裴侍郎是谁就行了。"

"光德坊裴学士，裴坰裴弘中，你总听说过罢。"

"令侄啊，他几时又成了侍郎呢？"我记得裴坰和裴休的血缘远得很，还比裴休年长很多。但是裴休偏喜欢在我哥哥面前提起裴坰一口一个"弘中侄儿"，气得哥哥七窍生烟。

"你总知道翰林承旨学士意味着什么吧。差不多就是一只脚踏进政事堂了。制举案这么一闹，不但几个考策官被贬，居中覆视的弘中也被牵连，守户部侍郎出院了。——弘中心气高，又爱生病，有劳令兄挂念了。"

"至于嘛。侍郎不也是大官。"我敷衍道。心想这事听上去哪有那么严重。

"风起于青萍之末……"他终于放下了手里的佛像，若有所思地看着窗外。

我喜欢风字。左边的撇反常地勾上去，右上角折出一个夸张的角度，虫字左右延伸得极宽，又立即收得极紧。张扬与内敛，我喜欢这样参差的对照。

那时的我并不知道在之后的四十年里，这些在元和三年尚且互相陌路的人们之间会上演怎样的党同伐异、构陷倾轧；又有多少踌躇满志的年轻人自愿不自愿地陷进这巨大的漩涡，在一幕又一幕的政治闹剧里耗尽了他们的才华和热情。这年的制举之争看似平静地结束于宰相李吉甫的主动求免，出为淮南节度使。我们这些新科进士作为他名义上的门生，还有幸列席了隆重的送行仪式。从他平静的面容里我们窥不到一丝线索，关于这些天他经历了什么，他如何想，又如何做。我们惟一清楚的事实是：李吉甫临走前举荐了裴垍继承他的相位。据哥哥说，这让裴垍本人都惊讶不已。

这场制举案的所谓真相成了一团迷雾，一直到了我给那三个因触怒权贵而失意，后来又一一攀上高位的举子们书写墓志的时候，这雾气也仍旧笼罩在石板上，模糊了那些庄严华美的字句。

裴垍拜相后不久，就将哥哥从西川武元衡幕下调回京城任御史中丞。哥哥回来的时候裴休正在我书房里看我临帖，没来得及溜走。好在哥哥刚到家，心情大好，见到他竟笑道："我在益州也写了个碑，你们看看。"

对于哥哥的字，我说好也不是，说不好也不是，一向只有保持沉默的份。而哥哥始终坚持是我不懂得欣赏。

裴休虽然一向爱和哥哥开玩笑，这天似乎也不好扰了哥哥的兴致，展开拓本煞有介事地看了又看，点头如啄米，半晌方深思熟虑地评论道："好文章呢。借修武侯祠，将武相着实吹捧了一番。此人将来必定前途无量。"

哥哥脸上一僵，硬是接不上茬来。而裴休又细细看了题款，恍然大悟道："原来是我家侄孙裴中立的大作，此儿骨相不凡，柳公的同僚果然都是一时之选。"

我都不敢看哥哥的脸色，生拉硬拽地将裴休扯走了。

虽然因为这件事，哥哥几年里都不许裴休上门，但就连他也不得不认同裴休眼光之毒。这个裴度裴中立，虽然当时只是西川幕中一个不起眼的掌书记，很快就平步青云，几年间便坐到宰相的位置上。而比他资历老很多的哥哥却被迁到鄂州，在信里淡淡抱怨南方湿气太重，关节痛得厉害。

这时候我的校书郎任期已满，又不愿闲居守选，便设法谋到一个幕僚的差使，随李听将军驻守夏州去了。

哥哥听说这事似乎又惊又怒，给我的信里满是"这怎么行""难道家里出了什么事""谁欺负你了"之类的质问，笔迹潦草得不成样子。

我想他总归还是担心我不通人情世故，一个人在外成不得事。而我只是想在老去之前到长安之外的世界去看一看。

随着裴度拜相，消磨了数年的淮西之役也重新紧锣密鼓地张罗起来。李听将军也被调往淮西前线，在那里我第一次见到了那样多卑微得连块记名的石头都不曾拥有的，死亡。

一天早晨我醒来的时候看见哥哥正坐在我的帐篷里，安静地看着我睁开眼睛。我以为自己做梦魇住了，惊得说不出话来。哥哥的脸又苍老了几分，可是脸上的线条极为温柔。他笑着问我："睡得好么？"

那时候我终于清醒过来，知道这一定不是梦。我做了几十年的梦，梦里的哥哥从来都是板着脸的。

我狼狈地跳下床，扯起衣裳胡乱往身上披。哥哥竟一直那样笑吟吟地看着我，没有指摘任何不合礼仪的细节。一时间我心里涌起某种微妙的恐慌，甚至怀疑哥哥是不是得了什么重病，特意来找我话别。

好容易穿好衣服之后我叫来仆从，给哥哥倒了碗茶汤。哥哥端着碗，水汽氤氲在眉眼间，也不知是不是我的错觉，总觉得他眼睛都湿了。

我简直吓得要死。而他只是埋头喝完了茶水，放下碗时整张脸终于又板了起来："诚悬，下次出门，记得和我商量一下。"

那一瞬间我毫无理由地长出一口气，确信哥哥并没有什么了不得的事。他千里迢迢来前线，就是因为他想我了。

就在我们闲聊的间隙帐房外面忽然喧闹起来。遇到这样的事我通常是不理会的。而哥哥立刻站起来出去查看。原来是他从鄂州骑来的马受了点惊吓，踢伤了一个小校。哥哥派人送小校去医治，转头回来便教人将马杀了。

闻讯赶来的李听将军从喉咙里发出一声哀鸣："使君好一匹骏马，

杀了也太可惜了。"

那马仍在从容不迫地嚼着草料，对自己下一刻的命运一无所知。

哥哥面不改色道："真正的良马怎么会随意伤人呢？军营之中最重赏罚严明。连马都约束不了，还谈什么治军！"

前线时常是缺马的。李听将军最爱惜马，为这事愤愤不平了好久。在哥哥走后他私下里和我抱怨："鄂州来的那些兵说，他们家里的婆姨有不守规矩的，都被令兄捉去沉了江。过去人们都说柳使君脾气厉害，我还不信呢。"说罢大约觉得还不够解气，又道："其实朝廷只要他一纸牒文，调取管内兵马过来就够了。谁知他堂堂一个观察使非要亲自来前线，莫不是特地跑来教训我治军不严的？"

我这才明白哥哥为什么会忽然出现在这里，同时心里有了种非常不好的预感："将军……是不是和家兄说过什么？"

李听将军盯了我一会儿才恍然大悟："上个月他来信问起你，我说柳书记胜常，只是时不时被下人骗去俸钱，月末差点吃不上饭。"

我忍不住翻个白眼："我看将军挨训也是自找的。"

淮西的战事最终收场于官军的大获全胜。那几年里虽然两河上下战火不熄，江淮民生凋敝，但是反叛多年的藩镇毕竟一个接一个地被收复回来，一度分崩离析的帝国再次统一——至少在版图的层面上。我也不晓得这到底是多么重要的事，以至于要为此牺牲那么多的生命。但不管怎么说，我最喜爱的青州石末砚曾一度因为淄青的割据而鲜见于市，如今终于可以买到了。为此我还是很感激皇帝和他那些贤臣良将们的。

然而正当皇帝的野心向西域扩张的时候，他忽然在盛年死去。关于他死因的种种传说从他死后的第二天起就成了长安城内的禁忌话题。而禁忌正增加了人们谈论它的兴趣。直到几十年后所有与此事有关的人都情愿或不情愿地死去，腐烂，被人遗忘，这个话题才终于褪去了引人瞩目的光环。而整个过程中并没有任何人接近过所谓真相的东西。

新即位的是我见过的第二个皇帝。他一坐进紫宸殿就将政局搅得一团糟。先帝花了许多力气，像拼合碎瓷片一样好容易实现的统一，在他手里几乎一夜之间又重新像瓷器一样碎掉。——瓷器毕竟不是石头，不碎才是偶然。然而另一方面，被先帝无辜贬到南方的那些写诗人们总算在这个皇帝手里受了些优待，他们之中尚且活着的那些便渐渐回到朝中。

我被召回长安据说是因为一个偶然的机缘。当今皇帝在做太子的时候，在佛寺看到我题写的匾额，喜欢我的字，即位后立刻调我到翰林院专职写字。也许是看在我进士出身的份上，不好和那些待诏匠人们同列，便挖空心思发明了一个"侍书学士"的官名给我做。

哥哥听说这件事后好像不太高兴，但是也无可奈何。我虽然一开始也觉得这官位来得荒唐，可是进了翰林院里，见到一应笔墨都是最上等的御用之物，秘书省里千百卷名家书迹任凭取阅，顿时心满意足，再不去想什么官声前程之类无聊的东西了。

回到长安后，找我写碑志的人家便多了起来。据裴休说，付给我的润笔之资达到了惊人的数量。而我所在意的仍旧只有笔下平整温润的石头。

在这些深深浅浅的刻痕之间资质平庸的官场失意者成为志向高洁的隐士；横征暴敛的地方官成为惠泽一方的重臣；只有那些生前互相攻讦的政敌保持着良好的操守，在盖棺论定的时候也不忘描述对手如何阴险狠毒，自己又是如何宽厚仁慈。后人如果读到这些墓志的话，我想，也许会质疑这些被严整的格式和韵脚用力粉饰过的文字，认为它们徒有虚表，不值一文。然而我从未因此而迷惑。在写字的时候我轻易就透过浓稠的朱砂看到文字背后死者的脸，看到他们眼睛里只属于死者的虚无和绝望。 这世界充满悲苦和繁华，不管哪个都让人眷恋。而他们，无论在墓志的第一行里拥有多么冗长的官衔和爵位，如今终究永远离开了这一切，从此只拥有一块方形的石头。想到这些，无论对怎样的人，我都忍不住心怀怜悯。

　　这样一成不变的日子过去了没几年，第二个皇帝和第三个皇帝便相继死去。在这期间哥哥始终忧心我的仕途，不止一次托朝中高官为我谋一个散秩。然而每次我在那些职位上不明所以地做上一年半载后总是被一纸诏令调回翰林院。也许所有人都认为我还是不如回去写我的字。

　　第四个皇帝即位后不久，哥哥再次也是最后一次回到朝中任职。和往常一样，他在回来的当天就将府里折腾得鸡飞狗跳。仆人们在院子里跪了黑压压一片，哥哥一边翻看账目一边派人去下人房里翻检，意料之中地搜出一箱一箱从我这里偷走的东西，查出问题的仆人打的打卖的卖，严重的报给官府，都判了绞罪。合府上下都怕他，一见他板起脸就噤若寒蝉。而我只是忽然发现他的白发比起往年格外地多，而且，瘦得连眼窝都陷了进去。

　　发落完下人，侄儿柳仲郢也上来跪在哥哥面前，被数落了一通"理家不严"。就在我内心忐忑要不要也跪过去领一顿训的时候哥哥忽然握住我的手："以后只好让寿郎替你打点俗务了。我到底还是不放心。"

　　我一瞬间几乎哽咽，然而没等我说话哥哥又道："寿郎就算不济，你还可以去找裴家那孩子。可是诚悬，你真的就要在翰林院写一辈子的碑么？"

　　无数次逃避这个问题的我当时也不知哪来的勇气，当着一院子的人点头："即便官至宰辅，也不过是这世界的一个掘墓人。竟不如去写碑……"

　　"既是这样的末世，又有什么好写的呢？"哥哥没有像往日那样板起脸，只是若有所思地看着庭院里大大小小的，完成未完成的石板。

　　"比如名字。"我也看着石板，而且，清楚地看到了那些名字旁边死者们的脸，"名字对死者很重要。碑板上什么都可能是编的，惟独名字不能有一笔一划的差错。鬼魂会忘记生前的一切经历，只能凭借墓志上的名字寻求自己和生者世界间的联系。"我看到一旁的侄儿已经像三十年前的哥哥一样板起脸来，作出"你脑子有病"的表情。然而哥哥仍旧保持若有所思的表情，甚至轻轻点了点头。

　　在那之后直到哥哥去世，他再也不过问我的仕途。当我写碑的时候他甚至会坐在旁边，晒着太阳静静地看。他日益苍白消瘦下去，就好像冰雪在阳光下慢慢融化一样。

最后的时候他一直握着我的手，默默忍受一切身体的痛苦，向我露出平静的面容。"十七郎。"他像小时候那样唤着我，"记得在墓志里写上你的名字。那样我就会记起你。而且我可以向别的鬼魂夸耀我的弟弟：他将我的名字写得这样漂亮。"

哥哥并不喜欢我写的柳字，总批评我结字松散，右边的卪字又转得太宽。对此我并不争辩，也不肯更改。直到哥哥走后我整理他的遗稿，才发现这是我们两人笔下最相像的一个字。

哥哥的楷书温润雍闲，单看字体绝想不到他是那样的一个人。在他死后我很久不近笔砚。再度拿起笔的时候发现自己的字变得更加冷而硬，筋骨外露，像哥哥握着我的那双渐渐褪去温度的手。后来许多人也说，单看我的字绝想不到我是这样的性格。

裴休说：他的字像你，你的字像他。

给哥哥立神道碑的时候裴休陪我在凤栖原上坐了一天，低声念着冗长而不知所云的华严经，试图填充我们之间无边无际的静寂。那一年裴休制举登第，同他一起登第的一个举子又因为抨击时事言辞激烈而没有被授官，一如我中举的那一年。时光不断地重复自己——不对，这不过是我们的错觉。正如河流里每一个瞬间都淌过不同的水。在那一年之后唐帝国便再也没有举行过制举。

我所见到的第四个皇帝从即位起就立志做一个名垂青史的明君。起初的几年他时不时在夜深人静的时候召我进宫，问我外面可有什么物议。我试图向他解释我对于政事的无知和缺乏兴趣，而他笑笑说，没关系，我就是想听听旁观者都看到了什么。那是我第一次隐隐期待他也许真的可以成为一个明君。

然而大和九年以来，这样的召见便极为稀少。非但我一个，其他翰林学士也鲜少有宴见的机会。我们只是作为旁观者看着牛党李党、有党无党的高官斗得头破血流两败俱伤，一个接一个地踏上去南方的漫漫长路。

冬天的一个夜晚我在翰林院值宿时被召进浴堂北廊，我发现我对于右银台门内的路径都已经有些陌生了。

浴堂殿里暖而湿润。他穿的还是秋天的夹衣，将苍白的双手笼在香盒上试香，看到我的时候眼睛里也没了几年前那种热切的神色，只是略带疲惫地点一点头，示意我自便。

那天夜里我们谈论诗和三礼直到起更。蜡烛灭了又续，续了又灭，宫女们索性将捻细的棉纸揉在烛泪里代替灯芯。最后殿外守候的内官们终于熬不住，一个一个打着呵欠离开了。

这时候他忽然将坐席移到我身边，低声问："近日外面有什么说法？"

我怔了一下。不光是因为这曾经熟悉的话题，更是因为心里奇怪：朝堂里贬逐大臣无虚日，班列几空，难道他自己没有觉得有什么不对？

"李相公……"

"我们不说他。"他打断我。

"郑注……"

他递来一个不满的眼神，但并没有在称呼问题上纠结，而是干脆地打断道："我们也不说他。"

而我并不想就此罢休："郑注勾结王守澄，构陷开州宋相国，离间陛下手足，也不过是四五年前的事，陛下忘了么？"

他咬了咬原本就毫无血色的嘴唇："诚悬，你说，宋申锡是怎样一个人？"

"宋相国青年居大位，略乏宰辅之器，但是他清直无党，忘身奉国，若再历练些时日，未必不成名相。"

"你说的都对。朕的庆臣，清白无辜得像羊羔一样。可是这对朕有什么用！"他垂下眼睑，睫毛轻轻地颤抖着，"我也是在他死后才明白，搏豺虎需用恶犬。至于恶犬会不会伤人，如今哪里还顾得。"

我隐隐觉得好像明白了什么，并且为这个朦胧的念头惊愕不已。王守澄不久前被处死，当年弑宪宗的逆党几乎已经全部清算完毕，然

　　而这还只是他庞大计划的一部分。

　　他目不转睛地盯着我，似乎要从我的眼睛里一丝一丝抽走我的每一个念头。片刻的沉默之后他忽然没来由地点点头，道："所以，你该替李德裕李宗闵他们感到庆幸。他们都有机会逃过一劫。而我没有。"

　　"陛下……"

　　而他的脸上已经没有一丝表情，冰冷得好像忽然睁开眼睛的死者："诚悬，我今天叫你来，是想让你明天替朕去国子监看看，看他们的九经刻的好不好。至于朝会，你就不必来了。"

　　然后他就匆匆命人送我出宫了。

　　那时候裴休刚入仕不久，在史馆修前朝实录，因为品级不够高，抄书的时候居多。他那性子如何耐得住，一听说有机会便溜出来和我一起去了国子监。

　　接待我们的是从中书省调来校经的起居舍人周墀。那天上午的时候天气还和暖得不像话，裴休却披着一领狐裘，我和周墀都笑他不知寒温，而他只是笑笑，什么也没说。

　　这时候我们已经走到了北院专门辟来校经的厅事。裴休和周墀与那些校经写经的年轻人都极相熟，一见面就闹成一团。而我比他们大了整整一个辈分，站在他们中间也不知说些什么，索性出到院里看匠人们刻字。

　　石壁刻经曾是汉魏间的儒学盛典，有唐二百余载，却不曾有人做这样无聊的事。直到这一个皇帝，他太想青史留名了，可又实在没有什么可以做的事，只好诉诸这些黑沉沉的石头。

　　院里堆了百来块一人多高的青石板。已刻好的都立在北墙下，排成迷宫一般的阵列，在阳光下泛着细腻的玉质光泽。我写了许多年碑板，却也是头一次见到这样多打磨整齐的石头，高兴得有点手足无措。早晨的太阳暖和得让人不由自主想闭上眼睛。不远处刻工凿石的声音细密而清越，和着松柏树上的鸟鸣，那一刻我觉得人生惬意不过如此。

　　然而下一刻从厅堂的方向传来杂乱的脚步声，我睁开眼睛，看到裴休和周墿正大步向我走过来。裴休平时嬉皮笑脸惯了，我竟一时间难以习惯他这样严肃而沉重的表情。而一向谨慎的周墿简直吓破了胆，若不是被裴休拽着袖子恐怕连路都走不稳。

"诚悬！"裴休在石碑的缝隙间找到我，脸上的表情稍稍放松了半分，"你还在就好。"

"怎么了？"

他将食指放在嘴唇上："你听——"

国子监里一眨眼工夫就乱作一团，官员和匠人们像没头苍蝇一样跑来跑去。而这个院落在东北角，离皇城只有一街之隔，我很快就察觉到墙外竟也是同样的混乱，人喊马嘶，夹杂着兵刃撞击什么东西的声音。

周墿急得直跳脚："我们快走吧。也不知出了什么事，听说神策军忽然从大明宫里冲出来，满街杀人。坊间恶少们也趁火打劫起来，家里也不知怎样了……"说到最后声音里都带了哭腔。

而裴休仍旧抓着周墿的袖子不肯放手："你家里穷，没人打你主意。先保住命再说。"

"可是……可是他们都走了。"周墿指着一瞬间空无一人的院落。

裴休叹口气："佛祖会保佑他们的吧。"

我一开始听说出事的时候也紧张得很，但是见裴休这样有主意，倒渐渐放下心来。这时候我忽然想到刚才周墿说的话：神策军从宫中出来杀人。

神策军是护卫京畿的禁军，虽然如今军权已落入宦官手中，到底都是长安居民的子弟，何至于竟对自己人动手。宫中一定是发生了极严重的变故。

裴休和我不动声色地对视了一眼。我不知道他的消息来源于何处，但是我想他大约和我想到了同一个可能：恶犬并不是豺虎的对手。

我忽然明白前一天晚上天子忽然召见我，说了那许多没头没脑的话，也许，是因为他担心再也见不到我了。

正午的时候忽然起了大风，这风来得极猛，刹那间便是天昏地暗黑云压城。风过之后气温骤然下降，我和周壿都冻得牙齿打战，而裴休悠然将狐裘裹紧了些，笑道："你们不如回房里歇歇。"

我关注着墙外的动静，不肯回去。周壿也不愿一个人走，只好留下来陪着我们。听了一会儿，外面仍旧是嘈杂一片，不知什么时候才能结束。正惶恐时，裴休道："你们听没听说过'书卜'？随便翻开一本书读上一段，里面也许就有你想知道的东西。如今我们困在这里，闲着也是闲着，不如来玩一个'碑卜'。随便挑上一块碑，闭上眼睛指上一行字，看看它说了什么。若是大吉之兆，我们现在就回家去，想来也是无妨的。"

我和周壿都表示这算什么乱七八糟的。但是正如他所说，闲着也是闲着，便也配合他玩起来。

我先选了一块《公羊传》的碑，闭上眼睛摸了一行，睁眼一看，是【荀寅与士吉射者，曷为者也？君侧之恶人也。】

周壿这时候也忽然好像明白了什么，瞪大了眼睛："君侧……君侧之恶人？是李相么？"

我和裴休都没有说话。周壿转了一下眼睛，脸上的表情更加扭曲了几分，手指压在嘴唇上道："难道是……仇……"

裴休不动声色地垂下眼睑。而我移开手掌，露出下面的句子：【此逐君侧之恶人，曷为以叛言之？无君命也。】

周壿已然被绕糊涂了，满脸狐疑，半晌说不出话来。裴休也没有再解释，只笑道："德升，该我们了。"

周壿选了一块周易的碑，战战兢兢地摸了半天，刚一睁开眼睛就"啊"地叫了一声，将我和裴休都吓了一跳。

"这里都是圣人的经书，再没有鬼敢来，看把你吓得。"裴休忍不住笑出声来，但是一眼看到周壿手下露出的字，竟也笑不出来了。

我在几步开外也辨得出那是鼎卦的九四爻：【鼎折足，覆公餗，其形渥，凶。】

周壿也不知是冷的还是吓的——换作我占出这样一卦来，八成也会觉得晦气——简直面无人色，连嘴唇都是紫的。裴休倒也没取笑他，只是轻轻移开了自己覆在诗经碑上的手指。

【野有死麕，白茅包之。有女怀春，吉士诱之。】

我和周墀面面相觑。而裴休一脸无辜，煞有介事地品味了一番，深思熟虑地说："这个嘛……我看总归不是坏事。你们有意见么？"沉默了片刻之后我们一起大笑起来。连周墀也一边哆嗦一边笑个不停。刚才恐怖惊疑的气氛被破坏得荡然无存。等我们都笑够了，裴休索性靠着石板坐在碑座上，伸了个长长的懒腰："我呢就先在这里等着。你们祭酒郑仆射和北司好得很，我看他们是不会来这里胡闹。至于你们两个，若是觉得自己的卜辞过硬，只管回去好了。"

到这个份上我和周墀也都只好留下来了。我也学裴休一样背靠碑石坐下来，这才惊异地发现石板竟然还残存着早些时候阳光的温度，比午后凛冽的寒风还要暖和几分。我索性将整个后背都贴在石头上，想趁着这点余热散尽之前再汲取一丝暖意。

空无一人的国子监里静得只剩下风声。墙外街巷间的喊杀声，厮打声，凌乱的马蹄声好像也离我们整整一个世界那么远。这些无言的石板似乎给这座四方院落下了某种咒语，时空在这里凝滞，仿佛我们只要像这样靠着石头坐下去，就不会被外界的任何事物所伤害。斗转星移，天荒地变，雄心勃勃的君王一夜之间褪去了眸子里所有的光彩，而这些石头从不会有一丝老去的迹象。

"我在这里天天看着这些碑，有时候忽然觉得，它们就是大唐的墓碑。"周墀也终于平静下来，没来由地说了这么一句。

我和裴休都没有应。

那天长安城里的混乱到了傍晚时分终于渐渐平息下来。我们从务本坊出来，一路上已经打听出事情的大致原委：李训、韩约等朝臣谋诛宦官，临期事泄，皇帝被宦官劫持入内廷，仇士良派出神策军血洗中书门下，然后入城大肆搜捕官员，城中无赖子弟也趁乱劫掠平人，直到下午三位宰相全家都被抓进了大牢，京兆尹才着手肃清里坊。而遭殃的那些人家直到几天后仍旧不时有兵卒大摇大摆地进进出出搜检财物。老辈人惊魂未定地说，吐蕃军队破城那回也不过如此罢了。

几天后李训和郑注的首级相继被送回来。王涯、贾餗、舒元舆三位宰相为首，几十户人家上千口老幼妇孺在西市独柳下处斩。朝中所有官员都被要求到场观看，全京兆府的刽子手全数出动，整整砍了大半天的工夫。

我也不知道那天我是怎么熬过去的。只记得常年不近荤血的裴休一上来就吐了个天昏地暗。我扶着他从人群里钻出来，想找个地方歇歇。然而整个西市都被神策军围得水泄不通，硬逼着我们回去继续看，不看完不许走。我勉强和他们理论了几句，一阵风吹过来浓重的血腥味，伴着小孩子的哭声，我终于也没忍住，也吐了一地。最后还是周墀不知哪里弄来半桶水，给我们两个简单收拾了一番。衣服湿了水，一吹风就冻上一层冰壳。最后整个人五脏六腑都冷透了，冷得想吐都吐不出来。

而周墀居然从头到尾目不转睛地盯着刑场，眼睁睁看着一个个活生生的人，聪慧的，愚蠢的，狡黠的，忠厚的，锦衣玉食的，衣衫褴褛的，上一刻还惦记着午饭食单或者心爱姑娘的人，在刀斧之下化为一地血污中抽搐的残肢。我见他脸色白得吓人，有意无意挡在他前面不让他看见刑场。而他一次又一次推开我，紧咬着青灰色的嘴唇挤到视线最好的地方去看。我真担心他莫不是吓出什么毛病来，暗地里问裴休该怎么办。裴休两眼失神地摇摇头："你不必担心他。他以后要亲眼看到的事，比这更可怕的也多了。"

那个漫长的下午终于结束，我们回到升平坊的时候鼓楼已敲起暮鼓。天阴得厉害，鼓声好像都冻得瑟瑟发抖。在家门口分别的时候裴休拉住我说："诚恳，以后你一个人要多加小心。"

我起初纳闷他几时跟我哥哥学来了这句话，转念一想才觉得有什么不对："你要走了？"

裴休一时间没有说话。等最后几声密集的鼓点过去，才低下头踢着路上的小石子："做官么，不见得人人都有郑仆射的好运气，四十多年不踏出京城半步。"

我点点头。"如今的长安不比往日，出去逛逛也总是好的。"面对他询问的目光我苦笑了一下，"我自然还是在这里守着。我不过是会走路的一管笔，而这里毕竟有最多需要写下的字。"

我喜欢笔字。竹字的撇和点左右欹侧，如风中摇曳的叶片。聿字上下五个长横同是一般挺拔方硬，却又参差错落疏密有致。最后屏息凝神的一个悬针竖，一路中锋到底。用笔在心，心无波澜，笔下才能横平竖直。

大和九年的变故过去一年多后，国子监的石壁九经刊刻完成。一百多块碑，洋洋数十万字，总算是件前无古人的功德。周墀也因校经有功被选入翰林院，时不时在夜里被召进宫去。回来的时候就像那次一样面无人色，问他出了什么事，却咬紧牙关不肯说一个字，直到夜深人静只剩我们两人值宿的时候他才把脸埋在手掌里默默落泪。

到了开成四年的冬天，他从宫中回来的时候却和往常不一样，走路跟跟跄跄的，脸上反常地泛着红晕，好像还语无伦次地念叨着什么。他平时不常喝酒，也不知今日如何就醉到这般地步。我扶他上榻睡了。院里只有我们两人值宿，我也不困，将那个总也写不好的《何进滔德政碑》重新写了一遍。然而手仍旧不听使唤，越写越坏，写得满心烦恼。夜色最浓的时候周墀忽然从榻上坐起来，眼睛直勾勾地盯着我，问："诚悬，你说，当今天子是怎样一个皇帝？"

我将笔在砚沿上抿过来抿过去，半晌方道："他还年轻，可是心肠已经硬起来。又自私又残忍……"

"你胡说！他快要死了，你却还诋毁他。"他忽然从榻上跳下，鞋都没穿就朝我扑过来。亏我躲得及时，才没被他掐中脖子。"你胡说！圣人是尧舜一样的明君！如今蛟龙失水，都是我们做臣子的无能。"他扑过来的时候脚下不稳，手刚好撑在桌上的砚池里，溅了一身的墨汁，"他快要死了！诚悬，他快要死了……"

"我倒想可怜他。可是对于一个君王，'可怜'难道不是比'昏庸残暴'更糟糕的考语么？"我当然知道周墀醉得根本不可能听懂我在说什么，但是若非如此，我又能说给谁呢。

"他快要死了……我们眼睁睁看着，却什么也做不了。诚悬，我们为什么要生在这样的年月，要受这般折磨？他快要死了……诚悬……"他疯疯癫癫地哭起来，伸手去抹眼泪，抹得满脸乌黑，狼狈到了极点。

我只好像哄孩子一样抱住他，用力攥住他沾满墨汁的手，费了好大力气才给他大致擦洗干净。他许是折腾得累了，不等躺下就靠在我的肩膀上又睡了过去。

这时候案上的灯终于燃尽了。窗外却透进来橘色的微光。我伸出一只手推开窗，却不是曙色，只是下雪了。

在那之后的第五个皇帝也同样年轻，却总算不像文宗那样病态地苍白。会昌年间是史书里轰轰烈烈的一个时代，而我极有限的那一点政治热情似乎都已经在文宗朝耗尽了，到了这个时候就只是心静如水地抄写那些歌颂皇帝和宰相文治武功的碑石。

我听说因为皇帝不喜欢佛教，很多寺院被毁。我年轻时题的那些牌匾想来也都化为了瓦砾和灰烬。对此我倒没有什么怨言。

会昌的年号只用了六年，第五个皇帝便也在极年轻的时候死去。第六个皇帝即位，贬逐了前朝翻云覆雨的权臣，清洗了朝中一切被认为是逆党的人物。这一切发生得那样迅速而惨烈，以至于我都不曾有给那些人书写碑志的机会。

在那之后不久，裴休从南方回来了。

我忽然发现他竟也不年轻了。因为常年吃素，总让人觉得面有菜色，一到中年，脸颊便深深陷下去，一笑起来牵动无数条皱纹。

他却并不介意，仍旧整日笑吟吟的，仿佛不知什么是忧愁。盐铁案那样繁重琐碎的公务在他手里也举重若轻，手下一群老奸巨猾的税吏居然都怕他。年轻时的淘气竟也不曾改，时不时做点叫人瞠目结舌的事出来。后来关于他披着僧衣到妓馆里托钵讨钱的传闻甚至吹到了皇帝耳朵里，这一位皇帝向来不苟言笑，私下里找到我："他是朕的宰相，这种事你让我如何向他开口。听说你们自幼相熟，你竟去劝劝他。朕也信佛，却不是这个信法。"

　　我一边听一边拼命忍着笑，回去学给裴休听，他笑得伏在椅背上："这叫做心外无法，法外无心。他懂什么。"

　　笑过之后我清清嗓子道："圣上说，以后不许我给你抄经了，免得人笑你们'君臣佞佛'。"

　　"我如今倒不必烦你。"他拿出近来写的几卷佛经，"你看我学得怎样？前两天我抄了一卷《金刚经》，署你的名去卖。买的人说不太像，我说你看落款是长庆四年的，那时候柳少师还年轻着呢，笔法和现在总会不太一样。——那人就信了。所以你看，过去我花了许多冤枉钱去买假古董，如今渐渐也就赚回来了。"

　　我一边笑一边看他的字，还真的是像得很。

　　"你这样再练个十年二十年，我看就可以给我写墓志铭了。"

　　裴休比我年轻十多岁。所以我从来不曾料到他会死在我前面。第七个皇帝即位后他便从宰相的位子上退下来，几年后索性举家到潭州隐居去了。他死后大半年我才听到消息，说是于阗国新诞了个小王子，手心里的掌纹恰是公美二字，人们都说是裴休转世。还有人说他死前发愿世世为国王，好弘扬佛法。

　　我听别人闲聊着这些奇奇怪怪的传闻，一边觉得哭笑不得，一边展开自己的手，茫然地看着掌心杂乱无章的纹路。

　　于阗国……那该是极远的地方罢。我担心我这一生大约都走不到那里了。

　　我活到了八十八岁。我不喜欢过生日，特别讨厌别人给我拜寿。这些人一定是没有给晚辈撰写过墓志，才会觉得长寿是什么福气。

　　在裴休和侄儿柳仲郢相继去世后便没有人再替我打理财物，除了笔砚书卷，身边的一切东西好像随时随地都会丢掉。对此我也渐渐习惯起来。人活百年，能抓在手里的东西毕竟极有限。就连英明神武的大唐皇帝们，用了像哥哥、侄儿、裴休这样精干廉洁的人物管理盐铁财赋，国家也仍旧无可挽回地一天一天凋敝下去。当我老去以后，面对这日薄西山的帝国也渐渐生出几分同情心。我们都活得太久，爱我们的人都已死去，勉强留下来的也早已耗尽了耐心，如今这个世界愿意分给我们的只剩下厌弃。

我始终没有致仕。仍旧隔日到翰林院当值，抄写那些冠冕堂皇的四六文书。几十年里换了五六个皇帝，我写字的席位却不曾挪动一寸。我不知道我写过多少字，但可以肯定的一点是：它们对于这个帝国的文治武功没有半点用处。可是人们总归需要它们。仓颉造字的时候天雨粟，鬼夜哭，连幽暗之处不可言说的存在都如此深受震撼，何况脆弱的人类。

最后一年的时候一个姓杨的学士时常带着他最宠爱的孙儿来翰林院玩。那孩子只有三岁，同龄的孩子还在满院乱撞的时候，他却出奇地喜欢玩弄笔砚。虽不识字，却抓着笔照猫画虎地一路涂过去，竟有三两分真趣。我极爱这孩子，从不许别人碰一下的自用书具全数搬出来给他玩，看着他煞有介事地在纸上乱画，简直看上一整天都不会烦。同僚们笑道："柳少师一辈子未曾收徒，如今竟要破例了。"我不无惋惜地说可惜这孩子出身太好，祖父是翰林，叔祖是宰相，如此的贵公子如何会拿写字打发一辈子。

然而就在这之后的第三天，我照例把杨学士的孙子抱在膝头"画字"的时候，一个同僚过来悄悄告诉我，朝中又因为什么事斗起来，杨学士和杨相公都被贬到了岭南，连家也不许回就强押着上路了。

那孩子对这一切还一无所知，许是我扶着他的胳膊忽然僵了一下，他转过小脸来疑惑地看着我，粉嫩的脸颊上还有两个不小心沾上的墨点。

我努力挤出一个和往常一样平静的笑容。那孩子也没看出什么问题来，转过去继续写画起来。

在这片土地上写字的那些人，有人的笔下是金戈铁马攻城略地，有人的笔下是四海归一开疆万里，有人的笔见证了鲜花着锦的盛世像华美的瓷瓶一样，毫无征兆地碎成一地不可收拾，而我手里的这管笔，也许注定书写着几代人毫无用处的野心，才华，谋划，争斗，最后仍像陷入沼泽里的死者一样，每一次挣扎都离灭顶之灾更近一分。

那么，他呢？

我抱起那孩子，来到我正在书丹的一方墓志前面，问他喜欢哪个字。

孩子伸出柔软的手指，在冰凉的石头上划过来，划过去，最后停在一个字上。

刚凝固的朱砂像极了干枯的血迹。

那是一个葬字。

柳枝五序

【花房与蜜脾，蜂雄蛱蝶雌。同时不同类，哪复更相思。】

很多年后我才在洛阳等到了他。

他回来的时候只有一个人，身边没有父母，没有妻子，没有兄弟姐妹，更没有朋友。而我是如此自私，他越是孤独，我越是喜悦。

我开始在夜里弹琴。我并不晓得任何优美动人的旋律，只会一种单调的，辗转反复的调子，一遍又一遍周而复始，听上去像无休止的雨点落在湖水里。他回来的时候是夏天的末尾，漫长的黄昏里木槿花在一瞬间凋零然后簌簌落下，枝头的蝉死于饥饿。他的院子里长满青色的桐树，柔绿的叶子在夜里泛黄，变得干硬而轻薄，大片大片落下来。

更点依次打过，我所能知道的是他仍旧没有睡。湿漉漉的月光溅湿了整个夜幕，他在看桐树的叶子勾画出凉风的轨迹，他在听邻家檐下的铁马，叮叮当当敲碎了梦境。

我还知道他的笔悬在纸上半寸的地方，蘸饱了墨汁。可是他太久没有落笔，以至于稀薄的墨水滴下来，在纸面上洇开一朵花。

天亮之后我在门口见到他。我说，跟我来吧。

在我们分别的那许多年里我每时每刻都想着他，推测他的身上比前一个瞬间又增加了怎样的岁月痕迹。我想得如此细致，以至于等他回来的时候，我发现他和我所猜测的容颜不差分毫。

而他自然不会有我这样的痴心。就算他偶尔会记得我，想到我，也不过是浮光掠影，况也不过是很多年前，初见时的我。这么久过去了，谁会一成不变呢？

于是他需要仔细打量我。我耐心地让他看着。他脸上的表情又温柔又悲伤。

"我忽然发觉，你并不如我所记得的那样好。"他最后说，"但愿我这么说，不会伤到你。"

"那么我想知道，在你的记忆里，我能有多好。"

他笑而不答。洛水从我们身边溶溶脉脉地流过去。河岸上蓼花正繁，芦苇已微微低下了头。

他像抱一个孩子一样把我抱在怀里，右手在背后抚过我的脊骨。有时候阴云的缝隙里漏进淡薄的阳光，他还记得伏下身子为我遮挡。

于是我知道他是爱我的。

"在我年轻的时候，"他用很低很轻的声音说，"我迷信文字。一个老人告诉我，那些对偶工整的句子有一种不为人知的力量。他督促我去背，去写，去驾驭那些晦涩的词语，直到它们像奴仆一样恭顺。我那时候写得多努力，写出来的东西又是多么漂亮呀。"他渐渐抬起头来，看着我的时候脸上带着柔和的光彩。"那时候我甚至相信，一首漂亮的诗可以打动一个女人，就如同一篇工整的表奏可以打动那些不可理喻的权贵。"

我不和他争辩，也不附和。他想说什么我全知道。我只是伸出手去除下他的头巾，解开他的发髻，用手指梳理他斑白的头发。

"自然，后来我会知道，权贵永远不会因为发自肺腑的文字而心生恻隐；而女人，亦不会动情于那些晦涩难解的诗句。然而那个名叫柳枝的少女，她的琴声和发髻，清亮的嗓音，纤手结的衣带，衣袖上沉水的香气，——不，你不要以为那些都是假的。它们真真切切地存在过——正如你现在在我怀中一样真实。”

我已经解开了他的领口，指尖触到他衰老的皮肤。他显然是打了个寒噤，又不想让我看出来，极力掩饰着眉目间的惶恐。

别怕。我用轻不可闻的声音说。一边低下头伏在他的颈窝里，舌尖尝到了血液的腥气。

“你呀。”我听见他微笑着说，“这就是你对我做的事。”

“不止于此。”我说，“我要你身上一切好的东西，直到你无可奉送。”

他仍旧宠溺地看着我，可是神色渐渐绝望。

“我想，我是太爱你们了，给了你们太多，以至于我自己什么也没有剩下。到如今，你看，我成了多么平庸而乏味的一个人。”

无妨啊。我心里想着，可是并不想说出来，亦没有机会说出来。我的唇舌之间都被甘甜醇厚的液体充盈，甚至顺着嘴角溢出来。而他的肌肤渐渐白到透明，如轻薄的蝉翼。

后来，世间再没有人记得那个寡德无行，一生碌碌无所成就的他。而我则日复一日活下去，每一个春夏秋冬的轮回都增加我夺目的光彩，以至于每一个亲眼见到我的人，甚至看不清楚我的面容，就已经被摄去了魂魄。

有时候我想他会不会怨恨我。我想他会的。

可是，我真爱他。

【本是丁香树，春条结始生。玉作弹棋局，中心亦不平。】

罗横时常说，郑亚是我这辈子遇到的最糟糕的幕主。正如在我看来，罗横是我一辈子见过的，最不像话的幕僚。

那时候我三十五岁，开始觉得自己看待别人的方式应该和年轻时有所不同。比如对于罗横，我所介意的并不是这个人作为同僚是多么地难缠，而是"等我将来做了观察使，万不可用这样的现世宝。"

想是这样想，我自矜是个善良的人，对罗横也仅仅限于腹诽而已。我想我从来没有对郑亚或者其他任何人流露过对于那个年轻人的不满。一开始我保持沉默，以为时间久了郑亚自然会察觉。后来我明白郑亚永远不会对罗横有什么意见，因为他从来没有在意过他，如同他也从来没有在意过我。

"郑大人如今除了发愁什么也顾不上做。任你写怎样的锦绣文章，他统统没心思细看。"罗横又一次从背后抽走我手里的笔，拽我出去逛，"今朝有酒今朝醉。"这是他最得意的一句诗。

"你知道我在写什么？"我费了好大劲才把衣袖从他手里夺回来，"会昌一品集序。你猜猜是谁的。"

"这么张狂的题目，除了李德裕还能有谁。我看，他是要一路贬到崖州去才知道收敛。"

没多久，又一道诏书下来，李太尉果然被贬到了崖州。为此我足足半个月没和罗横说话。

而当我熬得油尽灯枯，终于把写好的《会昌一品集序》交到郑亚手里时，他和往常无数次一样，看也不看就放到一边。

"劳你再去草几封信，给……给崔相公崔郸，魏中丞魏扶，还有周侍郎周墀。你记得住吗？"他一边说，一边漫无目的地在零乱的书案上抓寻纸笔。他皱着眉的样子看上去又疲惫又烦躁，"还是扬州的事……"

"下官记得。"我连忙答应。于是他手里终于停止了寻找，一时间好像闲得难受似的，下意识拿起了我刚才放下的文稿。

我不甘心地劝道："吴湘这案子，只怕再怎么也难……"

他早就知道我要说什么似的，微微摇一摇手截断了我的话："去写吧。"

临走前最后一瞥，我看见他把我的稿子拿倒了。

自我随郑亚来到桂州，单是起草为李太尉和李仆射申诉的书信，堆起来总有二尺高。一开始我咬坏了不知多少根笔杆子，生怕一封和另一封有半点重复。这时候罗横不知从哪里喝得醉醺醺的回来，没轻没重地拍我的肩膀："你真是死心眼。你把一封信原封不动抄上三遍，剩下的时间干点什么不好。——就跟你写那些东西会有人看似的。"

我扔下笔，不能自已地想到很多年前我还在令狐文公府上时，门馆里堆满了四方寄来的，直到被蠹虫蛀穿也不曾被拆封的书信。当我一个人坐在那些泛着霉味的故纸堆中间，好像能听到无数陌生人在用各种我听不懂的方言无休止地诉说，每一个声音都迫切而痛苦，哪怕听上一句话，一个词，都让人心里充满悲伤。

我起草的那些书启，往往在太阳升起之前的凌晨被使者装进行囊，随着马蹄声消失在官道的尽头。那些薄脆的绵纸不知此刻正在长安城中哪一个黑暗的角落里，像被遗弃的婴儿一样无助地睁大了眼睛，费尽力气也看不到一丝光亮。

我忽然很想和人聊点什么，什么都好。我给很多高官做过幕僚，私下里听说过他们很多不为人知的秘密，可以不眠不休地给人讲上三天三夜。我急切地想和人，任何人，交谈，以忘掉我的那些诞生于墨色里，又消失在黑暗中的文字。可是当我转过头去，发现罗横已经伏在书案上鼾声如雷了。

我忽然发觉，虽然经常能看见他坐在那里涂涂画画，可是事实上，我从没见过他亲手写过哪怕一行公文。

于是后来我终于忍不住，旁敲侧击地问郑亚为什么会辟用罗横这么个既不中看又不中用的年轻人。郑亚略一凝神，不耐烦地说："忘了。或许是我女儿很喜欢他的诗。"

若教解语应倾国，任是无情也动人。我忍不住撇了撇嘴。这样的诗也就是小女人才看得上。

他抄走了我的"运去不逢青海马，力穷难拔蜀山蛇。"把这句子用在一个我曾经写过，却早已失去了兴趣的古人身上。他并不能了解的是，我那首名为《咏史》的诗，每一个字都沾着那时那地，从腔子里刚刚流出来还没来得及冷却的血。

他太年轻。

在我想说点什么之前，郑亚又是一个手势就截断了话题。他仍旧满脸疲惫，不过这一次总算没有再让我为吴湘案给高官们写信。他把改好的《会昌一品集序》还给我，让我誊写清楚，差人送去崖州。

我匆匆扫了一眼，全文上下被改得遍体鳞伤，早已不见半点眉目。最醒目的那一句"成万古之良相"被粗重的墨迹划了又划，直到辨不出模样。

郑亚少年进士，连登三榜，跟着李太尉写了一辈子的文章。我想我没有资格质疑他的一笔一划。

至少我从未有过给令狐文公的文集做序的殊荣。

而在我用心写这篇序文时我想的是，尽管最终署的是郑亚的名字，可到底也算我为李太尉做了点什么。

回到门馆，我把书案上下堆满的文稿通通扔进废字筐里，教人拿去烧掉。在我灰头土脸地折腾那些质地粗劣的纸片的时候罗横又不合时宜地出现在我面前。我以为他会心疼地劝我留住它们，或者说点什么安慰我的话——后来想想我真是孩子气——这种事怎么能指望罗横那样一个人。

他只是坐在一边静静看着，最后说："再过两天，我要去长安赶考。"

我当时扎着两只沾满灰尘的手，茫然无措地看着他，说，哦。

连他也要走了。

他最后和我告别的时候说："我想我们应该像诗人一样，互相写点什么来道别。"

"你确定？这种诗我一向只写给妓女。"

他仍旧保持愉快的笑容："没关系，我也是。"

最后他赠给我的句子是："我未成名君未嫁，可能俱是不如人。"

他的字难看极了。

我想了想，写道："芭蕉不展丁香结，同向春风各自愁。"

罗横一直说今上是个好皇帝。我们不该抱怨。

年轻人，懂什么。

在他走后我意外地在书案上发现一叠厚厚的手稿，蝇头细楷抄的全是我这几年里给郑亚起草的公文。而这些文字的原件早已消失在火焰和烟云中。

"不用谢。"他在留给我的字条上说，"这是我乐于做的。"

在那叠纸的最上面是《会昌一品集序》的草稿。大概是被他从那一筐废纸里扒出来的，真是令人不可思议。

"以后人们会看到，你写的比他好。"他在旁边歪歪斜斜地写了一条批语。

我无端地想到两句他自己并不以为然，然而我印象非常深刻的诗。

采得百花成蜜后，为谁辛苦为谁甜。

又过了几个月，郑亚被贬到了循州，当年李太尉贬牛僧孺的那个循州。而我只好收拾铺盖离开桂林。北上的水路艰难而漫长，冬天的雨一下起来就没完没了，宣纸受了潮，一笔下去，墨迹涣散凌乱不可收拾。我蜷在船舱里整理这几年来的文稿，准备编成一本集子。船行到衡阳附近的时候遇到一年里最冷的一个夜晚，火尽灯暗，前无鬼鸟，手指冻得几乎捏不住笔管，再加上罗横的字迹实在太难认，只好作罢，披衣起身去船舱外站着。

湘江水面上伸手不见五指，冰冷的雨雾也是盲眼一样的黑色。船头挑着一盏半明半昧的纸灯笼，我下意识地凑过去，指望那样一点聊胜于无的火光能给我暖一暖十指。这个时候我隐隐听见由远及近的橹声，还有一个年轻人扯着喉咙在叫我的名字。

"李义山，是你吗？"这个声音重复了好几遍。

我茫然地朝着一个又一个毫无意义的方向张望。"罗横？"我是凭声音认出他的。而天晓得他是如何在那时那地，隔着空茫的水面和黑夜认出了我。

"我改名了！"他的声音莫名地轻快起来，"你记住，我叫罗隐。罗隐的罗，李商隐的隐。"在他说话的时候，我们的船在河心里错肩而过。

一瞬间的喧闹很快被寂静的夜色吞没。对面的橹声早就消失了，我却仍旧能听到他没完没了的呼喊。

你记住，我叫罗隐。罗隐的罗，李商隐的隐。

后来我再没有过罗隐的消息。

"令狐文公四十岁还在给人写公文，五十岁上，仕途才有了点起色。你这样年轻，才考了几次，总要有点耐心才好。"

某次他从长安罢举归来时我曾这样对他说。很多年后想起，总莫名其妙地有种欺骗年轻人的负罪感。

我没有活到五十岁。仕途也从来不曾有过起色。

可他还年轻，我想，他总会比我多一些好运气。

【嘉瓜引蔓长，碧玉冰寒浆。东陵虽五色，不忍值牙香。】

飞卿，灯快要燃尽了，可我并不想熄灭它。于是索性起来给你写信。你知道我写字是很慢的。或许等写完这个故事，天就亮起来了。

我给你写信，是想告诉你这些天我在洛阳遇到的那些人。他们是那样让我害怕而又难过。飞卿，你该知道，这样的事除却和你，和别人我是决不肯说的。

中秋前的几天我收到一封信，邀我去绿野堂参加一个聚会。你可以想见，收到这个请柬的时候我是怎样的惊讶和难以置信。你也许还记得我们曾经像熟悉家园一样熟悉裴晋公在洛阳的林亭。那时候我们还不到二十岁，侍立在那些老人身边，尚以为世界上还有无数希望，也并不晓得古人为什么会对着路上的石头痛哭不已。而如今像我这样地位卑微的人，做梦也想不到能有机会再去绿野堂里做客。况且那请柬写得十分客气，就好像我是个极为重要的人物，如果我缺席，整个集会都将因此而失色。——到这里，你一定已经看出了什么破绽。但是请先不要问出来。继续看下去，你会发现这所谓的破绽根本不值一提。

你也一定在好奇是什么人邀请我。事实是，请柬的落款是"洛阳九老"。我并不曾听说过这样的名号，荒唐的是，当时我甚至不知道这是一个人还是九个人。可是无论如何，当时的我既感慨万千又受宠若惊，以至于将这种种令人疑惑的地方都置之度外。

于是我立刻雇了车子——绿野堂在南郊，远得很，况又是中秋那样的时候，我不得不花比平时高一倍的价钱。到了八月半，我穿上最齐整的一套衣服前去赴约。我不知道你那里今年的中秋是怎样的。在洛阳，那天的夜里起了风，大朵大朵的云匆匆飘过，好像也在赶路。大部分时候月亮是被遮蔽的。但是当它偶尔露出来，那光亮更显得分外惨烈，如汤沃雪般灼化了厚厚的云层，一直戳到地面上。

我被一个看不清面目的老仆带着，在没有灯光的亭台楼阁间绕来绕去。这么多年过去，我早已不记得园中的路径。好几次我差点被花木、石头，或者什么奇怪的东西绊上一跤。而前面那个老头毫无同情心，甚至不肯停下来拿手里的灯笼给我照个亮。宰相门人七品官呢。飞卿，他们那种人的神气，你是可以想见的。

后来我们终于到了湖边的一座厅堂里。临水的阁子门户大开，里面列着几桌华筵，仆从和侍女往来穿梭。然而整个席面上静得出奇，没有人奏乐，没有人唱曲，甚至听不到有人交谈。老仆躬着腰对席上的一个老人说，您要的人，来了。

　　飞卿，你一定想听我讲那个我们阔别多年的庄园，想知道里面的树木又长高了几许，粉墙上又多了哪些人的墨迹，而那些装饰繁冗的雕梁画栋是否还留存当年的华彩。可是请原谅我顾不得和你讲这些。说真心话，那天月亮总是躲在云后，他们又不肯多点灯，我也委实看不清楚更多的细节。

　　我所看到的是席上的老人们。我没敢伸出手指头去数，但我想并不止九个人。他们中绝大多数都是我从未见过的面孔，而且，因为过于衰老而面目雷同。暗昧的灯光里我完全辨不出他们的眉目和脸型，只能根据老年斑的位置来区别一张脸和另一张。

　　离我最近的那个看上去是主人，他听了老仆的话，微微动了一下手，然而没有足够的力气把它抬起来。而我看见筵席的后面空着一个席位，便心领神会地告了座。

　　让我多少有些不舒服的是，主人丝毫没有给我介绍其他客人的意思。他们只是一齐用浑浊的眼珠看着我。有那么一刻我甚至觉得他们看着我，就如同看一枚芳香而坚韧，以至于老人们只能眼馋而不能享用的水果。

　　"我们都喜欢你的诗。"等他们都看够了之后，为首的那个老人终于开始说话。他的声音干巴巴的，轻得像一片枯叶。

　　我连忙表达我的荣幸。虽然完全不认识他们，但我想，能穿着这样深色的衣服，在绿野堂这样的地方庆祝中秋的，一定都是或者曾经是朝中高官。你总是笑话我对官场的迷恋，可是飞卿，我敢和你打赌，若是我换作你，那时那地，你也会和我一样脸红得像个石榴。

　　然后他们开始轮流赞美我的诗句。我只好傻乎乎地低着头。这样的奖赏，像糖果一样，是专属于小孩子的奢侈品，甜蜜得让人烦躁，却又不能自已地留恋。

　　最后轮到主人时，他先是用一种奇怪的眼光看着我，笑着说："你知道我有多喜欢你的诗。我时常和他们说，等我死了，转世投胎，宁愿去你家做儿子。"

　　所有人都大笑起来。事实上，这一场笑倒是那天晚上最让人安心的一刻。

桌子另一端一个我不认识的老人指着主人对我说："他前几天听见你的《燕台诗》，疯魔了一般。为了找到你，把洛阳城翻了个底朝天。"

"楚管蛮弦愁一概，空城舞罢腰肢在。"主人念着《燕台诗》里的句子，"我不但羡慕你的文字，更嫉妒你的年轻。"

说心里话，那时候我的心情已经越过了喜悦的边界，而更多的是惶恐和迷惑。这样一群于我如此陌生的人，当我坐在他们中间，那种衰老的，临近死亡的气息让我又怜悯又厌恶。尽管他们看上去好像老得连抬起手指的力气都没有，可当他们盯着我的时候，我还是无端地担心在下一个瞬间他们会忽然像妖怪一样扑过来吸我的血，以维持他们风中残烛般的生命。

可我也已经不年轻了啊。飞卿，我也是在写下这段文字的时候才忽然意识到，这并不是三十年前，你把我带进绿野堂，满心不耐烦地跟着步履蹒跚的裴晋公，听他絮叨年轻人如何不该学韩吏部的文章的时候了。我总以为计算一个人的年龄，不是看他活了多久，而是看他离死亡有多近。在我皮肤的褶皱下面每一滴血液都已然衰老，这些老人又何必这样像看新鲜瓜果一样看得我十指冰凉。

他们究竟在渴求什么？

然而在彼时的夜宴上，我并不曾有时间去思考这些。因为就在我出于内心的不安，漫无目的环视四周的时候，你猜我看到了谁？

令狐文公！

真的是他。你不要质疑我的眼力。我是有很多年没有见过他了，那天我所见到的他，甚至比记忆中更加衰老。可是，你要相信，换作别人我也许会看错，惟有他。瘦削的脸，缠满青藤般血管的手，像芦苇一样一阵风就能折断、却始终笔直得不可思议的脊背，如果说这些还不够，那么我只能说，是他看我的那种神情。我想我过去也许和你说过，这世上，不会再有第二个人像他那样地看着我，那样地向我微笑。

那天他坐在屋子的角落，厅堂里人来人往，长长的黑影子时常落在他身上，就好像他已经自然而然地成为了黑夜的一部分。在我看到他的时候，满月正破云而出。我一下子就想到了你在《乾馔子》里写的那些荒诞不经的传奇——我想你不至于着恼：你那些故事讲得再生动逼真，我是一个都不曾信过的。然而这场景又真真切切地在我眼前。月光像洪水一样涌进厅堂，我简直确信下一刻我就会看到梁柱崩塌，土石瓦解，眼前的华筵蜕变成一片衰草枯杨。

飞卿，不怕你笑话，从我收到请柬后，一直到那一刻，我才第一次想起，裴晋公已经去世很久，绿野堂听说早已荒废了。

然而没有。

月亮下面什么也没有发生。宴席仍旧安静地进行着。一盘又一盘鲜美的瓜果被端上来，老人们羡慕而又忧伤地看着它们，又看着我。我那时候自然是什么也吃不下的。好在他们都极为谦和有礼，谁也不问我，不劝我吃什么。

他们的和气让我感动以至于难过，有那么一个瞬间我甚至想去一一握着他们的手，告诉他们我会常来看他们。而这时候那个主人又开口了："我请你来，还有一事相求。"

我连忙放下杯子："晚生不敢。"

"我想，如果你不介意的话，可不可以为我写一段墓志铭。"

如果说看到令狐文公的时候我还只是惊讶，主人的这一句话让我无端地感到了真正的恐惧。当时我完全不知该说点什么，只能努力绷着脸，不让自己流露出惊恐的神色。

"我听说你极善诔奠之辞。"他显然并没有察觉我的异样，继续温和地说，"或许我不该麻烦一个陌生人，可是你要怜悯我。我活得太久，以至于能给我写墓志的朋友们都死了。"

我当时稀里糊涂地想，我写祭文或许名声在外，可墓志毕竟是墓志，怎么能和诔奠之辞混为一谈呢。

在所有人都看着我，如果我再不开口就显得无礼的时候，我鬼使神差地说："晚生荣幸之至，然而晚生多年不习古文，恐不堪用。晚生的一个朋友，京兆杜舍人，当年给牛相公写过墓志的，胜过晚生许多……"

飞卿，你可以想见当我听到这一串话从我自己的口里说出来，被吓成了什么样子。——牧之他早就不在了啊。

关于那个夜晚我所记得的最后一幕，是我在绿野堂的园林间狂奔，循着并不存在的出路寻找着大门。我终于确信这是一场死者的夜宴，请柬上我的名字也仅仅代表三十年前某个从不相信所有道路都终于乱石的年轻人。让我在那一瞬间伤心难过的却并不是任何濒死的生命，而是那座曾经在元和年间盛极一时的绿野堂。我不需要回头也知道在我背后每一条青石小径都被疯长的荒草淹没，而那个我们曾经以为踮起脚尖就能看到的，尚有许多希望的世界也将随着月亮沉入遥远的地平线。

直到现在我也不清楚那天夜里我究竟是如何回到住所的。夜色最深的时候整个洛阳城都不会出现一辆载客的车子，更不要说在荒僻的南郊。我只记得第二天我发起寒热，倒头大睡了一天一夜才恢复了几分精神。又过了一天有人带着一大笔订金来找我，依照白尚书的遗愿，请我给他撰写墓志。

我想我应该感谢那些老人。不管怎么说，我能坐在这里给你写信，毕竟是因为他们的菩萨心肠。

【柳枝井上蟠，莲叶浦中干。锦鳞与绣羽，水陆有伤残。】

柳仲郢偶尔心情好的时候也不介意表现出平易近人的一面。然而他严厉惯了，即使开玩笑的时候也给人感觉端足了架子——听说是和当今皇帝学的——不管怎么说，作为他的下属，李商隐对这样的"玩笑"头痛不已。

有一天处理完公事，在使府里开宴。席间柳仲郢忽然指着一个佐酒的歌妓对李商隐说："义山，我记得你悼亡总有几年了。不如让懿仙跟你回去，给你缝衣服。"

李商隐当时的第一反应是上上下下看了一遍自己全身的衣服，以为有什么见不得人的破绽。不过似乎并没有发现什么异样，这时候他才忽然意识到，柳仲郢这么说也许是认真的。

他条件反射般地头痛起来，并且迅速想到了关于柳仲郢的父亲柳公绰的一个传闻：柳公绰刚纳了一房侍妾，同僚们闹着让那女人出来递酒。柳公绰正色道："士有一妻一妾，以备扫洒。公绰纳妾，非妓也。"

这故事要是在席上讲出来，柳仲郢按规矩是要当场痛哭的。不过如此一来，按规矩李商隐也就只好卷铺盖出门了。

他想了想还是算了。梓州府里诸般不好，惟有薪俸是丰厚的。——至少他在信里是这么和令狐绹解释的。从郑亚到卢弘止到柳仲郢，每次他都说，没奈何，要养家。

令狐绹对着信气得七窍生烟，檀木书案拍得山响："我堂堂一国宰相，养不起一个李商隐?!"

温庭筠在旁边没好气地翻个白眼："相公仔细手疼。他叫了你十几年'郎君'，如今教他如何改口？相国彭阳公？"后面三个字没出口，令狐绹却听得分明：你也配。

令狐绹揉着手心，嘴角扯起一丝极为难看的笑容："但凡跟过李德裕的人，手里就好像有蜜。他既这么死心塌地，看我成全他一回。"

半个月后柳仲郢叫来李商隐："前日西川杜相公来信，说府上缺人手，想调你去帮几个月的忙，判点小案子，写写文书什么的。"

李商隐一听"杜相公"就皱了眉，淡淡道："下官不才，当年在弘农因活狱恼了观察使，险些连官都丢了。只怕难以胜任。"

老于世故如柳仲郢，一眼就看透了实情："杜邠公这个人，说是甘食窃位，倒也宅心仁厚。听说他与岐阳公主甚笃，这在近世是极难得的。"柳仲郢相当生硬地笑了一下，"义山，我总以为，由一个人如何对待女人上，可以看出他做官的品格。”

李商隐愣了一下才反应过来，柳仲郢这是借张懿仙的事，敲打他不识时务。他下意识地扶住太阳穴，心里一股邪火噌噌往上窜。他这一辈子就算一事无成，也不见得连个妓女都推不掉！

他故意阴阳怪气地答道："若是这样说，从一个人如何被女人对待这方面，是不是也能看出他的官运。"

洛阳的那个柳枝姑娘，当年就是见了他一面以后，再也没了消息。

后来他听说郑亚的千金喜欢罗隐的诗，喜欢到了缠着郑亚把罗隐辟为从事的地步。然而那姑娘自见了罗隐一面，就再不肯读他的诗了。

这个故事终于抚平了李商隐心中的陈年旧伤。

张懿仙的事因为李商隐要去西川而暂时搁了下来。到了成都，杜悰礼数周全，又不拿架子，一见面张口贤弟闭口贤弟，亲切得让李商隐不好意思继续鄙视他。

然而西川的公务并不像柳仲郢说的那样繁忙。李商隐一面抓紧时间游山玩水，一面暗地里纳闷：杜悰到底调他来做什么？

这个问题很快有了答案。八月里一道敕旨下来，调杜悰回京。正好赶上李德裕的棺材从崖州北上洛阳归葬。前朝宰相殚精竭虑攘内安外，落得个贬死朱崖，纵是硬心肠如当今皇帝，也多少有点过意不去。从崖州去洛阳不经过长安，朝廷便着杜悰取道襄阳沿途致祭，算是了却这么一桩事。

"义山贤弟，令狐相公还有信来，嘱你做一篇奠文，代他祭一祭李崖州。"

李商隐眉毛一挑，死死瞪着杜悰，恨不得一口吞了他。祭文不算什么，他从一开始读书到现在，大大小小写了何止千百篇。自李德裕凶问传来，他光是祭文的腹稿也打了不知多少回，代郑亚祭，代柳仲郢祭，甚至代令狐文公祭——却何曾料到，终于有机会写出来，替的竟是令狐绹。

"杜相公还记不记得当日令狐相公草诏，都是怎么说李太尉的？"他的声音又干又涩，喉咙生疼，每念一个字都像刀割一样，"'事必徇情，政多任己'——这是令狐相公写的罢？'骋谀佞而得君，遂恣横而持政'——这也是令狐绹写的罢？'专权生事，妒贤害忠，动多诡异之谋，潜怀僭越之志'——这难道不是令狐八的大作？——如今他让我写什么祭文，他打量我们是死人么?!"

杜惊一句"李德裕确乎是死人啊"差点脱口而出，硬是被李商隐狰狞的表情吓回去了。面对莫名惊诧的李商隐，杜惊显得手足无措："唉唉，贤弟你……你这是何必……祭文么，也不过是个样子罢了……"

李商隐闻言怔了半晌，最后长出一口气，冷笑着摇摇头，再不说一个字。

此时的长安，令狐绹志得意满地捋着胡须："我看义山这回愿意也好，不愿意也罢，总归是推辞不得。想来他自己正千方百计要去祭李崖州，这个机会绝不肯错过。况且这么多年来，他还从不曾代我写过一个字……"说话间，神色忽而落寞。温庭筠看在眼里，喉咙里转了几转的刻薄话竟硬生生咽了回去。

如令狐绹所料，李商隐最终还是老老实实跟着杜惊去了襄阳。一路上以写祭文为借口，不停地向杜惊打听李德裕其人其事。杜惊当年好容易爬到相位上，屁股还没坐热就被李德裕一脚踢下来。他对这个风云人物最刻骨铭心的印象，是会昌元年武宗决意处死李珏、杨嗣复时，他一路飞奔到安邑坊，跪在李德裕面前痛哭流涕地求情。

那时的李德裕意气风发，不经意的一举手一投足间便是生杀予夺，在杜惊面前高得像一座山。

此时杜惊心情复杂地看着李商隐，给他讲了个听来的故事。

说，李德裕在崖州的时候，闲来无事出去逛，走到一个破庙里，看见四壁上挂了一个又一个葫芦。这时候一个老僧过来招待他，他问老僧这些葫芦里都是什么，老僧双掌合什："阿弥陀佛。这都是几年间被李太尉贬到这里的人，客死他乡，连个收尸的都没有。老衲不忍，与他们焚化了，留下骨灰在葫芦里，万一有后人来寻，也是个交待。——施主也是被李太尉贬到这里来的么？"

李商隐听罢谔然。良久方道："我看这事荒诞无稽，多半是牛党人编出来的。"

杜悰微微抿了嘴唇，没有分辩。

李德裕的长子李烨独自扶枢赶到襄阳，棺材简陋得不成样子，路祭的也只有杜悰一家而已。李商隐捧着祭文心下凄寒。三年前在洛阳葬牛太尉，那是何等的排场。杜牧的碑文，李商隐的奠辞，并为一时盛事。转眼间物是人非，几十年的恩怨杀伐尘埃落定，整个世界都好像空了许多。

李商隐忽然想起了什么，趁道士做法的间隙问杜悰："这一向没有杜舍人的消息？相公此番回京，还望替下官致意杜舍人。说起来，他还欠我一首诗。"

杜悰怔了一下，几番张口又合上，最后将脸转过一边："贤弟难道不知……十三弟他……年初就……"

李商隐手一软，写满祭文的白绢被乍起的秋风卷起来，像飞蛾一样扇着翅膀，不偏不倚地扑进祭坛中的火堆里。

原本就十分简短的奠仪，因为意外失落了祭文而草草收场。杜悰启程赴长安，李商隐回梓州向柳仲郢复命，李烨继续陪着李德裕的棺材回洛阳。

柳仲郢排宴与李商隐接风，出来劝酒的竟又是张懿仙。李商隐看着那个漂亮女人在眼前晃来晃去，头痛欲裂。僵硬地接过她递来的酒盏，象征性地抿了一下，却差点一口喷出来。

这哪里是酒，分明是极酸的酢。

李商隐要死要活地把口里的酢咽下去，难受得眼圈都红了。一眼瞥见张懿仙嘴角的冷笑，心里恍然大悟。

柳仲郢待下人极严厉。曾有厨师上菜错了点顺序，被当众拖翻在地上打。这回的酒分明是张懿仙做了手脚，拿准了李商隐的好性子，断不肯说破，以免连累后厨的杂役。

李商隐继续红着眼圈看着张懿仙的冷脸，一口一口喝着酸酢，在心里默默给她道歉。对一个女人而言，一生中最大的羞辱莫过于男人不肯娶她。李商隐懊恼地想起柳仲郢蹩脚的玩笑话——尽管恼火，他不得不承认他说的着实有道理——他在女人面前正如在官场中，永远是昏头昏脑，做什么都是错。

王氏于他并非初娶，便也说不得什么从一而终。正如在柳仲郢以及所有人眼里，他这个恩公一死就改换门墙的无行文人不必奢谈操守。

王氏生长将门，识字有限，他写的诗她一行也读不懂，他那许多绮丽的无题诗亦没有半句与她有关。

可她毕竟是他眼里最温柔可亲的妻子。在她活着的时候他没有让她过上好日子，在她死后，他想，不再别娶，也许是此生他所能为她做的最后一件事。

宴酣之际李商隐好容易喝完了杯里的酢，摇摇晃晃地站起来，一手揉着心口一手从怀里拿出一卷纸，径直递到柳仲郢眼睛底下。

"下官从西川带了份礼物，请使君笑纳。"

柳仲郢吃得半醉，也没发现李商隐神色间的异样，毫无防备地将打开了纸札。

黑底白字，是石碑的拓片。柳仲郢没来得及辨认碑顶的篆额，先一眼认出了熟悉的楷体。

是柳公绰书丹的武侯祠堂碑。

柳氏家法名不虚传。柳仲郢当下二话不说，离了席，朝北边跪下，捧着拓片大哭起来。

李商隐顿觉出尽胸中一口恶气，捂着灼痛的肠胃悄悄离开了梓州府。

令狐绹如期收到了襄阳的来信。按规矩，李商隐替他做祭文，是要抄一份送给他的。

偌大的信纸上只落着方方正正七言八句，连个题目都懒得写。

万里风波一叶舟，忆归初罢更夷犹。

碧江地没元相引，黄鹤沙边亦少留。

益德怨魂终报主，阿童高义镇横秋。

人生岂得长无谓，怀古思乡共白头。

颈联横竖看不懂，令狐綯想破脑袋也记不起这是什么典故。又不敢问温庭筠，怕他再当作笑料宣扬出去。最后只得叹口气，问："他给你写什么了没有？"

"也有两句诗，倒像是议论相公的光景。"温庭筠双手一叉，张口就来，"几人同保山河誓，犹自栖栖九陌尘。"

【画屏绣步障，物物自成双。如何湖上望，只是见鸳鸯。】

我有一个朋友，同我一起生于元和七年。

在我们出生之前，这片土地上最好的时代已然远去。我们即使爬到高高的乐游原上，掂起脚尖，一对对鸱尾的剪影近在眼前，可是那些关于盛世的传说仍旧藏在斜阳下无限长的阴影里，像古墓中的干尸，轻轻一触即化为尘埃。

在我们出生后的头几年里，在旷日持久的兵乱中分崩离析的版图曾有过短暂的统一。从梦醒到梦碎之间有多短，那段所谓的中兴就有多短。

在那之后，与我们的成长形影不离的，便是帝国的凋零。

我有一个朋友，我叫他十六郎，他也叫我十六郎。年轻的时候我带他去醴泉，沿着山路走了一整天。我以为以他的体格会累得掉眼泪，而他没有。我一路和他说了许多话，他咬着嘴唇一句也不答，把所有的力气都攒下来走路。直到最后我坐在一枚破碎的石翁仲的脸上，朝他喊："李十六，你赢了还不行么。来坐吧。"

他嫌恶地看着我沾满尘土的鞋，不偏不倚踩在石人的眼睛上。我想如果他还有一丝力气，怎么也要说两句刻薄的话。而最终他默默在草丛里坐下，把下颌放在膝盖上。

"仔细草里有蛇。"我到底不甘心。

可他连吓得跳起来的力气也没有了，犹豫片刻之后方才不情愿地挪过来坐在我旁边。

后来我们总算在天黑之前奇迹般地找到一片摇摇欲坠的祠庙。西边最后一点微光剪出石碑巨大的影子。他拿手指轻轻抚过石上的刻痕。

"这字真好。"

我告诉他，写字的人是欧阳询。

"哦。你怎么知道。"他一辈子不甘心的事，便是我比他知道的多。

我指给他看断墙外的山脊："那是我家高祖温彦博的墓。我小的时候还被家里人抱着来给他磕过头。"

"哦。"他对此不予置评，而是转向北边，"那里……"

"是啊，你总该知道，那里埋的便是太宗文皇帝。"

我总觉得那是我见过的，他最不高兴的一瞬间。

他和我一样出生在江南。然而他总是向我吹嘘他的家族来自陇西成纪，与皇家一脉相承。直到我带他去了一次昭陵。

再多轰轰烈烈的传说，也抵不上一块冰冷，然而真实可触的石头。

"可是温十六，这些和我们又有什么关系。"他坐在火堆边吃我带来的干粮，终于恢复了说刻薄话的体力。

我有一个朋友，他的名字取自一座山，我的也是。

至少在短寿这一点上，他的家族与皇族颇为相似。所谓的商山四皓，因长年隐居而被认为有深厚的德行，而事实上，无论哪个版本的历史中也没有记录过那些老人曾做过哪些令人称道的事。我想，他的父亲在给他取名的时候，不过是期望这孩子能比他的父祖多活一些年头。

这样单纯的期待也终于落空。

在他死后的第二十年我再次去令狐绹府上打秋风。在书房门口我看见他匆忙地将刚刚写的字团成一团扔进火盆里。

宣纸燃烧的时候微微舒展开来，不成片段的字迹亦逃不出我的眼睛。

昔叹谗销骨，今伤泪满膺。

我知道这回总不至于空手而归。

"你看，"我对令狐绹说，"这么多年过去，我们还是很想他。"

我有一个朋友，和我一样，在十七岁那一年遇到一位长者。

无论我做怎样出格的事，裴度从来都只莞尔，没有半句责备。而他，经常被令狐楚训得跑到我这里来哭。

我多羡慕他。

我把他写的《韩碑》拿给裴度看。而裴度显然已经见识过太多这样歌功颂德的词句，只笑道："我总不赞成年轻人和退之学，可他们偏都喜欢他。"

这远不是我想听到的评论。

"我听说你当年讨淮西的时候，令狐相公草制不称旨，被你赶出了翰林院。"我知道在别人都叫他"裴晋公"的时候，他不介意有一个年轻人用"你"来称呼。

"啊，那时候你几岁？"

"六岁。"

"那你管那么多干什么。"他公然倚老卖老。

"我总觉得李十六跟着令狐相公，可惜了他。"

"令狐楚别的不好说，文章实是好的。"

"如今会写文章有什么用？"

裴度认真地想了一下："在你们活着的时候，或许确实没有什么用。"

我有一个朋友，人们都说他诡薄无行，正如人们说我那样。

后来他无论走到哪里，人们总是把他的名字和令狐家的人连在一起，一开始是令狐楚，后来是令狐绹。

而我后来无论是考场上作弊被抓，还是妓院里讨钱，被虞侯打掉牙齿，都从来不会有人说，这个不争气的东西，哪里像是裴晋公手里出来的人。

他给令狐楚草了遗表，撰了碑志，又殚精竭虑地敷演出一篇漂亮的祭文。

那时候我还很羡慕他。

十年之后他终于在"韩文，杜诗，彭阳章檄"的后面，亲手缀上一行"樊南穷冻，人或知之"。而此时他给令狐绹写的信已经从"与子直书"变成了"上兵部相公启"。

在他南下桂州的时候我气急败坏地扯住他的衣袖："你就是现在为李德裕死了，把心掏出来放到他手里，他也只会问：你是什么人？"

"五百壮士，田横也未必能认全。"

即便那时候他也仍旧坚持："我并不曾负过令狐文公。"

白居易死后很多高官都以为将要收到给他撰写墓志铭的邀请，然而他们都猜错了。白家人遵照老人的遗嘱找到了他。那时候他的夫人刚给他生了第一个儿子，而他仍旧是清贫的秘书省正字，那笔不菲的润笔之资总算解了他们的燃眉之急。

白居易晚年极爱他的诗，曾云："我死得为其子，足矣。"

他真个管那孩子叫"白老"。

我们常带那孩子去香山白居易墓前。那里已经是洛阳一景，往来行人路过时总要奠上一杯酒，以至于碑前三尺常年泥泞。

他抱起白老，让孩子用柔嫩的手指去摸碑上的刻痕。

"墓里这位醉吟先生，生九月即识'之''无'，看看你家令郎，几岁了还连话都说不全。"我那时候也有了个女儿，每天都在提心吊胆，怕他向我提亲。

"汝为乐天后身，不亦忝乎？"

那孩子转过脸来呆呆地看着我，莫名其妙地咧开嘴一笑。

倒是明眸皓齿，眉目如画。

惟有这一点像他。

至于"白老"这名字，我只当是个玩笑，直到有一次发现他一个人抱着孩子的时候，盯着白老的眼睛问："你有一个朋友，复姓令狐，名楚。他去了哪里，你知道吗？"

我总算发现他是我见过的最痴心的人。

我有一个朋友，同我一样喜欢和暖的天气，精致的玉饰，纤尘不染的绿叶以及摄人心魄的文字；同我一样，眷恋这个充满悲苦然而无限繁华的人间。

我最后一次见到他的时候他一个人坐在朝北的屋檐底下，膝头摊着一卷佛经，闭着眼睛拿手指一行一行地摸下去。

他的妻子已经去世多年，两个孩子都寄养在弟弟那里。他身边一个人也没有。

我走到他身边的时候他朝我睁开眼睛："我家很多人都有这个病。在他们死前都会失明。"他把佛经慢慢卷起来，手指干枯得像树枝一样。

"我得开始适应黑暗。这肯定是很难的。我记得杜十三的弟弟患了许多年的眼病，仍旧跌跌撞撞，离不开十三半步。"

他安静地看着我，目光像刻碑的刀，一点一点凿出我的眼睛，鼻梁，额角。

"温十六，到那时候，但愿我还能记得你的样子。"
"到那时候，我会把我的眼珠子剜出来一个，分给你。"

我不知道他还记不记得，许多年前我们一起去昭陵，山路上他忽然不好意思地叫住我："温十六，我忘了带干粮。"
那时我说的也是，"我分给你。"

我有一个朋友，他答应我要活到儿孙绕膝，青丝成雪。他答应我，要像飞鸟一样，即使栖身的大树摇摇欲坠，也仍旧展开无忧无虑的翅膀，向着艳丽的晚霞唱最动人的歌。
正如同我答应他的那样。

可他，没做到。

杜陵

　　像很多个鬼故事里那样，他给我讲了很多个鬼故事，直到他自己也成为其中的一个。

　　那场大雪后我看见一个灵魂在太阳下融化成冰冷的，金色的雾。或许那不只是一枚灵魂。我是说，那是两枚灵魂，他的，和我的。

　　在那之前的一瞬间我还看到他对我笑。像许多讲鬼故事的人那样，他总在我最惶惑的时候开心地笑，直到这笑也成了故事的一部分。

　　咸通四年的十一月。我对人间世的记忆，终止于长安郊外，一年里最漫长的那个雪夜。

　　小时候我家住在长安城外的杜陵。嘈杂的村落里每年春天都会有上京赶考的书生来寄宿，其中一些人我从记事起，似乎已经见了很多回。那时候我十四岁，傍晚时分和祖母一起在打谷场上纳凉。妇人们东家长西家短喋喋不休的时候，我百无聊赖地看夜色抖开深蓝色的罗幕，一天星斗之下三十里外长安城明明灭灭的灯火，我停在它们中间，仿佛每一盏光都触手可及。

　　某天一个书生说起当年的进士题目，赋得琴瑟和鸣，诗按齐梁旧体。我一撇嘴，这有什么难的，那样烂熟的句子我一叉手就是一韵，也值得写上三两天。祖母便是一蒲扇拍在我脑袋上。不知天高地厚的娃，等你像咱家住的王大，考到头发白了也不中，看你拿什么脸去见你地下的祖宗。

又是某天他们抱怨起贡举的不公，多少兢兢业业的读书人潦倒终生，却教五陵少年裘马轻肥高官厚禄。"那个段家的娃，仗着他爹做过宰相，日日飞鹰走狗，几曾见他读书。今儿打村头起过，还纵马把我家绿豆地踏坏了一片。就这，将来也逃不了一顶乌纱帽。"

祖母条件反射般地在我头顶又是一蒲扇。

"我又没说啥……"我委屈地看着她。

"还等你说？你成日家从学里溜去和段家那臭小子混，以为我不知道。"

祖母却不知道，我在逃课时学到那些新奇的东西，哪里是泛黄的书卷和酸腐的村塾先生所能教给我的。

那时候我即使踮起脚尖，头顶也只刚到他的肩膀。他大我九岁，却并不介意我叫他段十六。每天我枯坐在学堂里，昏昏欲睡之际唯一支撑我的信念便是等待。等那一声远远传来的呼哨，等窗外偶然飘来的一片褐色羽毛，然后我就会想出一千种办法在先生眼皮底下消失。不消一盏茶的工夫，我就贴在他背后，马蹄得得风驰电掣，猎鹰低飞的翼梢偶尔扑在脸上，那样愉快的疼痛。

"那时候我很崇拜你。"很多年后我和他已是两枚老朽，坐在襄阳的打谷场上摇着蒲扇，一样的星空下再不见长安的灯火，"什么望舒草，那伽花，什么菈节雀，背明鸦，百劳，柴蒿，我看来都是一样的鸟——你居然能振振有词地说出一大篇来——现在想想，你当时是蒙我的吧。"

他面不改色："蒙你做什么。百劳的窝旁边挂了蛇鼠青蛙，你白长着眼睛，就看不见？"

"那，什么龙生凤，凤生凰，凰生庶鸟，什么灯花婆婆，——你都见过？——亏我当时还都信了！"

他忍俊不禁地笑起来，向躺椅上一仰，不久就发出倚老卖老的鼾声。

第二年夏天他带我去曲江，混进新科进士的游宴，吃樱桃吃到牙齿酸软。很多人围着一株石榴树品头论足，说那树上开的花重楼叠起，花瓣上露水晶莹过午不干，实为祥瑞的吉兆。

我们远远看着，过了一会儿他语焉不详地说，这不是好事。我再问，他摇摇头不再说一个字。

那是个刚刚热起来的初夏天。我们围坐在池水边的柳树下，联诗时我抢了他所有的句子。他将纱衣脱了一层又一层，只是默默无语地饮酒。那时我太年轻太容易高兴，太不懂得察言观色。以至于没有一点心理准备，当最后他告诉我，他要离开长安去吉州做刺史。明天就启程。

我张大了眼睛和嘴巴，说不出一句话来。

他像个长辈一样摸着我的头顶，尽管在那一年里我的个子疯长，已经和他的下颌齐平。"要好好读书。"他又像个长辈一样叮嘱我，"你和我不一样，不读书就没有出路。"他说话一向直率以至于尖刻，从不惮于杀风景。"要记得有很多事是你所不知道的。比如，"那一瞬间我的眼前闪过五花八门的野草和鸟兽，然而他接下来说的是，"比如，今年的年号为什么改成了大和。"

"啊，为什么？"我那天简直丧失了思维，就为这一句话，把近在眼前的离别都忘了。

他故弄玄虚地挑高了眉，再次像长辈一样拍拍我的肩膀："好好读书。快点长大。"这是他走之前留给我的最后一句话。

那年的年号改为大和，当然，是因为换了皇帝。而换皇帝，当然是因为前一个皇帝死了。而前一个皇帝是怎么死的，直到我长到了他那时的年纪，才终于从街头巷尾的窃窃私语中忽然想到了什么。

大和九年的冬天，长安城的第一场雪后，格外清新的空气里沁满了新鲜血液的腥甜。我和李十六在安仁里赁屋，准备第二年春天的礼部常科试，同时照例向达官贵人们投卷，指望得到赏识和举荐。

这不是什么愉快的差使，好在我们那时都还年轻。如果世上真有点石成金的法术——像段十六给我讲的那样——我想二十四五的年纪一定是其中一种。沉醉于长安城地狱般繁华的那些日日夜夜，我完全忘记了好奇，段十六像我和李十六这么大的时候，结交的却是一个小他九岁，掂起脚尖才到他肩膀的孩子。

然而这一切都终结于那年冬天的第一场雪，以那种最无意趣的方式。某天早上我和李十六去宰相王涯门口投刺，没到永昌里巷口就有人热心肠地告诉我们，王大人昨日中午被禁军从酒肆里拎出来，当街柳树下腰斩，家灭九族，连偶然路过的客人都一起杀了。

而那只是很多个一夜之间从长安城版图中抹去的家族之一。

后来人们说那场大雪化得出奇之快，是因为三街六巷淌满了温热的鲜血。后来人们还说，那场蓄谋已久的灾难起源于某棵石榴树上虚构的露水，听到石榴树和露水这两个词的时候我感到右眼皮跳了那么一下，却也没有想起更多的东西。最后扫兴地扯走了悲愤交加目眦欲裂的李十六，免得他忽然诗兴发作，白白赔进了小命。

第二年的春天和往常一样到来，礼部的常科试也和往常一样进行，雪尽长安，仿佛一切都不曾发生过。

入闱之前我问李十六有几成把握。他苦笑一声道，五十少进士，我们才刚熬了一半，急什么。

"要论杀风景的天才，你倒是和段十六好有一比。"我伸长脖子看前面望不到头的长队，心里莫名焦躁，"你就这么一年一年考下去，到五十岁中个进士，混个七品芝麻官，穷山恶水鬼地方做个县令，饿不死的一级一级爬上去，齿摇发脱的时候熬成个节度使，叛军之中死无全尸，或者熬到京官，朝廷一丝风吹草动，全家老小满门抄斩？"

我们随着长长的队伍缓缓向龙门口挪步。李十六平静地听我不着边际的抱怨，连眼睛也不曾多眨一下。

"你我一介寒儒，除了一边熬一边写两句牢骚话，还待怎样？"

我看着他，无可奈何地笑了一下："我这辈子，算是比不得你光宗耀祖。但也许，会活得比你更有意思一些。"

他警惕地瞪了我片刻，正要说什么，却已经到了考场门口。隔着老远就看见，点名册上我的姓名被画了一个醒目的红圈。

点名的小吏飞给我半个白眼："温大才子，主试大人有请。"

"听说你前年考经贴，替前后左右数人答卷，有也没有？"
"有。"
"听说你去年考杂文，一院举子的诗都是你一人写的，是也不是？"
"是。"
"听说，你今年入场之前，光是收人假手之资，达上千之数——"他从窗前转过身来，"好一个温八叉，好一个救数人。十六郎，你越发出息了。"

我开怀大笑，向他走过去："段十六，别来无恙。"几年不见，我已经比他高了。

他压下嘴角的一个笑，在我胸口重重砸上一拳："少来。今日你就坐在这里，我看你能写出什么来。"

到交卷时我呈上一篇表文："烦请主试大人代向礼部陈情：温岐就是温岐，并不是什么虞恭公裔孙，也不觉得死了和皇帝埋一个坑里算是什么天大的殊荣——温尚书入土总有二百年了，让他老人家歇歇罢，又何必为我一介草民所累。"

他微微一笑："温十六你老实说吧，这回又私授了几个？"

"八个而已。托您的福，这回算是赔到姥姥家了。"

"你该感谢我。"他一边说一边翻着我的卷册，"替了那么多人都考不中，连招牌砸了，才叫晦气。不是我说，就凭你这浮词丽句淫言媒语，写上八百篇也没用。"

"我们不妨打个赌。再过八百年，我这些淫言媒语和他们那些孔孟文章，看哪个还能被人记得。——段十六，你敢吗？"

他这回是真笑了："岂敢。八百年后骨头都成了渣，谁还记得谁。"

将近三十年后我也坐到了主考官的位置上。睁一眼闭一眼看那些年轻或已经不年轻的人们，心惊胆战，各怀鬼胎，每个人都对我投来仇恨和戒备的目光。

我喜欢国子监里高大而幽暗的房子，冬暖夏凉。凌乱的书和纸，劣质墨汁的气味，一年四季不动声色的阳光。我喜欢在黄昏，生员们一哄而散，屋子瞬间空下来，空气里蒸腾着明亮的尘埃，剩下的部分都是暗影。我尤其喜欢大考之后萧条的考场，在那种惨烈与狂欢的气氛中我经常觉得我马上就会与什么人相遇，或者重逢。

这学馆里始终只有我一个人，那时候他们已经都不在了。一切不过是我的错觉而已。

在那些年里我很少见到段十六和李十六。当我们都长大，每个人都有了自己的轨迹，虽然不明所以，却仍旧不得不沿着它一圈一圈走下去。

某一次我和段十六分别时——说实在的，我也不记得是哪一次了——他忽然伤感地说："温十六，你说，我们再有机会见面时，是不是都已经儿孙满堂了？"

我简直哭笑不得："有本事，你不熬到儿孙满堂的时候就别来见我。"

会昌六年我在长安遇到李十六。那时候他刚刚服完母丧，焦躁而憔悴，像急于挤进鱼群里的一尾鱼。然而我似乎并没有资格嘲笑他，他早就中了进士，做过官，放过外任，入过幕，而我仍旧年复一年在考场内外徘徊。

我们仍旧在安仁里赁了房子。从北窗看出去，杜家老宅里高挑的飞檐历历可数。春天最后的一场雨又湿又冷，缠绵反复，没完没了的檐漏声听得人心中凄苦。

我随口说着长安这几年里的新闻，无非是宦场升沉，李德裕一党在朝中叱咤风云——说这些的时候我无法掩饰对李德裕的轻蔑。或许我并没有那么讨厌他，只是明知这样做可以激怒李十六，潜意识里我觉得这会很好玩。

而李十六心不在焉地拢着炭火，始终爱搭不理的。他并不爱听我说话，但他是个耐心而温和的人，天性如此，就如同我是个话痨。而话痨往往并不在意别人爱不爱听。

我知道他想听的是什么，他那么死要面子，越是想了解的事越是不肯主动开口去问，而非要等别人先提起那一茬来，才装作不经意间随口问两句。而等到对方问他"你为什么问这个？"他便蹩脚地一笑，说"谁问来着，还不是你先说起来的。"

说实在的，早该有个人改改他这臭毛病了。

"李十六，你听我一句劝，但凡你还有三分气性，这辈子就别再去找令狐绹了。"

对这句话他终于有了反应。但并没有生气，也没有辩驳，只是不停地笑，把脸埋在手心里，笑得肩膀都在抖。

我对他向来毫无同情心，就一直冷冷看着，直到他笑了半天也没人理他，自觉无趣，终于停了下来。

"我们去曲江看看。"他看着外面宿雨初霁的阴天，主动提议。

那年的曲江已然荒废。衰败的亭台被雨水浸得又湿又冷，连处坐的地方都找不到。向晚的时候夕阳从阴云里挣扎出来，湿漉漉的金色镀在长安城的每一道屋脊上。我们的影子长长地匍匐在石阶上，爬过柳荫与荷塘，像绝望的鬼魂伸展手脚，拼命向远方逃亡。

他忽然问我："你说，我们还能赶得上吗？"

"赶上什么？"

"他的死。"他伸手指着西北方的大明宫，巨大的半明半昧的影子，与我们之间隔着一层又一层无法穿透的雾气。

夕阳安详地沉下去，暮春雨后，风冷得刺骨。

在我仍旧茫然的时候他继续说："世上没有不灭的国，就如同没有不死之身。我见过很多人，位高权重，在病痛吞噬身体的时候他们顾不上吃药，却非要盯着我替他们写遗表。久而久之，我甚至疑心那些人，他们灵魂的一部分，已经顺着墨汁和空心的竹管笔流进了我的血脉。"

"幕宾嘛，替高官们写多了文书，总以为自己也沾了三分高官气。"我自然也知道，做久了幕宾的人，脾气都好得恼人。事实上，若不是李十六有这般好脾气，我也用不着这么挖空心思讥讽他。"如同一棵大树烂了根，又赶上风雨，眼看要倒。树上的鸟又能做什么？叼着一片细小的叶子，使劲了心力，难道就能把树扶起来？"

"不能。但它所能做的事是，绕着死去的树歌唱，口里流出血来，直到生命的最后一刻。"

晚上回到家，李十六照例写诗留念。翻箱倒柜地查典故，书扔得满屋都是，如同伯劳的窝周围挂满了死耗子。他指给我看最后一句"天荒地变心虽折，若比伤春意未多"，自己忍不住先笑了："去年我寄诗给杜十三：刻意伤春复伤别，人间惟有杜司勋。他至今不给我回信，想是恼了。"

那个春天里发生了很多事。又一个皇帝不明不白地死于所谓的丹药，新即位的君主立刻开始清算，李德裕一党被连根拔起，远远扔到了烟瘴之地。段十六后来跟我说起，李德裕快死的时候从岭南给他写的信，说着说着就难过得快要哭了。

李十六那时候的官职，卑微到根本不值得被算计。然而他莫名其妙地决定跟随一个失势的观察使去桂林那样遥远的地方，并且因此整个人都崇高悲壮了似的。"我想我不会再有机会回来了。"

对此我简直气急败坏："你该知道你有一种不同寻常的能力：凡被你挑中的幕主，总是比别人死得快。——你会回来，你还会一次又一次地回到长安，像你这样自寻烦恼的人，注定要受惩罚，眼睁睁看着你所眷恋的世界沉入黑暗。"

事实证明我是对的。像我这样自作聪明的人，也注定要受惩罚，眼睁睁看着我最坏的预言成为现实。

而在那之后，我再也不曾见过李十六。

在襄阳的某一天我听到李十六的死讯。那是个腊月里的阴天，又湿又冷，稀疏的爆竹声和零零落落的雪花，散乱一地无人收拾。

我无言地把信递给段十六，在木椅中蜷起身子，脑门抵着冷而硬的木头，硌得生疼。

李十六是我们三个里最小的。自从认识他，我就一直在等着他给我写墓志和祭文。

我想让他写，温岐，字飞卿，他像一只鸟，从不理会翅膀下面崩塌的大地，只为了风和日丽的好天气，以及远方一朵漂亮的云而歌唱。

段十六走过来，抚着我的脊骨。他的手又温暖又有力，像拎一只猫那样把我从椅子里拎出来："温十六，令爱今年多大了？"

"过了年十七。"我机械地答道。

"过了年，安节也要满二十五了。我想，我们可以……"他说到一半，期待地看着我。

这么不合时宜的时间地点场合，这么不合时宜的事。这么多年过去，他杀风景的本领长盛不衰。可那一瞬间我忽然什么都明白，什么都原谅了。我看着散落在地上的两页信纸，心里说，李十六，你知不知道，你把我们都逼疯了。

两年后他笨手笨脚地逗着襁褓中的婴儿，"你看，我们果然都儿孙满堂了呢。"

我们两家住的并不远，人又闲，就是一天见上一次也不是什么难事。可我们不约而同地更喜欢写信而不是面谈。相比转瞬即逝的声音和光影，我们都迷信那些华丽而晦涩的文字，无端地相信它们像一串旁人永远找不到钥匙的锁，轻轻一扣就是千年的时光。

他送给我极其难用的葫芦管笔，送给我自做的笺纸，强迫我用和他一模一样的墨与砚。他执着于这些无关紧要的细节，正如同他仍旧醉心于奇异的花草，大得可怕的甲虫，古碑上谁也不认识的字，和长安城里每一个怪诞不经的传说。

那些信里我们闭口不提年少时的长安，那座城如很多年前我们一起爱慕过的歌妓，只要不见，不问，不掰着指头数，就可以忘掉她的衰老，而只记得绝世的风华。

"每写一封信，我就觉得自己又衰弱了一些。"他在信里说，"我想这些信正在取代我的生命，或是我正在成为一札又一札的八行笺。"

最后的病榻前，我握着他褪去温度的手，俯在他的耳边说，你怎么能，你还欠我一封回信。

咸通四年，冬至日，雪下了一整夜。第二天早上听到外面敲门的声音，僮仆花了好大力气才推开门。那声音也仿佛穿越了厚厚的积雪，变得遥不可及。

"段少常送书来。"

我给火盆里添了些碳，让屋里更暖和一些："肯定是听错了。"

信筒递到我手里的那一刻我全身都僵住了。跌跌撞撞地冲出去，庭院外面只见一片白亮亮的雪原，上面没有半个脚印。

"恸发幽门，哀归短数，平生已矣，后世何云。况复男紫悲黄，女青惧绿，杜陵分绝，武子成觏。自是井障流鹦，庭钟舞鹄，交昆之故，永断私情，慨慷所深，力占难尽，不具。荆州牧段成式顿首。"

段安节站在我旁边，尴尬地说："小婿愚钝，家父的信，还望岳父指教。"

我看着雪地里嬉戏的外孙，笑，什么也没说。

这是注定要被我带进棺材里的，只属于我们两个人的语言。

三十六鳞

温庭筠上门的时候看到桌上整整齐齐摆好了酒菜。他以为段成式已与别人有约，心里一时莫名别扭，打个招呼什么也没说就要告辞。

"你要走吗？你闻闻这桑落酒，你舍得走吗？"

温庭筠不但别扭而且烦躁起来："赏与你的座上嘉宾罢。某不配。"

段成式大笑，将他一把拉回来："是给你的呀。你是来讨云蓝纸的，对不对？"

那时候他们的住处只隔两条街，虽不是天天腻在一起，但确乎往来密切。要说段成式料到他今日会来也没什么稀奇。只是桌上那两杯酒……他看着杯盏上方微微浮动的水汽，这酒温得也太恰到好处了，就是葫芦生也不能掐算得这么准。

温庭筠咽了一下口水，直直盯着段成式的眼睛："不对。我是来找你提亲的。"

?!

段成式睁圆了杏仁眼，瞳孔都蓦然放大了几分。宛如一只受惊的猫。

下一刻他忽然反应过来……好像也没有什么不对……

"令千金才五岁。"他无端觉得自己受了调戏，没好气地说。

温庭筠一挑眉毛："我三十五岁了。够么？"

"滚！"段成式再也忍不住，一拳锤在对方胸口上，两人笑成了一团。

最终他们好歹赶在酒凉之前坐下来开吃。段家厨子的厨艺闻名遐迩。一碟鲤鱼脍切得裁冰剪雪，炎炎夏日里看上一眼都觉得清凉。在他们吃得风生水起的时候偶然听见廊前一声轻微的响动，原来是段家的狸花猫从墙上跳下来，滴溜溜地跑进屋里，二话没喵就将脑袋往温庭筠的脚脖子上蹭。

这猫也是一桩大奇。段家常年山珍海味供着他，他只和温庭筠亲热。

温庭筠总算觉得心满意足，夹一片鱼肉要喂他，被段成式拦下了："他有他的饭。不给他吃咸的。"

一个仆人立刻端来个小小的错金碟子，里面盛着切脍剩下的鱼骨。

段成式不放过任何一个卖弄学识的机会："十六郎你看，鲤鱼脊背上那一溜鳞片，每片上都有一个小黑点。不论大小，只要是鲤鱼，那一串鳞片准是三十六枚。不信你数数去。"

猫儿一见鱼就撇了温庭筠，围着碟子吃了个昏天黑地。温庭筠心中微微有些失落，撇嘴道："你以为谁都和你一样无聊。——你家有多少钱，拿金银碟子喂猫？"

"你都来找我提亲了，连这都没打听过么？万一我家外强中干，嫁进来吃糠咽菜可怎么好。"要论调戏人的本事，段成式哪肯输给对方。

段家当然算不上什么巨富，不过是当日邹平相公的遗风罢了。段成式心里暗笑，你还没见过我家的赤金洗脚盆呢。

温庭筠告辞的时候月亮已经出来了。两人都带了三分酒气，在花园小径上脚步踉跄，时不时撞在对方身上。

狸花猫轻手轻脚地跟在他们身后，蹲在门口看他们依依话别，蓬松的尾巴绕着身体卷过来又卷过去。

"你…你还没告诉我呢。今天你怎么知道我要来？"

段成式不经意地回头瞥了一眼猫，眨眨眼睛："这可不能告诉你。免得你又说我无聊。"

三天后温庭筠收到了段家送来的纳彩礼。温小姐懵懵懂懂的，可一听说是段家哥哥送她的礼物，立刻笑成了一朵花。除了大雁和钱帛还有一盘鲤鱼脍。段成式知道他爱吃这个，而且整个襄州城里再没有比他家更好的料理了。

当然还有信和诗。

三十六鳞充使时，数番犹得裹相思。
待将袍袄重抄了，尽写襄阳播搩词。

温庭筠瞥一眼桌上的鲤鱼脍，觉得这典故用得很糟糕。

三十年时光如墙头掠过的一只猫，一眨眼间便悄无声息地过去了。

晚年的温庭筠住在长安郊外的杜陵原。人们说天气好时能远远眺见龙首原上的琼楼玉殿，可是他早就老花了眼，对此毫无兴趣。在他们年轻的时候他们以敏锐的眼光看到这帝国的雕梁画栋里面早被虫蚁蛀得千疮百孔，并为此忧心不已。然而这些年眼见过无数次政变和兵乱，到了老去的时候反而心态轻松了许多。大厦将倾，他们所能做的不过是将栖身之所远远搬到荒原里，而已。

乡居有一百种好处，可是鲤鱼脍是很多年吃不到了，这毕竟是一点遗憾。

天阴得厉害，冷风刮了一整天。温庭筠拿毯子把自己裹成一个球蜷在炉火边，怀里裹着一只呼噜呼噜的猫。

猫是温小姐三朝回门时从段家抱来的，如今也有十多岁了。和当年那只一色的狸花毛皮，一样沉默寡喵的温吞性子，一样地馋一样地懒，也一样地只和温庭筠一个人亲热。

猫和人不一样。人老了让人生厌，而猫无论多老都还是可爱。

如今他也积累了许多奇奇怪怪全无用处的知识，比如猫睡着的时候并不打呼噜。它打呼噜大约是为了哄人睡觉。

他轻手轻脚地将猫放下，去厨下摸出一条冻得硬邦邦的鱼，胡乱煮了煮，一半自己吃，一半给猫吃。

猫一见鱼就吃了个昏天黑地。猫不在意盘子是不是金错银，也不在意鱼是不是三十六鳞。猫不会思念也不会悲伤。猫真好。

他裹着毯子看猫吃饱喝足了开始给自己洗澡。慢条斯理地舔爪子，舔肚子，舔大腿，舔卵蛋。猫拿爪子洗脸，洗着洗着就洗到了耳朵后面。

他的瞳孔忽然放大了一点，好像有什么东西忽然从墙头上跳下来直撞进他心里。

段成式写的那本又臭又长全无用处的书，他以为自己过目就忘光了。可是此刻一个莫名其妙的句子一下子跳了出来。

猫洗面过耳，则客至。

他茫然抬起头，望见门外的黄昏里下起了雪。

一个信使模样的人路过他家门口，忽然朝他走过来。

他抱起猫，将脸埋在毛茸茸带着鱼腥气的一团温香软玉里。

十六郎，你回来了。

新时代新青年

——谈在祖国发展中成长
（2018 北京卷高考作文）

好了你讲的我都明白了。"祖国"就是我大唐，"祖国发展"就是我大唐要完。"新青年"说的就是我温庭筠；唯有这个"新时代"有点玄妙的意味，照你的解释，你们那里随时随地都可以叫新时代，糊里糊涂叫了好几十年没人知道怎么个新法。不过我都理解，都理解，这就好比我们的"大唐中兴"嘛。哎呀没时间和你解释这梗了。你考一场的时间我要写七八篇呢。你懂的。

所以说这个题目说人话的意思就是，谈谈我在这个名为大唐中兴，实则是大唐要完的时代里是怎样长大的？

这什么破玩意。

但是开元通宝在上，我会好好写的。

我出生的那一年，我的父亲刚好得了重病。在之后的几年中他始终缠绵病榻，给他治病花光了家里所有的积蓄，还欠了一屁股债。这是我整个童年饥饿记忆的开端，但对于这个帝国那其实是一个喜庆的年份。在那一年，东边一个骄矜藩镇忽然宣布要重新服从朝廷。在此之前那个藩镇已经反叛了五十多年，掀起过或许有几百场的战争，三代皇帝都对他们束手无策，却被宪宗皇帝捡了个偌大的便宜。当然这整件事如今看来已经变得和参军戏一样可笑，但在当时谁也不能，或许也是不敢，去预测这样的结局。总之，那时候——根据我所读到的国史——是一片举国欢腾的中兴气象。

这和我的成长有什么关系？有的，关系很大。你听我慢慢讲。

那个藩镇一旦归顺，自然要摆出驯服的姿态来。于是朝廷派出一个郎官前去宣慰。就那个郎官来讲，遇到这样的差事也和宪宗皇帝遇到藩镇归顺一样，算是捡了个大便宜。好在他倒也不辱使命，待回朝时少不得加官进爵，升作了中书舍人。为什么说中书舍人很重要呢？因为我们大唐政府里有几十号郎官，当然不可能人人日后都能爬上宝塔尖，然而中书舍人只有一两个，那是有可能拜相的！

你听我慢慢讲呀。这个中书舍人后来捡的便宜也不只这一件。总之，长话短说，后来他真的爬到了宰相的位置，成了年轻举子们——包括我——行卷必投的权臣。所以你看，我出生那一年对祖国发展非常重要。如果不是那个藩镇忽然没事找事闹归顺，那个郎官也许会终老在尚书省，他不会有机会做中书舍人，不会有机会拜相弄权，不会被我登门求告，也就不会有幸认识我啦。

如果你能记住的话，他的名字是裴度。

我也许该讲一讲裴度。可我所能讲的或许还不如未来唐书里的字数多。在我认识他的时候他已经老得像一枚皱缩的李子一样，看上去无趣到了极点。我想我不如来谈谈他的狗。

他曾经送给我一条狗。按照给孩子取名的习惯，他叫那条细犬"法师"。我的一个信佛的朋友极厌恶这名字，逼着我改做了"阿鹊"。

后来我知道他一生中养过很多条狗，法师是最后一条。在他将法师送给我之后的第十三天，他死了。

听到消息的时候我正坐在池塘边钓鱼。法师在旁边的草地上睡得四爪朝天，脑袋总落在我伸手就可以摸到的地方。那时候我摩挲着它油光水滑的毛皮，掌心里的一团温热随着它的呼吸和心跳起伏不定。春天才刚刚开始。

我告诉法师，裴度死了。

法师翻了个身，把脑袋蹭到离我更近的地方，继续睡熟了。

片刻之后它忽然惊醒，毫无征兆地跃进池塘里咬出一条鱼，又飞快地跳上岸来将泥水抖了我满身。它将鲫鱼扔在我面前，眼巴巴地望着我，尾巴快活得要打起结来。那是我第一次感到，死亡真是让人难过的一件事。

我不记得那是哪一年的事了。这一个老人的死，对我，对这个中兴起来没完没了的时代，都没有什么要紧。

父亲去世后，我家的房子和田产渐渐被族人蚕食殆尽。到了我十一岁的时候，母亲终于受够了这一切，抛下我们改嫁了。后来我再没听到过她的消息。

似乎只是在母亲离开我们后的一夜之间，我的姐姐就长成了十五岁的一家之主。她忽然变得极其彪悍，曾在祠堂门口和我们的族长当众厮打，以争取我和弟弟在族中公塾里读书的机会。后来她嫁了个浙西的参军，官位不高但家境殷实，对她简直奉若神明。姐姐是我最亲爱最崇拜的女人。

总之，我十一岁那年很重要。因为那一年我在公塾里掌握了后来一辈子藉以糊口的职业技能：替人考试。我们的大唐也在那一年丢掉了宪宗皇帝收回的所有藩镇，为最后几十年的分崩离析铺平了道路。

在我十六岁那年我们又换了个皇帝，每况愈下的国运却没有任何改观。我一辈子不曾遇到过不糟糕的皇帝，对此倒也习以为常。那一年我住在润州姐姐家里，第一次参加了贡举。关于大唐的科举我可以给你讲上一整天，毕竟我在那个泥潭里摸爬滚打了大半辈子。不过我并不想听你倒关于高考的苦水，作为交换，我也可以发善心闭一闭嘴。

简而言之，那个年份对我们的时代意义重大，因为我在润州考乡贡试的时候，和主考的节度使打了一架。

不。还不是因为我做枪手。那时候我刚到润州不久，在当地没什么名气，空有一身本事竟无处可售。可是在考场上我总得找点事做罢。于是写完规定的题目，我用余下的时间填了二十来首《女冠子》。女冠子是开元观里一个十四岁的小道姑，我从她粉红色毛茸茸的耳垂开始写，一路写到雪白的胸脯和道袍底下一对玉腿。正写到玉腿之间的时候我手里的卷纸被人一把扯走了。节度使大人正脸色铁青地看着我。

毫不意外地，节度使当场撕掉了我的试卷，还要扒掉我的衣服当众打板子。我哪里会教这种人占我的便宜，当场就和他扭打起来。可惜最终我并没有打赢他。那个节度使虽生着一张极漂亮的脸——生这样的脸竟然去做官，简直是作孽——竟不是个绣花枕头，打起架来颇有章法。将我踩在脚底下之后他从地上捡起一片试卷的残骸，念着上面我的名字："真是丑人多作怪。温岐，这个名字我会记着的。"

那个名叫李德裕的节度使，后来的权势和波折连裴度也望尘莫及。可我已经没有了篇幅，更没有兴趣再去讲他的故事。这场考场风波唯一的价值在于，两年后他回朝拜相，我不得不改换名字才好去京中行走。我的改名是我们大唐一个极重要的事。温庭筠，一个听起来偎红倚翠的名字。我们的时代一无可取，但我给它留下这一点艳异的美，谁能不嫉妒呢。

请你相信我没有跑题，更没有自我意识过剩……年轻人啊，你没有多少时间了。鉴于你所付的钱，我现在不得不争分夺秒地最后给你讲点有用的东西。

我得给你讲我的情人，她会在我最乐不思蜀的时候一本正经地对着古书给我讲采阳补阴的理论及实践，弄得我一团扫兴。然而我还是爱她滑腻的皮肤和柔软的腰肢。她是个认真活着的人。认真地学道，认真地卖笑，认真地殴打婢女，她做的每一件事都充满理直气壮的仪式感，直到理直气壮地在独柳之下身首异处。

　　我得给你讲我的朋友，他收集世上所有不能帮人升官发财的知识，没人认得的好看的字，没有人爱听的古怪故事。他兢兢业业地做着这些在人间世里毫无用处的事，并为此充满使命感。有一次我质疑他：那些字只有他一个人认识，他说某个字代表灰色斑点的猫抑或绞死鳄鱼的水草，旁人一概无法证实或证伪，那么他所谓的认识和别人的不认识，其实并没有区别。他听了之后气得直哭。天啊，飞卿，他像个被逼着遗弃孩子的妇人一样抽抽搭搭地说，一个人活在世上可以没有意义，而一个字存在于世的意义便是被认得。我怎么能抛弃它们。

　　在你不耐烦地打断我"这和新时代以及祖国发展有什么关系"之前你得听我再讲一个朋友的朋友，他出身将门，却极厌恶战争，于是做了个画匠。他的手能描出流云般的衣纹，却细嫩得拿不起任何兵器，据说摸一下刀刃都会被烫出几个大血泡。在他二十多岁的时候我们的河西陷落在异族人手里，他的父兄都以最惨烈的姿态战死沙场。而他，在接下来漫长的余生里，画了一千多个丰腴娴雅的女人。画她们披帛上的几百种团花纹样，画她们手里的镜子，扇子，琴囊，各色各样无用的东西。画她们眼角眉梢的风，睫毛尖尖儿上的光，烟飞水逝之间蛛丝一般抓不住的落寞神态。他就只画这些，终生不曾触及深闺之外那个世界里的任何悲伤。

　　年轻人啊，我得让你明白：我的祖国，祖国的发展，祖国的不发展，祖国倒退，祖国药丸，这一切和我的成长都没有半文钱关系。时代像腐烂水草一样一次一次缠上你的脚踝，而你的成长，便是将它死死踩进淤泥里，踮起脚去够那朵宛在水中央的莲花。

　　那是我情人的腰肢，我朋友的单相思，贵妇人的一个垂眸，理直气壮的生和死，你要明白，是这些鲜活耀眼的生命而不是所谓时代，最终会变成永世不灭的星星。

　　你的钱已经花光了。但是我可以免费附赠一段，我要给你讲我的弟弟。

　　我的弟弟是个极聪明清隽的人。他不爱说话，但是爱我。在我改名之后他也将名字改作温庭皓，以便和我继续做兄弟。他爱写那一类指摘时弊、劝谏君王的文章，尽管在我看来全无价值，但他写得真好。我看着他在灯下凝神拈笔的样子，就觉得我们大唐欠他一个翰林学士。

在我六十八岁的那一年——如果我活到了那个时候的话——黄巢攻陷了长安，我的弟弟因为不肯给乱军写文章，被他们杀死了。

春晼晚

飞卿：

　　今天我在太阳下面给你写信。你知道我通常在灯下写信，在没有边际的黑暗里，一豆灯焰只能勉强照亮一叶八行笺。这给我一种，反常的，安全感。

　　而此刻我坐在扬州春天的阳光里。春天是一阵南风忽然刮来的那种春天；阳光则和它落在你身上的样子没有什么不同。在这阳光下面我们能看到整个世界，你可晓得，这让我多么害怕。

　　是的，飞卿，如今这世界让我害怕。它像青铜车轮一样碾压过来，阳光照得它上面每一条无序的纹路都历历在目。它是如此巨大和沉重，以至于当我的血沫、肉泥和骨碴被印在这纹路里时，我恐怕旁人连一点最细微的异响都察觉不到。

　　就是这样。黑夜尚且可以暂时麻醉我的神智，可是现在它们全都大睁着眼睛，就像梧桐树层层叠叠的叶子间隙里漏下的阳光，一不留神就戳得人遍体鳞伤。我就这样看着庭院里的桐树，它的树皮已经褪去了温润的青色，变得干硬，粗糙，布满伤痕。树下有两株我叫不上名字的绿色藤萝，漫不经心地缠在树上，并不刻意威胁树的生存，只顾杀气腾腾地绿着。再远的地方有花，廉价的粉白色，细小的花瓣就着啁啾的鸟鸣簌簌落下一地，可是并不让人感到悲伤。

这是一年里的好时候。我坐在廊檐下看着这些肆意生长、几乎要因为长得太快而沙沙作响的新鲜颜色，觉得自己的一辈子就这样完了。

飞卿，这样的悲苦我不曾对别人说过。我想他们不会懂得。他们一定会讥笑我：谁不是这般在泥潭里翻滚和挣扎，凭什么只有我感到痛苦难耐？

这该让我如何回答才好。是的，我有份领薪俸的差事，有个不算太低的散秩，家里的生计也差可维持，一双儿女见风就长，从不使我担忧。我也见过太多人，生活远比我更穷困和绝望，遭遇远比我更不幸，可这并不能让我产生丝毫比上不足比下有余的庆幸和欣慰。正相反，看着他们的时候我总忍不住想我和他们的差别事实上是多么有限。

难道是我将自己估量得太高了么？我们年轻的时候在长安，你知道长安，那是怎样一个拥挤，喧闹，被琳琅满目的"外物"塞得寻不出一点空隙来的城市。我们又是那样贫穷，两手空空，唯一的资本是可能被我们手里的笔写出来的文字。我们自然清楚文字或是所谓"才华"是何等廉价的东西。我们从未因此而心生任何不切实际的期许。可那时的我们又何尝因此而消沉。飞卿，你还记得那时那地的那个你么？你还记得你坐在大雁塔的最高层，两条腿垂在虚空里，拿竹笛吹着凉州词的样子么？那天的风那么大，我们在那样高的地方装腔作势，冻得手脚都失去了知觉，可又是多么快活，听人在背后说我们脑子有病的时候简直笑得要从塔上跌下去。

也许那时候，年轻本身便是我们最宝贵的财富。或者更贴切的说法是，我们除了年轻勉强可以算作财富之外便一无所有。

那么现在呢？

不。不对。我想这也不是原因。我是已经老了，头发夹杂着脏兮兮的灰白色，松动的牙齿散发着让旁人不悦的气味。这是可悲的，可并不是全部。我们尚且还过于年少的时候曾不止一次想象过老去的光景，我们也见过许多体面的老者，有些人的老去像廊庙藻井里的彩绘，鲜花着锦烈火烹油，就算黯淡了颜色，蒙上了蛛网灰尘，繁复的纹路仍旧教人心驰神往。也有人的老去像旷野里一棵孤生的树，不，并不需要什么旷野和孤生，你就看这棵扬子院庭中的桐树，或许也到了暮年，可它老去得多么从容和优雅。

总之，我想老去本身并不一定非得是人世之苦，更何况我还只是刚刚过了中年。

只是我忽然发现，到了我们这样的年纪，自伤身世已经不再是一种体面的抒情。如果我们对所处的境遇感到不甘和委屈，只是反过来更加印证了自己的不堪——半辈子都过去了，上天总该给过我们足够的机会，而如果仍旧活得如此卑贱，除了自己的无能，还能去责怪谁呢？

飞卿，我们曾以戏谑的语气谈论杨朱泣于歧路，阮籍痛哭穷途，那时候我们尚以为我们有无穷的力气和时光去追寻世上一切有路和无路的风景。可你知道真正轮到我们的时候发生了什么？路都好好地在那里，一条条看上去宽阔平坦，可是我却是最笨拙最软弱的那一条蠕虫，在砾石上划得遍体鳞伤也不能挪动尺寸距离。

到了这地步，我哪里还敢奢望化蛹成蝶。可就算是一只蜉蝣，早晨生出沾着露水的翅膀，晚上就在太阳落山的时候化为细碎的尘土，这样的轻盈和自由，哪怕一天，一刻，流星和闪电划过那样短暂的一瞬间，我甘愿拿所有的余生去交换！

飞卿呵，年轻的时候我们自以为目睹着许多天荒地变的悲剧。我们自以为是深渊边上的旁观者，甚至写了许多微言大义的诗句来伤悼这个，在我们眼里，一天天沉沦下去的世界。可是我们一眨眼间都老去，潦倒，一事无成，世界却仍旧是那个样子，仍旧是那样多的一些人，敷演着喜悦或是苦痛的生活。可以想见，到了我们的骨肉腐烂，墓石上的名字都被流水抚平的那个时候，春天仍旧会被一阵南风吹过来，藤萝绿得不成样子，像粉色花瓣一样柔嫩的鸟鸣声簌簌落进湿润的泥土里。

飞卿，天色暗下来，我不得不停笔了。我不晓得你会在何时何地读到这封信，但我总觉得有一天你会来到扬州，停在盐铁扬子院里的廊檐下看着院子里的梧桐树，暮色如常，春光如常，亦如这世界。只是我们的一辈子，都完了。

商隐白

雨霏微

义山：

春天已经过去了，在我收到你的信的时候。

而雨仍在这里。

你知道这里的雨与梓州不同。它没有像你那种惘然惶然的神色。梓州有太多的山，那里的雾会像苦难一样一团团迎面撞上来，那里的每一朵流云都在焦虑地寻找出路。从青苔辗转到竹梢，从深峡攀爬上山巅，被严寒的风和尖利的砾石撕碎，跌落一千尺，殒身于黑色的江潭。

而这里的雨轻盈，懒散，在湿暖的天气里摊开毛茸茸的手脚，悄然伸进这片院落的四方天空里。在黄昏的檐下点起灯，就可以看见比雾气更加细密的琥珀色雨滴像千百只朝生暮死的细小蚊虫四下里乱飞、乱碰，无头无绪却又欢喜无边地相遇和交尾。它们如此轻捷，可以飞过窗格盈满室内，可以越过虹桥和千百个涟漪，假如它们愿意，我想，也可以向上一路落回到云中。

雨没有落在信笺上。可是你的墨迹洇着水。一缕缕黑色顺着藤纸散乱的纤维纹路四处逃亡，急于远离笔画，远离文字，远离黑色词汇的深渊。

它们都走不远。

义山，我在老去的暮色里给你写信。我最后两颗牙齿刚刚被巡卒打落。需要时常咽下金属的味道，好似躺在棺材里啃着一枚压口钱。

是在扬州盐铁院里，在你写信时坐过的那棵缠着藤萝的树下……是啊，我又去讨钱。我需要一点钱养活自己和妻女。而你知道，我精通一切不合时宜的营生，单只是弄不来钱。

我曾觉得这世界荒诞到不近情理，并且，像模具压着陶土一样将我们都碾成千篇一律的荒唐样子。义山，你还记得幼时你所爱的，爱到想将一生时光消磨在上面的那些无用之物吗？在尚不为生计苦恼的时候我梦想长大之后去看守糖霜铺子，只要从罐子底下刮起小小的一撮便撑起整日的欢喜。义山，你那时的梦想是什么？是几时起我们所追求的东西都被涂改成了经邦济世功名利禄了呢？你还记得你第一次在考场上作答：你要辅佐圣君开万世太平，那种让人寒毛倒竖的滑稽和尴尬吗？又是几时，这糟糕的谎言被我们写下一万遍，就连自己也被催眠了呢？

我喜欢精致的银钗，清越的笛音，荷叶上的露珠，可爱女子的巧笑，可我绞尽脑汁竟想不出什么办法，能以这些滋养我的美好事物为生。我们能写那样斑斓华美的文字，却不得不奴役它们来装点冠冕堂皇的所谓道义。天！我简直想不出还有什么比这更造业的事。

多奇怪呀。那么多人以谎言为生，以倾轧为生，以榨干弱者的骨髓为生，以戕害无辜的灵魂为生，这世界一概优待他们，却独独容不下我这些纯良无害的梦想。

我们被迫出生，被迫长大，被逼迫着枯萎腐朽，又被逼迫着，去催促下一代长大然后老去。我的女儿刚满十四岁。在她熟睡时我看着她桃子般的脸颊微微翕动，那是我梦想着糖霜铺子的年纪啊。然而现在我需要去讨钱给她置办嫁妆，把她塞进一座陌生的房子里，学会一百种苛酷的妇德妇功，被生育和劳作摧残。

太苦了。我们有这样无价的灵魂，肉身却像馄饨被匆匆捏成潦草的形状，匆匆被赶进汤锅翻滚煎熬。义山，你该懂得我曾这样满怀迷惑的恨意，直到收到你的信。

看到你的信，是我平生第一次思索死亡。

如果灵魂可以独立于肉体而存在，那么我们面对死亡就不会再有畏惧。为此我一度着迷于幽鬼、妖物、精魅之类的东西，想象着他们也许有极为坚韧固执的灵魂，为此写了许多离奇的故事；而你则更进一步，当真踏进道观学起婴儿姹女之术来。不，我绝没有嘲笑你的意思。只是现在想起这些会觉得很有趣。在处世之道上，你向来是比我勤勉许多的。

我极爱我的灵魂。可这具躯体，以及它所意味的那个切实存在的"人"，时刻让我痛苦和厌弃。我想在这件事上我们是心有灵犀的。

然而今天我再次回忆起这些念头，忽然发现一件很重要、我们却不曾注意过的事：我们为什么要执迷于所谓灵魂呢？我们为什么会因为人死去、归于寂灭和虚无而感到如此忧虑和伤感，以至于本能地抗拒这现实呢？说到底，是我们仍旧贪恋这世界啊。

哪怕肉体腐烂，不能再触摸儿女的脸庞，不能再品尝樱桃的酸涩，不能说话，不能笑，只剩下一个无形无质的魂魄，至少还能看着这人间，听见檐漏的声音，凭借尘埃的金色光泽知道阳光的和暖，这终归，也是好的吧。

义山，只剩下一个魂魄的时候，你还会回来看这棵缠着绿色藤萝的树吗？

是你的信让我与它和解。人们用力过度地活着，鸺鹠砍伐整片森林，鼹鼠霸占无边的大海，做出许多不可理喻的事来，皆是因为我们没有灵魂。

我一遍一遍告诉风，请为我吹落枝头那片去年残留的枯叶，证明给我，故人没有就这样消失，就这样，不再以任何一种我能感知的方式留下一丝痕迹。

风不曾听到。

这世界丑陋，腐朽，水蛭般吸干一切柔软美好，可除它之外，惟余虚无。

死者所能留下的，除了蝉蜕一般的身外之物，便只有永不痊愈的残缺痛楚。

义山，你在树下看到我了吗？

雨快要停了。蝴蝶从叶片下面伸出触须。尖利的新笋划开泥土看见远处的云。

在写完这封信之后我将离开这院子。

如今这世界看上去已没有什么可恋的了，可我也许还是会留下来。正如春天过去，雨仍旧留下来。我如此惧怕虚无，远甚于最严酷的痛苦和绝望。

这世界辜负了你。然而当我坐在廊檐下看雨落在蔷薇花上，蔷薇花又落在水面上的时候，仍旧会忍不住想，

若你还在，该有多好。

庭筠白

河阳

读他的那一年，我二十七岁。

他死时，刚好也是二十七岁。

我珍视这些毫无价值的数字，就好像它们默默地，忠诚地，印证着我与一个素未谋面的少年的缘分。

长久以来我在每一个下雨的夜晚辗转难眠。这恼人的怪癖据说是源自我幼时一个电闪雷鸣暴雨倾盆的夜晚，我们在江南租住的房屋被洪水淹没。

母亲说，那年我五岁。

而我对传说中那场灾难性的洪水毫无印象。我只相信那个被大雨惊醒的梦也始自我的五岁，梦里一个年轻人骑一头青色的驴子，摇摇晃晃地渐行渐远。

他死时我只有五岁，对这个世界一无所知，一如那时这个世界对他，一无所知。

我读到他，是在一个春天的午后。

那年我无数次造访令狐氏的府邸，而大多数时候被以五花八门的理由晾在门房里。到后来大约主人也懒得再费心编造任何借口，只教门人传出一句话：先考新丧，无心待客。

令狐绹大约以为，这是伤我的利器。

而我只是默契地对仆人点点头，从容地坐下，透过北窗打量那些曾经熟悉的檐角。仆从都与我相熟，抹不下脸来赶我走，只一任茶盏冰凉然后枯竭，一朵朵香片如死在涸辙中的鱼。

一个又一个午后我心安理得地坐在这间阴冷的倒座房里，从腊尽春回坐到单衣试酒。在这个出奇寒冷的年份，影壁前第一朵牡丹开放，已近端午时节。

可我固执地认为，那仍是春天。

门房的条几上散乱地堆着无数文稿书札。看得出，令狐郎君即使居丧期间也仍旧公务繁忙。穷极无聊处我随手翻了几卷，多是干谒的诗文，一行行工整的墨迹从眼前溜走，不曾有半个字留下痕迹。

而若说那卷手稿有什么特别的地方，大概也只是因为纸页格外新，掀起来沙沙作响，如青涩的皮肤未曾经过任何手指的摩挲。

我或许是第一个用掌纹碾压他，用目光剥离他，用灵魂侵蚀他，的人。从没有任何一个念头如此这般让我沉醉。

就这样一页又一页翻着，翻着，直到脖颈僵硬脊背酸痛，未曾感到饥肠辘辘，甚至未曾察觉到星光何时潜入屋子的每一个角落，纸上的字迹早已隐匿在暝色里。

在阒寂的黑夜里我静静坐在原地，什么也看不见，什么也听不见，惟一鲜活的感觉只剩下细长的指尖被锐利的生宣划开，缓缓渗出的血液在秾稠的春风里干涸。

那风里混合着菖蒲濒死的芳香，妇人泪水的咸涩，困龙鳞甲的腥气。在这个荒寒的异乡，远离我的先祖和土地的边界，是那一刻血液的触感与夜风的气息，第一次让我感到和暖，安心。

从那天起我知道我时常看见他。在很多个晴朗的夜里我看见他。他青色的袍子过于宽大，简直随时会从瘦削的肩胛上滑落。有时候我仿佛看见他转过头来——对此我曾有无数种猜测，比如，他有一张与那驴子出奇肖似的脸——我为这无端的直觉惭愧不已，然而在那些支离破碎的梦境里或许我从未见过他的正面，而仅仅出于无聊的心理暗示，坚信他曾看见我，就像我一直看见他那样。

我看见他。我坚信梦里的背影是寄生在那卷书稿中的幽魂，像所有传说中一样，具有某种神秘的力量，并且乐于献祭给第一个唤醒它的人。

我开始更加频繁地出入令狐家。有时候我想到那来历不明的书卷随时都会消失在时光的缝隙中，于是在阴云密布的午夜忽然惊醒，然后睁着眼睛数一夜檐漏。后来温岐无数次调侃我，他在门房里看到我时，我正两眼放光地蹂躏着一卷几乎散架的书稿。原话是，"从没见你像那样对待过一个女人。"

"哦。我总算开窍了。"我小心地将书稿从他手里夺回来，无力地酝酿着几句反击。

他哈哈大笑："我该荣幸吗？李十六，我们可好久没去院里逛了呢。"

"少说傻话。我成亲了。"刚刚褪去的热度又涨上来，额角和鼻尖瞬间腻了一层薄汗。下一个瞬间我和他同时垂下了眼睛。这不是什么有趣的话题。若不是那门亲事，我今天也不会在这间门房里遇见他，我从门外来，他从门里来。

于是温岐躲闪的目光最终停在那卷书稿上："果然，你也喜欢他的诗。"

"谁？"

"啊，难怪，下半卷上没有署名。上半卷我还没舍得还回来呢。——怎么，你不认得李长吉？"

我难堪地发现我从不曾想过这个问题。就仿佛这些诗注定是我的私有物，是我的一部分，而根本不必过问归属。

那时候温岐正在令狐幕下，用他自己的话说，胡乱混口饭吃。这诗集，据说是令狐楚的朋友送来的抄本——却没想到令狐楚在这本书到达时已经不在人世——作者是一个已经死去二十余年的年轻人。

"那个倒霉的家伙。"温岐的同情里只有最低限度的真诚,"记得当年韩昌黎的那篇《讳辩》罢。就是为他写的。他为了避老爹的讳,连进士都考不得。"

我只是简单地"哦"了一声。事实上,我对那个少年的生平际遇并不关心。

趁我再次埋首于那些诗,温岐回令狐府中取回了上半卷。《李长吉歌诗集》,那是我第一次读到他的名字。

"很多人都不喜欢他的诗。令狐绹那样的军汉自不必说,就连……"他飞快地瞟了我一眼,"就连作序的杜牧之,也颇讽他理不胜辞。"

我心中一时间五味杂陈。匆匆打开第一页,序文很短,迅速从头到尾扫了一遍,然后漫不经心地舒了口气,没好气地白了他一眼:"真是不懂你,连一个死人也要挑拨。"

他像个恶作剧被抓现形的孩子那样无辜地笑了:"我想牧之也不是不喜欢。他只是陷于恐慌:那些诗里找不到一丝一毫他想找的东西,可他还是欲罢不能地爱他们。"

他继续滔滔不绝着关于杜牧,和那个死于元和十一年的多病的年轻人。而我继续一页一页地翻着那卷诗稿,不耐烦地赶走偶尔漏进耳朵的字词,诸如咏史,元和体,载道,冷艳。

平生头一回,我一点也不愿意有人和我喜欢同样的东西,哪怕是温岐和杜牧之。我宁愿站在全世界的对立面,作为惟一一个看见他,亲近他,守护他的人。

就在我几乎要站起来将他赶出门去的时候我听见他说:"写点什么吧。"

"什么?"

"给他写点什么。祭文,书跋,或是你最擅长的墓志。你给那么多人写过,而他什么都没有。"

他的热诚总是不经意间让人感动。甚至有那么一个瞬间我预感他会比我活得长，为我收拾身后事。——然而这感动中，无端地，有某种本能的提心吊胆。

"可我对他一无所知。——你又知道他多少？"我不知不觉间挑起了眉梢。

"那不算什么。我们这就一起去打听。我们去宣州找沈子明，你知道的罢，李长吉的集子就是托付给他的。巧得很，牧之现也在他幕下。"

"不。我不写。"我断然拒绝。

"出去走走总对你有好处。南方，你知道的……"

"我不去。"

"算起来，你和牧之也有好久没见了……"

"不去。"

"李十六你至于的……"

"再说一遍。我不去。"

他竟没有生气，而是粲然一笑，抬起腕，手指轻佻地描画我紧蹙的眉。"哎，都说眉心窄的人心眼也窄。你看你，两条眉毛都勾搭到一起了。"

我试图挡开他的手臂，然而他更加敏捷，教我打了个空。趁我酝酿一场恼羞成怒的时候他哈哈大笑着踏出令狐府门。"我会给你寄信的。嗯……春风十里扬州路，人间惟有杜司勋——哎呦，李十六你该死！砚台哎，你居然用砚台打我。这要是砸碎了，明日我可怎么见绹将军……"

　　一个月后温岐的书信寄到，妃色的花笺散发廉价脂粉的味道。我不得不捏着鼻子摊开那些眉飞色舞的墨迹。

"江南真的是好地方。好的水，好的女人。至少这时节鲥鱼正美，你又是爱吃鱼的。……"

哭笑不得之余我竟难过地惭愧起来——或许这正是他的本意——这些天里我几乎忘记了他的存在。一向干旱的长安在这个夏季雨水格外丰沛，而下雨的夜晚我照例失寐。抱膝坐在床头听妻子停匀的呼吸，窗外如潮的风雨声让我仿佛回到黄河堤岸上的故乡。没有睡眠，我就不再看见他。总之，那些天可真难熬。

温岐回来的时候，我见到他说："你果然是胖了。"

"你又瘦了。李十六，牧之问起你。"

我面无表情地"哦"了一声。

"我告诉他，你成亲之后更瘦了。"他见我没什么反应，有点扫兴地说下去，"他说，会好的。"

一段含义混乱的沉默。和往常一样，打破尴尬的总是他。

"我听说了李长吉的很多事。足够写一篇上好的传记。比如……"

听到这里我终于开始舒展僵直的骨节，闲闲端起茶盏。然而我实在是太放松了，毫无戒备，以至于下面一句话让我喷了一地的茶。

"——比如，他是宗室嫡脉，据说是郑王李亮的后代。"

我难堪地擦拭着衣襟，咳嗽的间隙里费力地说："你千里迢迢就为了打听这个……呛死我了我……我还是文皇帝的后代呢……"

他脸上是不介意的表情，可我分明看到他转身给我捶背时嘴角一抹幸灾乐祸的坏笑。

我一杯接一杯地灌着酽茶。他在那里添油加醋地讲李长吉临死前看到天庭的使者，征召他去给玉帝的白玉楼作记。三盏过后，终是压不住困意，我打了个大大的呵欠。

"说真的，你该多去和段十六聊聊。你现在这个样子，真是无趣透顶。"他终于像是生气了的样子，恨恨地拂袖而去。

我没有辩解什么。我是真的困了。窗外星光匝地，河汉清明，今夜或许能好好睡上一觉。谁能知道呢。

那天夜里我的眼睑之下弥漫着浓雾。腥甜的湿意和汩汩的水声，仿佛近处流淌着一条血液的河。

隔着土黄色的雾，我什么也看不见。

不远处有纤柔而魅惑的歌声。"染罗衣……染罗衣，秋蓝难着色……"尖细的嗓音酷似我年轻时爱过的女人。

"惜许两少年，抽心似春草……"

"牛头高一尺，隔坐应相见……"

循着弯弯曲曲的尾音我在雾里摸索，沿着陡峭的坡度一路下行，被尖利的石块绊倒了一次又一次。当我终于赶到，发现歌声的尽头是一只瘦弱的驴子，青色的皮毛斑驳脱落，鞍鞯也破旧得不成样子了。

然而我并未感到荒诞或是无措，反倒像是见到老朋友一样，靠着它安心地坐下来，听那条近在咫尺却隐藏在迷雾中的河。

我想我遇见了他。在漫长难熬的雨季之后我看见他。在河水残忍的歌声里我听见他。穿过血液与尘土我触到他。

我们似乎是并肩坐着。我似乎是拉着他的手。那是一双短而柔软，暖暖的婴儿肥，几乎没来得及长大的手。整个怪诞而破碎的梦里这双手是最为真实具体的印象。除此之外，我不曾听到他的一句话，不曾穿透迷雾看到他的唇角和眉梢。

那天我一直睡到日上三竿。妻子说，很久没听到我那样酣畅淋漓地打过呼噜。还有，她告诉我，温岐在外面等了我半天了。

我向他道了歉。然后说，我们走。今天。

"去哪儿？"

"荥阳，怀州，昌谷。你说的那个长吉的姐姐。是的，我认得她婆家。我们去找她，问问长吉的事。"

他笑眯眯地看着我，并没有意料之中讽刺的表情。而只是温和地说："于是，你答应了。"

"我……至少可以给他写一点……就一点点。"

李长吉的姐姐嫁给了一户姓王的小官吏，如今已经儿孙绕膝。我们在初秋最热的一天找到了她的家。老妇人坐在葡萄藤下，手里端个白陶碗，含糊不清地吆喝她淘气的外孙女过来把饭吃完。

她对我们的来访充满了不信任。"你们问他做什么？"是她从头到尾挂在嘴边的问题，"谁记得过他，谁想起过他。那孩子又没有个一儿半女，等我明日死了，世上还有谁知道他。"

而当我们说起那些诗，老妇人皱起眉，不耐烦地给小孩嘴里填上一口粥，拍着她的后背打发她去玩。"我都知道。我都知道。那孩子是被魇住了。从十来岁……或许是从七八岁开始，都说是祭祖时被什么东西上了身，再也祛不掉……总之，好好一个孩子就那么完啦。他小时候是多讨人喜欢的啊。可自从他开始写什么诗……我是一个字也不懂。娘更不懂。可识字的人都说他的诗不好。要我说啊，那些个七七五五的句子都是狐妖附体，专来吸他的膏血呢。"

纸已镇，墨已浓，可听她这一番话，我和温岐面面相觑，不知从何处落笔。

而老妇人毫不介意我们哭笑不得的表情，一边给我们倒了凉茶，一边继续她的谆谆教诲。"可娘还是喜欢他。家里穷，娘把最好的白面都给他留着，什么活计也不让他做，把他养得白白胖胖的。可胖也是虚胖，他的身子总是弱的。咳嗽，整夜整夜地咳，把心肝都要咳出来了似的。真的你们记住，大男子汉做点什么不好，非去做诗。折寿呢。听老人的总没错，你们年轻，懂什么。"

我噗地一声笑出来："阿姊，令弟他自己也是这么说的。男儿何不带吴钩，若个书生万户侯。"

她不耐烦地放下了白陶碗："你懂什么。唉，你们问他做什么。那孩子害苦了我娘。二十啷当白白胖胖的汉子呢，除了教娘替他操心，成日里还做些什么。不管多晚回来娘都等着他，他不回来全家都不开饭。他一回家，可好，什么也不张罗，放下碗就一头扎进书房里弄他那些纸片。一开始塞得袖子里都是墨迹，后来娘给他缝了个锦袋，每天回来都是满满的纸头。他就看着那些字，看啊看啊，整整看一个晚上，有时候高兴得像娶了媳妇，有时候丧气得像落榜的秀才——唉你们知道的，他其实连落榜的机会都没有——娘说他的心血都被那些诗熬干了。可娘熬煎了一辈子，就指望他这么一个儿子啊。"

说到这里她恨恨地抹了把脸："你们问他做什么？你们……还要写……什么？"她尖刻的目光扫过我久悬未落的笔。我赶紧解释道："一点点。就写一点点……比如小传……传者传也，传给后世，将来好有人记得他。"

她似懂非懂地点了点头："写吧写吧。我看着你写。我看你写点啊。"

我心里空白一片，看看老妇人，又看看一旁幸灾乐祸的温岐，一时间汗水洇透了前襟后背。

那天实在是太热了。太阳光白得炫目，一盏一盏落在葡萄叶阴影的间隙，几乎要将地上的尘土点燃。一个瞬间的恍惚里我看到地面上那些白亮的圆斑，一张一张都是那个死于春天的少年白白胖胖的脸。当意识被一丝细微的凉风吹回我的身体，眼前白得刺眼的宣纸上已经落了半行潦草的墨迹。

"长吉细瘦，通眉，长指爪。"

细瘦，通眉，长指爪……？我抓狂地看着那些分明是我亲手写下的字，手足无措得像个被连赃拿获的贼子。

老妇人似乎也注意到我的神色，皱纹里的狐疑更厚了一层。她忽然转向一旁始终沉默的温岐，指着我写的字问："你给我念念，他写了什么？"

我还没来得及递眼色，他已笑道："他写长吉生得好，白白胖胖，从小讨人喜欢。——阿姊你放心，他写得一手好文章，多少大官都等着请他给拟奏折呢。"

与此同时我抬头看着南方的天空，恍惚划过一痕闪电的云层。接着是沉闷的轻雷，葡萄藤上飒飒的回声。这天气，总算要凉快了。

那天傍晚我们回到河北岸的客馆，两人都被淋成了落汤鸡。大雨整整下了一夜，黄河水几乎涨到了我们的窗户脚下。许多客人都战战兢兢整夜难眠，甚至有人冒雨在房顶上蹲了一夜。

这一切都是温岐第二天告诉我的。那天夜里我一反常态地安眠如婴儿，风声雷声，雨声涛声，与我仿佛隔着整整一世的距离。

那天夜里我最后一次看见他。那个死于肺病的少年转过身来看着我。他有清瘦的身体，细长的手指，以及和我一模一样的脸。

歌诗

【舒伯特】

我在亿万颗星辰中认出了你的眼睛，凭借那个藏在眼睫阴影中的印记。

他们会说那是你将灵魂出卖给魔王所留下的契约。而我知道那不过是一滴永不干涸的泪。

古老国度里的年轻人，你，愿意为我写一首诗吗？

你有细长的手指，细长的腰身，细长的眉毛。你一定像幽灵一样擅长那种黑色的故事。三个太阳照着断头的野玫瑰，溪水边呼吸干涸的鱼，纺车旁被麻线绞死的少女，干枯的树林背后黄金冠冕的窥伺。年轻人，你去往那座幻日底下最繁华的城市，在一百万人的狂欢中间你将写下幽冥和旷野里的诗。

死神从东方来。年轻的写诗人。请为我带来他的歌。

【李贺】

远方的流浪者，我听到了你的琴。

而你所看到的不是星辰，是荒坟间点漆般的鬼灯。

有一种宝石叫做玉。它活着的时候如顽石般干燥而贫瘠。在死去的那一天他碎成三千页流光溢彩的解理。

有一种飞鸟叫凤凰。它以缄默的一生等待来自地狱的烈火，在死去的那一天他的第一声啼鸣响彻云霄。

有一种落花叫芙蓉。在死去的那一天花瓣落在自己倒映水中的镜像上，他吻着自己的影子落下思念的泪水。

在我死去的那天一粒椴树的种子在你门前萌发，它的第一千个年轮如今正在你的琴中等待尘埃，那尘埃也许来自它最深的一缕根须触碰过的泥土，也许来自它最高处一片叶子仰望过的月亮。你的琴，五千个细碎的零件构成脆弱的庞然大物，它的声音安静如昆仑山麓积雪的消融。三百根金属琴弦仍记得它们身为刀锋时啜血的温热。象牙琴键炫耀尸骨的颜色，而你以指尖亲吻尸骨。琴声响起时一千颗星星沉落海底，白天鹅在不生波澜的水域里游近无底的深渊。

请为我弹一曲。请把我黑色的文字酿作澄碧的水上歌。

请停在第三乐章的第九个小节。

【舒伯特】

　　我又写了一首四手联弹。死神本人坐在我的左边。他细长的手指反复敲击一个减七和弦，冰冷的声响和急促的三连音让我几乎无法呼吸。我不得不和他一起弹下去，弹下去，琴声像流淌不止的鲜血带走我温热的生命力。死神的右手越过我的左手，他的尺骨压住我的小臂。我不记得他有多冷。弹下去，弹下去，明媚的琶音在高音区回荡，像平安夜里总也落不到尽头的碎雪。琴弦上腾起尘埃，里面有杉木和旧油漆的味道，门前椴树的花香，廊檐下古井的青苔气味，我在童年的舒适中昏昏欲睡。弹下去，弹下去，他朝我微笑，他的右手翩翩起舞如求婚的夜鸟。二十七岁的年轻人，你的城市里有三千道红色的墙，墙里没有你的朋友。请来这黑森林，请和我一起弹下去。起初你听到整个世界的嘈杂，然后它们被急速的下行音阶带去深渊。被泥土玷污的脏雪终于在早春的阳光下消融于纯净。在那里紫罗兰的种子即将萌发，而你将听到永恒的安宁。

　　在活着的时候世界不曾听到我们的歌声，可我曾在死亡的领地里将它弹给你听。年轻人，请让我以琴声吻你。

【李贺】

我生在秋天的国度。我的城市里积满落木。而这一片卷曲薄脆的槐叶，我将乘马带去你的黑森林。

我的马有银色的蹄子，它曾驾着诸神的车辇踏碎玻璃质的日轮。我的马有支离的病骨，在时光的侵蚀下它络满翠色的铜花。路过山毛榉林荫时我看到你惊惶的眼睛，你被我冠冕和斗篷的剪影所迷惑。可怜的流浪者。请再给我一点时间，我的马正驰往陆地的尽头，跃入潭水最深处带我斩落龙的鳞爪，抉出它燃烧的眼球烛照幽冥。

我终生注视死神。我将蓝溪的玉佩挂在他的镰刀上。这一刻请你睁开眼，我将为你杀死林中的魔王。

【舒伯特】

年轻的魔王，我可以为你写一首歌吗？

写我的国度里冰川融化推动磨坊，写牧羊人的靴子碾碎钴蓝色的龙胆花，写我启程的时候，曾在她窗上画满灰色的藤和叶，等待它们在春天的梦里发芽。

请你为她捎去一个晚安。请你替我记得她。我的魔王。那是我所眷恋的苦旅。那是你的诗所应许的，凝满紫色寒霜的甜蜜的土地。请让我为你戴上黄金冠冕。我的魔王。请在为我阖上眼睑的时候唱我们的歌。

叹百年

　　我差不多是连滚带爬地回到安仁坊的。附近的院落里没有一盏灯，路上一片漆黑。我被可能是尸体的东西绊倒了四五次，其中一次当我摔倒的时候，手摸到一个人的脸，皮肤还带着三分温热。

　　中和元年的长安街巷里，尸体早不是什么新奇的东西。然而那种柔软而半带温度的手感却在正月的寒夜里狠狠烫了我一下。我猛地抽回手，想从地上爬起来，却发现腿都软了，简直没有半分力气。与此同时我终于再也忍不下去，喉咙里发出一声连我自己也辨不清楚的叫喊。

　　离我不远处的一扇门忽然打开。"端己？是你吗？"

　　我说不出话来，只在黑暗里拼命点头——虽然明知他看不到。随后我被人从地上搀起来，扶进熟悉的院门。

　　借着纸灯笼的微光，我朝司空图摆摆手，示意先不要进房间。让小妹看见我这副样子，又不知要哭上几夜。司空图立刻会意，扶着我靠在门廊下，而我索性沿着墙根坐下来。冰凉的墙体抵着我的后背，也算一种踏实的感觉。

　　"满城都是兵。我想躲，躲不过，被他们抓了。他们竟问我会不会写诗。"我停下来咬了一下嘴唇，"我说不，我不会。"

司空图长出一口气："你不知道，你是死里逃生。"他告诉我今天早上大明宫外墙上被人涂了几句讽刺黄巢的话，宰相尚让一口咬定那是诗，于是全城搜捕会写诗的人，一律就地正法。

"端己，你我读了一辈子的书，可曾听说专杀写诗人的贼?！"

我倒不觉得这事有什么不可思议之处，只是忽然想到方才我摔倒时，手里摸到的那具尸体，大约也是一个写诗人。这个念头让我的手不知所措，这才意识到我还一直攥着司空图的胳膊。他也抖得厉害，这会儿才好了些。我知道他是担心我。

"可是……"我忽然有些尴尬地放开他，不安地压低了声音，"换作是你，你会怎么说？"被黄巢兵士抓到的时候我并不知道他们的目的，只是凭直觉做出判断：写诗对我没有什么好处。

那句"我不会"完全是下意识脱口而出，也正因这斩截的态度，兵士们不曾对我起疑。然而如今我却为这回答羞愧不已，就好像我背叛了自己的国家和信仰。

司空图用一种"你是不是脑子有病"的目光看着我。"你要殉国我不拦你，可你听说过'殉诗'这回事么？"

我总算从背后冰冷的墙面里汲取了足够的力气，缓缓站起来，耸耸肩膀，自己一个人回房去了。

去年冬天司空图借宿在我家，准备今年的礼部试。那时候城里已是山雨欲来，我笑话他"到明年兴许连朝廷都没了，看你上哪去考。"而他不以为意，仍旧日复一日背他的圣贤书，我也不得不捏着鼻子陪他上那些高官门下行卷。谁料一语成谶，山南河南数十道兵马终究没能挡住黄巢的兵锋。十一月底贼兵入城的时候，小妹正病着，我们只好留在城里。司空图听说后二话不说也留了下来："家里总得有两个男人才妥当，一个出去求生计，一个守在家里，不然留小妹一个人在家怎么行。"他是乡下长大的，见识过山贼，这回总算轮到他来嘲笑我城里人没见过市面。

"你总说就是粉身碎骨也要扈从车驾……"我满心里过意不去，却仍旧掩饰不住一丝揶揄的语气。

司空图扔过来一个大大的白眼："你还总说天子身边砍柴开路的都有出身，我一介白衣，能去做什么。——再者，城陷也不过是一时。"他忽然抿住嘴唇，不肯说更多。大唐的都城这已经是第四次陷落。也许这回也和前三次一样，不过是像春天里的一场寒热病，来得痛苦，却也很快就能复元。

他信么？我没有问，然而我是不信的。

我从一开始就觉得这是一个渡不过去的劫。

四月前后坊间偷偷流传起诸道官军已在关中会齐，不日将反攻入城的消息。虽然类似这样的消息已经传了不知多少回，没有一回是真的，可到底让人感到一丝振奋。一天半夜里城中喊声大作，司空图执意溜到坊门外探听消息，回来时兴奋得话都说不全："不会错，绝对不会错！官军都带着白须巾，朱雀大道上全是！贼兵是一个都见不到了。"

我尚且将信将疑，小妹却坐不住了，连声央求我带她出去看。

我可怜的小妹，自从去年冬天贼兵入城，就像冬眠的鼹鼠一样被我锁在深宅大院里，几个月不曾迈出门槛半步。

禁不住她软磨硬泡，加上司空图在一旁怂恿，我只好点起灯笼带着她出门去看官军入城。

这一去她便再也没能回家。

朱雀大道两旁围观的人实在太多，我和小妹一不小心便被人群冲散了。一开始我也没有太担心，一边四处找她一边安慰自己小妹是极聪慧的人，这里离家不过半里路，她寻不到我，自己总会回家去。

然而两个时辰过去，我没有找到小妹，家里也没有。司空图听说丢了小妹，吓得面无血色，半晌才支支吾吾道："都怪我……我也是刚听他们说，这回进来的是唐弘夫的兵，军纪差，一路抢了不少民女……"

我心里咯噔一声，初夏天气里，浑身像浇下一桶冰水一般，简直控制不住地发抖。

父母几年前去后，小妹便是我在这世上惟一的亲人。她才十六岁，因着世道不太平，还不曾议亲。

那天我动用了家族几百年来积累的所有关系网，终于在傍晚时分被获准面见主帅。唐将军倒是一团和气，立刻就让衙兵去查。等了几顿饭的工夫，有人来报说是有一个安仁坊韦家的姑娘。

我的心一下子狂跳起来，伸长了脖子朝帐外看，却不见小妹的身影。

唐将军一边扒着碗里的饭，一边心平气和道："小郎君，你是城里的人，知道如今长安米价有多高。我这里上万兄弟，粮饷还是从朔方镇一路背过来的，哪里够吃……"

我不等他说罢就连连点头："节帅，你等着，我这就回家去取，要钱要米都随你。"

唐将军大手一挥："我们昨夜一夜不曾合眼，小郎君须体谅体谅，明日一早再来罢。"

第二天我和司空图带着连夜搜集的全副家当去官军营里，唐将军再派人下去，回来时却报道："那婆姨死了。"

唐将军挑起一边眉毛："胡闹！活要见人死要见尸，去给她抬来。"

衙兵讪讪地笑道："大帅，昨日打了一天一夜的仗，晚饭不见一点荤腥，兄弟们实在熬不得……"

他们把我的小妹吃了。

我的脑子里闪过这样一个念头，然后就什么都不知道了。

醒过来的时候又是傍晚。我发现自己躺在自家院子中间，司空图守在一旁，脸上几处青肿，嘴角还带着没擦干净的血迹。见我坐起来，他立刻端来一盘胡饼，要喂我吃下去。

我一把将盘子掼在地上。

"你得吃点东西，我们要走一夜的路。"司空图也不看我的眼睛，耐心地将胡饼一枚一枚拾起来，用袖子拂拭上面的尘土，"我打听出来，唐弘夫和程宗楚入城的时候，因为怕被抢功，没有通报其他诸道军。如今长安城又被贼兵围了，援军又远，破城只是论时辰的事。等巢贼回来，怕要变本加厉。这城里住不得了。我已替你卖了这宅子，筹了些钱，买通了守城士兵，我们今夜趁乱混出城去。"

我那时候整个人只剩下一张皮，连骨头都被掏空了似的。哪里还想得了那么多，只听凭司空图像赶尸一样把我带出城去。

我们摸黑爬到南山上，午夜时分城里火光四起，上空笼罩着血色的烟尘。然而毕竟离得远，听不到一点声响。于是从我们这里并无法分辨这火光究竟是来自一场浩劫，还是一场盛大的烟花庆典。

我忽然想起司空图脸上的伤："你和唐弘夫打架了？"

他磨蹭了一会儿，轻轻"嗯"了一声。

"你怎么这么傻。"

"前年我刚到长安的时候，满城里人心惶惶，都在想办法逃出去，唯独你肯收留我。"

"我能逃到哪里去。长安是我的家啊。"我的回答和当年一字不差。

司空图在黑暗里攥住我的手。而我慢慢脱出手来："我的家已经没了，长安也死了——表圣，明天你打算去哪儿？"

他愣了一下，叹口气，说他打算往西南走，去成都面圣。

虽然是黑夜里，我仍清晰地感到他在用期待的目光盯着我。

"别傻了。事到如今你难道还指望我和你一样死去活来地想去陪着那个皇帝？"

我听到他翕动嘴唇，合上又张开，然而最终什么也没有说。我们靠着彼此的后背打了个盹，醒来时天刚刚亮。

我决定向东走，去洛阳，汴州，徐州，然后也许会去南方，浙西，淮南，再然后，谁知道再然后我会遇到什么，现在多想也无用。

在和司空图分道之前我终于忍不住道："你一个文弱书生，肩不能挑手不能提，文章写得再好，难道能拦住大唐亡国？"

他的语气平静得恼人："哪怕被腌成肉干做军粮，也好过袖手旁观。就算无力回天，总还可以一死殉国。"

"脑子有病。"我气得头也不回地丢下他走了。

在我离开后的第三年，黄巢的势力终于被各地前往长安勤王的官军击溃，皇帝从蜀地返回长安。在那之后的二十年里，各路诸侯的军队一遍又一遍蹂躏这座曾经如盛放的芍药花一般美丽的城池。每次人们以为她的每一根骨头都已经化为灰烬，然而下一场兵火来临时，总还能从她的身上再榨出几滴污血。

而我从长安出来，经洛阳下江南。在几个节度使幕府中辗转多年后，最终在成都定居。当然这时候司空图早已跟着皇帝返回长安，又跟着皇帝数次逃难，换了皇帝之后，已经很久没有他的消息。我想，他大约还是跟在常年逃难的皇帝身边，起草那些无可奈何的诏书。

我为自己编造了一份南康郡王韦皋裔孙的家谱，于是轻易就在西川节度使府中谋到一个糊口的差使。公事之余我常去营五娘家的海棠楼消遣。这海棠楼是大中年间西川节度使李回所建，曾为僚佐游燕之所，如今做了秦楼楚馆，倒也便宜。和我熟识的是一个名叫停云的舞妓，我第一回听说她的名字时下意识问道："是陶靖节的诗？"然后看着她茫然的眼神我连忙摇摇头，"没什么。当我什么也没说。"

那年海棠楼从关中新买来一批小娘子，个个饿得皮包骨头。营五娘给她们吃了几顿饱饭，眉眼才长开些。粗蠢的打发去洗衣扫地，漂亮伶俐的都送到停云房里，让她带着排演一个盛大的队舞《叹百年》。

我一口茶喷在地上："商女不知亡国恨哪。这是懿宗皇帝在宫里排演的舞曲，奢靡太过，到现在有人提起来还道是亡国之音。"

停云紧盯着练舞的姑娘们，忙里偷闲地瞟我一眼："你脑壳里是不是有病。你等着看，等明日大唐果真亡了国，多少人还要排队来看这舞哩。"

几句话倒说得我闭口无言。海棠楼的招牌一亮出去，士大夫果然趋之若鹜。多少从长安来的世家子弟都花着偌大的价钱，来看这昔日九重城阙中的宫廷舞乐。

对此，我想，司空图要是知道，一定会痛心得要死。

我在浣花溪畔买了一所宅子。经过多方考证，我相信这正是当年杜工部曾住过的地方。我试着盖和他家一样的草堂，坐在他曾坐过的溪边，看他曾看过的风景。

我倒不见得多么痴迷他的诗。然而在这陌生的成都，这个名字让我莫名感到熟稔和安心。

天荒地变的世界里，我们都是覆巢之下的写诗人。

他在这宅院里写过《恨别》，写过《登楼》；而我只日复一日给营五娘填几段时新的曲子词。

对此我并未曾感到心中有愧。多年前我还住在长安的时候，一度热衷于书写残破的城堞，剧痛的伤口，以及落日和残春所象征的那些东西。后来我丢掉了小妹。再后来我在淮南见到一座巨大的磨坊前面排着整齐的队伍，带着镣铐的百姓无声地向前移动，比最恭顺的羊群还要沉默。

他们太瘦弱了。我身边一个将领抱怨道，就算连骨头内脏一齐磨碎，也只能勉强喂饱三五个士兵。

在那之后我就像一只吐尽了丝的蚕，再也写不出一行忧生伤世的句子。

杜甫曾在这里写过"青春作伴好还乡"；而我能写的只有"未老莫还乡，还乡须断肠。"

新年开始的时候朝廷改元"天祐"，而听到消息的我们相视苦笑：

大唐的国祚，不会再有天佑了。在那之后没多久，朱温逼迫天子迁都洛阳，又没过多久，他终于众望所归地杀掉了天子。

"我们天天说起亡国，然而我并不曾想到亡国是这样一回事。"我喝了太多的酒，歪在停云的绣榻上，像女人和猫一样卷起身子。读史书的时候我看到人们为衰落中的国家辛苦努力，燃尽每一寸血肉，替自己的信仰在这世间挣扎，就好像守护着风雨里的一盏灯。当那光亮熄灭的时候，那些人的生命也走向一个完美的终结。

而我所面对的事完全是两样的。我闯入一场华丽的舞会，然而来得太迟，所有人都在说，快要结束了。

对此我又能做什么。

就连那位天子，听说是极圣明的君主，也只好一个人登上勤政楼，把脚踏在栏杆上，眼睁睁看着千门万户的长安城被死亡一寸一寸吞噬，直到他自己。

"我爱她，可在我睁开眼睛之前她已离我那么远。我只能看着她一步一步沉入黑暗。"

而那天的停云出奇地有耐心。她安静地听我没完没了的絮絮叨叨，等我的嗓子哑得说不出话来的时候，她给我讲她父亲的死，讲他被慢性病和药剂折磨了好些年，最后闭眼的时候，周围守着的人们都长出一口气，庆幸他的苦难终于熬到了头。

我苦笑着摇摇头："这不能比。人总有后代，薪尽火传。而长安连房梁都被拆走了，身后还有什么？"

停云只顾对镜理妆，噙着胭脂，也不答话，只从铜镜里忽然朝我嫣然一笑。

她打开沉檀匣子，取出光华耀目的金步摇，取出琮铮作响的玉跳脱，她穿上飘飘欲仙的舞衣，伸开胳膊转了半个圈："你看，大唐留下的，都在这里呢。"

我昏昏沉沉地被她拉到庭院中，那里已经等着几十个和她一样珠围翠绕的盛装舞伎。停云轻轻一拍手，箜篌响起来，这一天的叹百年舞，观众只有我一个人。

九岁的时候我被父亲带进宫中，观赏那场浩大的舞乐盛会。咸通年间，长安城里物情豪奢，一切浮华的东西毫不遮掩地在春天里盛放，就好像人们早已预料到那将是最后的狂欢。懿宗皇帝拿出内府珍藏，给一千个年轻美丽的舞女戴上璀璨夺目的珠宝。而那时年幼的我对这一切毫无审美能力，只觉得这音乐无比冗长，打着呵欠问父亲这舞是跳给谁看的。

父亲告诉我，这是在哀悼同昌公主的夭亡。她是皇帝最宠爱的女儿，却在最娇美的年纪病逝。悲痛之中的皇帝命人排演了这场乐舞，同时杀掉了御医和官员，连带他们的家属，一共三百多人。

那是我第一次知道，这些曼妙的肢体和艳丽的衣裙，随着舞步散落一地的珠翠，所讲述的故事名叫死亡。

一百年，一百年是多久啊。天祐元年的秋天我坐在海棠楼后的庭院里漫无边际地想着。一个人要是活上一百年，所有爱他的人一定都死了。

而一百年前，我捏着指头算了又算，一百年前是贞元二十一年，宪宗皇帝即位。那时他才二十七岁，他有那样一群贤明的宰相，英武的将军，摆在他们面前的则是一百年漫长的时光。大唐立国也不过用了二十年，就从小小的太原城扩张到了连星辰排列都变得陌生的西域。而这一百年里，经过多少人的努力，中兴两个字也仍旧遥不可及。

管弦声越来越繁密，羯鼓的鼓点越来越急促，庭中舞者的旋转让人眩晕。我看着她们年轻的肌肤在斜阳下泛着细密的光泽，我把下巴颏放在自己手掌中，眼泪纷纷落在地上。

一个浩荡的尾声过后，音乐骤然停下来。舞伎们一动不动地伏在锦绣铺就的舞池中，柔软的身体排成规整的图案。在漫长的舞蹈中间无数花钿珠宝从她们的衣襟和发髻上掉下来，落在翠色的蜀锦上，就好像春天的坟地里，野草中间开出千百色鲜艳的花。

那天之后我也不再给海棠楼的姑娘们写曲子词。我所有的空闲时间都用来编纂一本诗集，收录唐帝国里那些快要被遗忘的写诗人的作品。第二年春天节度使准备派使节去洛阳朝觐，府中那些以大唐忠臣自居的士人们纷纷摇头：去洛阳，那可是要给朱温下跪称臣的。而我愉快地接下这差使，带着刚刚定稿的诗集出发了。

二十年前我从长安出来时曾经过洛阳。在那里我替我不曾读书习字的小妹写了一首长长的诗，讲述她所经历过，以及没来得及经历的一切。如今我老了，记性变得极坏，这诗里的句子简直一星半点也记不起来，唯独记得那年春天城外的花开得极盛，一片片落下来，如下着一场漫卷天地的雪。

朱温新篡，正是笼络士人的时候。我把《又玄集》献上去，果然大讨他的欢心。趁他高兴，我又上了一道奏表，请朝廷追赠前代文人才高而命蹇、竟致官不挂朝籍而死者。这样惠而不费的人情，朱温自然也毫不犹豫，大手一挥同意了。

司空图要是听说这等事，一定要被我气死了。

我这才想到，来洛阳这几日，竟不曾听到他的消息。

我几乎没有勇气去问，然而又不得不辗转打听他的下落。有人告诉我他的确跟着昭宗皇帝迁到洛阳来，却拒仕朱温。昭宗被弑之后，他便不肯再吃东西。一把年纪的人，没几天就饿死了。

简直和我料想的一模一样。这世上再找不出第二个像他这么傻的人。

几天后宫里发下朱温亲笔画押的诏书，追赐孟郊、贾岛、温庭筠、罗隐等人进士及第，各赠补阙拾遗之职。我来到北邙山下，在一片乱葬坟地里烧化了诏书。这片坟地数经战乱，早已一片狼藉，找不到一段可以辨识的石碑。可大唐是诗的国度啊，我相信，埋在这里的一定有写诗人的魂魄。

云仙友记

【1】

伊斯者，本大秦人，事汾阳王于朔方，为节度副使。尝于军中讲景教经，云有高僧摩西率众出勿斯离，夜屏海水而行。及晨追兵至，则海水复合，俱为鱼鳖所食。时听者环堵，皆悚然。惟临淮李太尉徐曰："勿斯离兵亦大骄堕，倘令行禁止，约束如一，何乃不及妇孺也。治军者可不为诫乎。"众慁然。后伊斯讲经必先避临淮。

【2】

卢杞幼时至孝，里人称之："夫子曰色难，郎君当之矣。"有湘语者闻之，讹作色蓝，杞竟不能自明。

【3】

永贞初，台省议大行皇帝庙号。柳子厚初入仪曹，奏曰："自古为人君者，好德如好色者鲜矣。昔高宗皇帝好色，女主祸国，宗庙几覆；玄宗皇帝好色，怠理朝政，社稷则倾。今大行皇帝用卢杞为相，好德不好色，竟至于是。当以'德宗'尊之。"

【4】

杨炎在中书，后阁糊窗用桃花纸，涂以冰油，取其明甚。炎死珠崖，有好事者题其窗曰：人面不知何处去，桃花依旧笑春风。

【5】

顺宗皇帝在东宫，过一便殿，檐廊朽败，扃锁甚密，心异之。遍询左右，无有识者。老宫人但云上手自封之，令勿开。俄闻内有女子泣，声极哀苦，听者色动。太子性仁恕，亟命启扉。宫人固谏不听。乃入殿，徒见四壁，别无长物，惟壁间寘一石碑。上镌美人背面梳妆，长发委地，皓腕娴攘，如有不胜之态。太子愈奇，亲举烛察之，美人遽回首，现獠牙数寸，荧然一厉鬼也。众大惊，太子僵仆于地，久之方苏。因得风疾，口不能言，手足不举。上忧之甚，不数月乃崩。便殿卒无异状。壁间所寘即李楷洛神道碑，大历中杨崖州为辞。后不知所终。

【6】

　　珠崖李太尉南行时，宿容州鬼门关。夜梦一丈人服金紫，长身美髯，搦管题壁作绝句，而意态倨傲。赞皇公微觇之。丈人觉，掷笔，问公："郎君颇悔否？"公不解其意，但云："不悔。"丈人哂之："郎君当轴时，窜逐蛮方者旁午于道，至有今日，竟不悔邪？"公愕然。久之，对曰："某为国远虑，祸反及身，命也。何悔之有。"凡三问，皆对曰："不悔。"丈人大笑而去，不知所向。

　　公觉，颇记丈人所题，乃书于驿馆厅壁，曰"一去一万里，千知千不还。崖州何处在，生度鬼门关"。或有识者云：此杨崖州旧作也。公竟殁于南溟。鬼门关驿所题，近有谓赞皇公诗者，皆误。

【7】

　　翰林李生值宿禁中，见一十七八女子来，仿佛艳绝，而神态出尘，似非世上人。生诘所从来，女笑而不答，但与生论诗赋，语尽精妙，稍及时事，则指陈利害，无不切中时弊。生大异，疑为宫人私出，微惧，且秘之。

　　自尔凡生值宿，女即夜来，天将晓则去。生与女夜烹佳茗，论天下事，颇以为乐。偶适市，遇一道人，顾生而愕。问："何所遇？"答言："无之。"道士曰："君身邪气萦绕，何言无？"生以其言异，颇疑女，而竟不言。道人抚生背而叹曰："此吾家千里驹也，纱笼中人，有一品之分。是何鬼物，乃来相侵。"而阴以符纸附生背。生不觉。归院值宿。至三更，女至，畏符不敢入，乃于窗下语生曰："妾幸与君为友，一旦见疑，请从今夜相别。后二十年，与君会于城南七千里外，慎勿相负。"生急启扉，则庭中寂然无人矣。

　　生怅然久之。复思道人所言，终不解其意。至腊日入家庙，见烈祖文献公图形，竟与道人面目无二。乃悟非先祖神灵所佑，几为异类所噬。

不数年，生即登三事，出为大镇，入执化权，正册太尉，贵极一时。后为朋党所诬贬岭表，南行万里，至珠崖郡。夜梦一女子粗服乱头，而光艳灼人，把生臂，笑曰："妾候君久矣。从今与君谐游，无人可间。"乃强与生欢，生竟不能拒。

翌日生觉，神魂丧失，而药石不能救。不数月，肌革锐减，形销骨立，竟卒于郡。

【8】

开成四年十一月乙亥，文宗疾少间，坐思政殿，召当直学士周墀，赐之酒，因问曰："朕可方前代何主？"

对曰："陛下尧舜之主也。"

上曰："朕岂敢比尧舜！所以问卿者，何如周赧汉献耳。"

墀大惶恐，至股栗。久之乃对曰："献帝每谋诛叛臣，必先付密诏。至若开江宋相出堂帖清君侧，'曷为以叛言之，无君命也。'以此观之，陛下似稍不及也。"

不旬日，上崩于太和殿。

【9】

舒相公元舆尝畜一狸，年二十余，毛须转白，莹然如雪，而神威不减。尽一坊之地，鼠不敢近。至大和末，忽对舒相作人言，语之再三而去，竟绝踪迹。舒相不识其言，遍询宾客，有善胡语者解之曰：So long. And thanks for all the fish.

【10】

校书郎李蟠，蓄马甚多。出游，则一里更二马。时学艺文于韩愈。昌黎恶其过奢。蟠曰：劣马脚慢。若得千里马，驰骋竟日无烦换马也。昌黎遂作《马说》诫之。

【11】

钱镠镇吴越，尊贤渴士，使名画工二三十人在。淞江号"鸾手校尉"。伺北方士子流移来者，咸写貌以闻，择清俊福厚者用之。罗隐方渡江，画工以貌奏。镠见之，叹曰：此物可肃闺阁。即时召见。

【12】

午桥庄小儿坡，茂草盈里。裴晋公每使数群白羊散于坡上，曰：芳草多情，赖此以飨文饶。

【13】

宝历二年，裴度与中贵人拥立江王。上辞以冲幼，度曰："昔太宗文皇帝年十八，单骑入贼阵，出高祖于万人之中。江王勉旃。"

开成二年，度自东都留守拜河东节度使。度辞以老病，上手诏曰："昔郭尚父年逾古稀犹镇朔方，尝单骑退回鹘。大臣勉旃。"

【14】

　　文宗皇帝大渐日，闻有使者叩殿云："裴中令送书来。"中使谓误，而上固延之。乃授一竹筒，发筒获书，其上无字。上强起，亲展其笺，乃见一绝句。众皆大惊。驰出殿，不见使者。是日雪甚，亦无足迹。

　　上既崩，以笺供灵座前，俄为烛火所焚。

　　故左街安国寺沙弥澄空，曩为内侍，备说其事，并记绝句。以其辞鄙且不伦，颇为人所嗤。姑录以补国史云尔。

　　诗曰：君生我已老，贵唐不能好。夜台花果繁，邀君来吃枣。

【裴度自撰墓志】

　　裴子名度，字中立。濮州濮阳令有邻之孙，河南府渑池丞溆之子。代为绛州闻喜人。

　　裴子幼而不慧，长而无文，祖考忧之。延蕃僧不知何氏相余，曰："腾蛇入口，主殇。中寿可期。"祖考以其词不伦，麾之去。

　　后元和戊戌，天子命我督师淮蔡，获其匪丑以还。至管城，复遇僧于道左，问余："郎君愿见太平否？"曰："愿。"僧曰："如人不娶无子，怅然而已。既得男而屡夭，泪尽泣血，摧伤心肝，复何益。太平，殇子也。君愿亲睹其夭乎？"余固曰"愿"者再三。僧不得已，抚予顶，云："后二十年当复诘君，敢言无悔。"言讫即灭。

　　开成四年裴子寝疾。廿载限至，不见僧。访之名山亦不得。三月癸未朔四日终于长安永乐坊。是岁月日窆于管城南十四里遇僧处，不祔父祖之冢。冀见僧于泉下，为道"不悔"，备矣。

　　裴子为子之道，备存乎家牒；为臣之道，备存乎国史。贞元中举进士，登制科，事六朝，历官二十五，食禄四十年，终无益于世。处心行己，始卒善否，则有金议与史氏之直笔在。吾何敢逃。

　　铭曰：麟兮凤兮，一见心甘。得之失之。又何求焉。

后记

  我年幼时读到一句对"风流"的诠释，曰"魏晋人物晚唐诗"，从此便对晚唐诗难以忘怀。那种斑斓摇曳、瑰奇艳异主导了我在之后很多年里对文字的审美，也成为我第一次拿起笔创作小说时的缪斯。在汉学家宇文所安解读唐诗的系列著作中，前两部以《初唐诗》《盛唐诗》为名，写到晚唐时的书名却是《晚唐》，落去了一个"诗"字。我想，这大约是因为那个浩劫之后的时代有其独特的一种气质，诗即是晚唐，晚唐即是诗。

  本书收录了我在 2012 年至 2020 年间创作的 17 个故事，涉及安史之乱期间和其后的若干唐朝人物。其中有身陷时代漩涡中的诗人，有搅起漩涡的政客，也有虚构的文学形象和早已消失在历史夹缝中的小人物。这当然只是我想象中的晚唐，"歌唇一世衔雨看，可惜馨香手中故"。

  多年之后我才知道，"魏晋人物晚唐诗"此句出自日本汉诗诗人大沼枕山之手。千年之下，帝国化为齑粉，世纪消失于阴影，而那个时代的人与事、史与诗仍跨越国界，留在人类文明的共同记忆中。如今将此书于大洋彼岸付梓，大约可算对幼时心爱之物的一点小小的回应。

西市独柳

2023 年 8 月

美国华盛顿州

附：本书篇目与历史人物对照

佳城　　　　　　　(马凌虚)

刺客　　　　　　　(红线 / 聂隐娘)

佛眼　　　　　　　(韦皋 / 陆贽)

私淑　　　　　　　(陆贽, 李吉甫, 李德裕)

惊霜　　　　　　　(裴度, 李德裕)

长者　　　　　　　(裴垍, 裴度)

青蒲　　　　　　　(裴度, 唐文宗, 寿安公主, 宋申锡)

贞石　　　　　　　(柳公权, 柳公绰, 裴休)

柳枝五序　　　　　(李商隐, 温庭筠, 罗隐)

杜陵　　　　　　　(段成式, 温庭筠)

三十六鳞　　　　　(段成式, 温庭筠)

新时代新青年　　　(温庭筠)

春晼晚　　　　　　(温庭筠, 李商隐)

雨霏微　　　　　　(温庭筠, 李商隐)

河阳　　　　　　　(李贺, 李商隐)

歌诗　　　　　　　(李贺, 舒伯特)

叹百年　　　　　　(韦庄, 司空图)

云仙友记　　　　　段子集

　　本书中的历史人物对话和互动，均系作者本人原创及艺术加工，并非依据史料记载，不可作为历史研究之依据。

www.ingramcontent.com/pod-product-compliance
Lightning Source LLC
Chambersburg PA
CBHW011854300726

48970CB00009B/2787